MYRICS
米國度

第一章
交友網站的初遇

　　阿直想要找個女朋友，於是下載了廣告推送的交友APP。可能是爲了吸引女孩子，APP裡大多都是在曬肌肉的男人。

　　他在一堆肌肉大佬的頭像裡，找到了唯一一個有著卡通頭像的人打了招呼。爲了更好的展現自己，他特地施展了四字搭話絕學：「你好，在嗎？」

　　手機另一頭的阿渣，接收到這條消息的時候，正在和另一個男人聊得火熱。

　　但他畢竟是個渣男，勾三搭四是習性。何況這種搭訕方式太菜了，一看就是個沒見過世面的新人，讓他很有調戲的興趣。

　　於是他展現自己欲擒故縱的伎倆，故作高冷引起對方的好奇心，晾了對方很久才回了一句：「你不知道這種聊天方式很無聊嗎？」

　　而在手機那頭的阿直，正在開心的耍遊戲，錯過了消息。

　　等到再想起這回事的時候，已經是第二天深夜。阿直完成了一整天的工作，疲憊的躺在床上打開APP，然後就看到了這條消息。

　　既然回覆了他，這個人就一定對自己有意思，阿直表示非常開心，也在回覆中表現了自己的喜悅：「是嗎？呵呵。」

　　因爲時間隔得有點久，阿渣已經忘了有這麼一個人。

看到對方的回覆，他就一點也不想和對方聊下去了。

如果不是看到阿直相冊裡幾張呆頭呆腦完全無ps的自拍，如果不是照片裡的人細眉大眼清秀又有點好看，阿渣就直接把他刪除了。

阿渣的高冷敗給了對方的色相，為了能讓話題繼續下去，他十分違心地說了句：「你這人還挺有意思的。」

而在網路那頭等待著消息的阿直，因為工作太疲憊不小心睡著了。

好在第二天阿直很快想起了這回事兒，畢竟是有人第一次回覆他消息，還連續回了兩天，他便也開心的應：「是嗎？呵呵。」

他的顏值讓阿渣無視了一切的不愉快，只想快點進入下一步，就秒回了信息：「你是1還是0啊？」

阿直一臉「老太太看手機」的表情，不太懂這句話的意思，但直接問又顯得自己很沒有見識，在人面前丟了面子。

他的大腦開始快速思索，意圖找到這兩個阿拉伯數字帶來的訊息。

他是個程序員，在計算機語言中，電腦只認識0和1這兩個數字，所有的數據在電腦中都是以0和1組成的編碼存儲的，這樣的編碼叫做二進制。1代表晶體管的「開」狀態，0代表「關」的狀態。

引申一下的話，這個問題應該是在問他性格比較開朗，還是比較內向。自己怎麼想都是屬於內向型的人，他如實回答道：「是0。」

對方很快就回覆了消息：「願意為愛做1嗎？」

是問他願意為愛開朗一點兒嗎？阿直搔了搔頭，然後

答道：「也可以。」

「哈哈哈，開玩笑的。」阿渣樂開了花兒，覺得這傢伙一定很好上手：「我是1。」

阿直繼續一臉「地鐵老人看手機」的表情。

阿直是個單細胞，覺得反覆無常的人有點煩人，於是委婉的表達了一下不滿：「妳們女孩子真複雜，呵呵。」

這下輪到阿渣一臉問號了，回想到之前阿直的種種反應，他很快意識到，這傢伙不止是個雛兒，還是個死直男。

他一下子沒了興致，直接回覆道：「大哥，這是同性交友網站，哪裡有女孩子？」

那邊沉默了很久，才傳來了一條消息：「不好意思，不知道這是同性交友網站。」

阿渣覺得這個死直男還算禮貌，不像以前那些白痴非要罵一句「噁心」，或者乾脆不回覆。

他想了想，覺得對方就算是直男，也可以在無聊的時候用來當個備胎，打發一下時間，便發了一句：「覺得你人不錯，我認識不少漂亮妹子，要不要幫你牽線搭橋？」

手機很快有了回覆的提示音，這麼快的回覆速度多半是有希望的，阿渣略微得意地打開消息，看見屏幕上幾個大字：「對方已不是您的好友。」

太他媽現實了吧，死直男。阿渣忍住摔手機的衝動，繼續去找別的男人聊騷以慰內心。

隔了不久，阿渣被派去到合作公司談業務。

他巧舌如簧，善於社交，最適合做這種需要談判的工作，也享受自己征服他人時的樂趣。

果然第一波談判很輕鬆的就通過了，因為有些專業問

題要談，這邊請來了他們的技術部門經理，讓他和這位經理繼續進行一對一的談判。

技術經理剛推門進來，阿渣就認出來他是之前社交網站上遇到的那個死直男。

那照片果然毫無PS，死直男穿得西裝革履，比照片上打扮得要成熟，也比照片還要好看。

是直男眞的太可惜了啊！阿渣忍不住想。

他們一本正經的談起業務。阿直話不多，但條理清晰，專業過硬，每句都能抓住要點。結果反而是阿渣在談判上落了下風。

最後他們果然沒有談成，阿直以「會再考慮一下」結束了話題。

阿渣本來就因爲之前的事情對他心有怨氣，這次談判落在下風，心中的優越感又被打壓，實在是很不爽。

他非常想看這個死直男吃癟的樣子，便故意談起了前幾天的事情，想逗一下對方：「阿直先生這種商業精英，也會去同性社交網站上打發時間啊。」

阿直愣了一下，但表情並沒有變化：「您怎麼知道？」

連掩飾都不掩飾，眞是個傻憨憨。阿渣嘲諷的笑了笑：「做市場調查的時候，很巧合的在上面看到了您的照片。」

「哦。」阿直點了點頭，然後就迅速划過了話題：「我送您出去。」

眞是一點危機感都沒有，這是眞傻還是假傻啊？阿渣心裡的火氣更甚，勉強維持住笑容：「萬一被你的同事知道，你上過同性交友網站，你該怎麼辦呢？」

「？」阿直表現出了疑惑的樣子，用非常理所當然的

態度回答：「那就知道唄。」

「……」眞是油鹽不進啊，阿渣嘴角抽了抽：「如果被人知道您是個同性戀，恐怕會影響您的前途吧。」

「我不是同性戀。」阿直依然應對自如，語調中甚至有了略微的得意：「而且以我的實力，不會因爲私生活影響前途。」

這該死的直男竟然該死的自信！阿渣咬了咬牙，不甘心的繼續說道：「恐怕您周圍的人也會對您指指點點，同性都會躲著您或者說一些難聽的話哦。」

「哦。」阿直面無表情地回答：「現在他們也是這樣。」

「……」

「……」

那個時候，阿渣的腦海中閃過了幾個字：「死豬不怕開水燙。」

他心裡一萬個不爽，但他還能怎麼辦？他只能甘拜下風，憋著一股氣離開了這家公司。

當然他也不打算把對方上過同性交友網站的事情四處散發，畢竟他只是個渣男，不是個人渣。

晚上他因爲太過不甘心而睡不著，翻了翻手機通訊錄想找個備胎聊一下，結果剛好翻到了阿直的電話號碼。

他這才想起來，臨走前因爲工作上後續可能還有交集，他們互相留了電話。

阿渣眞的非常不甘心，他格外的想看那個謎之自信的死直男，對自己俯首稱臣的樣子。

嗯，只是不甘心，才不是對那張臉念念不忘。

勾搭要先從聯絡感情開始，突然打電話有點突兀。阿

渣想了想，決定還是先加個微信聊一聊。

　　他搜索手機號，查到了阿直的微信，發送了好友申請：「您好，我是今天見過面的阿渣，還有工作上的事情想和您繼續探討一下。」

　　那邊許久沒有回覆。

　　阿渣不知道他是不是沒有看見，於是又發了一條：「我認識很多同行的女性，也許可以引薦給您，大家多溝通，交流經驗。」

　　這次消息發出去之後秒通過了。

　　阿渣咬著牙憤憤地罵了一句：死直男！

　　但為了給對方留下好印象，他聊天時的話語盡量顯得禮貌：「您好，冒昧打擾了，不知是否在忙碌呢？」

　　阿直斜躺在沙發上，盯著手機屏幕半天，又悠閒地喝了一口可樂，才慢悠悠地回覆：「忙。」

　　阿渣頭頂上青筋直冒，不過依然不肯放棄：「那您在忙什麼呢？」

　　阿直非常認真地想了想，然後如實回覆：「躺著。」

　　這傢伙是在找茬吧？阿渣再一次產生了想摔手機的衝動。

　　但他可是個業務員，每天敲門十次有九次是被拒絕的職位。能做這種職位的人，可不是會輕易放棄的。

　　於是他繼續不甘心地發消息：「您真幽默。」

　　阿直咬了一口炸雞，回答得一如既往的簡潔：「呵呵。」

　　不行了，這是真‧聊天終結者。阿渣脫力地趴在地板上，不得不承認首戰失敗。

　　過了很久都沒有等到消息的阿直，一邊吃東西一邊疑

惑的想：咋不回覆了呢？說好的引薦妹子呢？

然後就放下手機去打遊戲了。

第二天，不甘心的阿渣繼續以跑業務的名義跑來阿直所在的公司泡男人。

公司老闆正在給他們開會，阿渣被安排在會議室裡等待。

會議室是玻璃門，能清晰的看到一群人圍在老闆身邊接受洗腦。

老闆慷慨激昂地說了一堆和工作無關的廢話，反正就是車軲轆話來回說，不停地打雞血，要求他們無私加班。

互聯網公司也玩這套嗎？阿渣一邊嗑瓜子，一邊饒有興致的在人群中尋找阿直的身影。

他很快就找到了，因為阿直實在太顯眼，人長得好看又站得筆挺，就算在一眾高顏值的妹子中間也是鶴立雞群。

其實能這麼快看見他，主要就是因為他站在一群妹子中間。

死直男。阿渣忍不住翻了個白眼。

這會議又沒營養又無聊，阿渣聽得昏昏欲睡，就喝了一口茶提神。

茶剛喝進嘴裡，就隱約聽見他們老闆說：「這就和女人的第一次一樣，那可是很寶貴的，要是失去了，就會變得廉價。」

阿渣剛喝進去的茶差點噴出來：這怎麼開會還說起有色段子了呢？

老闆不以為然，甚至還對著女性所在的群體處嬉皮笑

臉的問：「你的第一次還在嗎？」

男員工們開始起鬨，女員工們的臉色變得很難看。而站在一群女員工中間的阿直推了推眼鏡，若無其事地回答：「我的還在。」

整個公司瞬間陷入了尷尬的沉默。

老闆尬笑了兩聲，勉強維持話題：「哈哈，那你可要加油了，男人你這個年紀沒有體驗可不行。」

「為什麼？」阿直一臉疑惑的問：「您剛剛不是還說第一次很寶貴嗎？您的第一次應該早就沒了，按照您的道理來說，您應該比我要廉價。」

「不是……」老闆的臉色變得難看起來：「我是說女性……男女是不一樣的！」

「您剛才還說工作上是不分男女性別的，都要盡最大的力都得加最狠的班，怎麼這會兒又不一樣了？」

老闆被懟得無Fuck可說，只得結束了這尷尬的會議。

阿渣忍住捶地狂笑的衝動，終於知道阿直為什麼在公司裡男人緣不好了。

開完會之後，阿直來到會議室裡與他見面。他看阿直被外人知道是雛還一臉無所謂的樣子，忍不住笑道：「想不到您還是個女權主義者。」

阿直停下翻資料的手看了他一眼：「我是嚴謹理性的人，只是就事論事。」

阿渣覺得這男人又呆又剛，竟然該死的有魅力，又忍不住和他聊了下去：「您這樣不怕被開除嗎？」

「我說過了，憑我的技術實力，是不會因為這種小事被開除的。」阿直一邊翻資料一邊漫不經心地回答：「公司需要我的技術能力，在沒有能代替我的人之前，是不會

放我走的。就算我離開這裡，也只會有更好的待遇。」

看到這傢伙對自己的能力信心十足的樣子，阿渣就莫名的窩火。他心生一計，想要調戲一下這傢伙，便開口道：「看樣子您的技術真的很好。」

他特地咬重了「技術」二字，阿直卻沒聽出端倪，面無表情地回答：「那是當然。」

這傢伙果然很好上鉤啊。阿渣得意地笑了笑，對馬上就能看到這傢伙手足無措的樣子感到愉悅：「我不相信，除非……」

阿渣壓下他正在翻看文檔的手，迫使對方抬頭與他對視。他的身體前傾，故意貼近阿直的耳邊，用蠱惑的聲音低聲說道：「你今晚到我家來證明一下。」

阿直皺起了眉，好像自己被冒犯一般，對此感到不滿：「我不修電腦。」

阿渣整個人摔在了桌子上。

在那個瞬間，阿直本能地抬起手後躲，讓重要的資料文件倖免於難。

直到確認文件無損，他才低下頭來關心阿渣：「沒事吧？需要叫救護車嗎？」

「沒，沒事。」那關心聽起來無比的敷衍，阿渣從桌子上爬起來，勉強維持住笑容：「低血糖。」

「哦。」阿直應了一聲，繼續翻文件。

「……您還真是不關心工作以外的任何事啊。」阿渣以前那些為了泡男人而鍛鍊出來的修養漸漸喪失，表情也逐漸失控：「同事差點暈倒在眼前，您倒是滿不在乎嘛。」

「習慣了而已。」阿直的目光一直沒有從資料上移開，回答得淡定：「我們公司常常有人突然被救護車拉走。」

「…………………」

阿渣徘徊在崩潰邊緣，沒有得到回應的阿直抬頭看了他一眼，只見他臉色慘白，面目猙獰，渾身顫抖，宛若癲癇。

「……還是叫一下救護車吧。」大概是他現在的狀態真的有點嚇人，阿直伸手就去拿電話筒準備呼叫前臺。阿渣還沒來得及感慨他還算人性未泯，便聽見他一邊撥號一邊小聲嘀咕：「萬一死在我邊上會比較麻煩。」

「…………………」

阿渣忘記了那天是怎樣離開那家公司的，只記得剛踏出公司大門的時候，陽光正好。溫暖的陽光讓人昏昏欲睡。空曠的廣場上，迴盪著他撕心裂肺的呼喊：

「老子——再也——不要——泡直男了！」

次日，受到巨大心理創傷的阿渣請了假在家休息。那直男竟該死的有威力，讓他失去了一切熱情，只想放空大腦在家躺屍。

正在懷疑人生的時候，手機的提示音響了。他麻木的拿起手機，點開微信的未讀消息，三個和它主人一樣枯燥的字彈了出來：「還好嗎？」

是阿直發來的。

他瞬間就把手機扔了出去。

Jony-J有多不想看見他的學員，阿渣就有多不想看見阿直的消息。

不過就算是心力交瘁，他還是不甘心：他的情路一直很順暢，無論什麼類型的他都能搞定，阿直大概是他唯一的挫折。

他不甘心敗在這挫折上，畢竟之前還信誓旦旦的對朋友吹牛。要是朋友問起來，他豈不是顏面掃地了？

於是他鼓起鬥志，蠕動著爬到窗邊，重新撿起手機回覆道：「還好，只是有點虛弱。」

這次阿直回覆得很快：「那要多喝熱水。」

「……」死直男什麼的阿渣已經罵累了，他現在只能看著手機屏幕哭笑不得。

緊跟著阿直的消息再度傳了過來：「**資料中的條例2和條例7有些問題，方便商討一下嗎？**」

結果還是腦子裡只有工作的事嗎？阿渣咆哮著站起來，結果腳下一滑撞到了書櫃。一本書掉了下來，砸在了他的腦袋上。

他本能地拿開那本書，發現那是一本BL漫畫。

他突然靈光一現：對了，阿直對他的撩撥沒反應，就因為那傢伙是直男，對男性並沒有那方面的概念。如果讓他讀一讀有關BL的東西，他潛意識裡有了概念之後，自己是不是就好上手多了？

好在他們做的都是女性向相關的項目，可以名正言順的以「市場調研」為藉口推薦BL漫畫給對方看。

阿渣為自己的機智感到自滿，抓起手機把「不方便」三個字刪掉，又迅速打出一行字來：「**條例上的東西很難說清，不如我們見面探討一下？**」

「好的，那下週一？」阿直回覆道。

阿渣這才想起來明天就是週六，他迫不及待地想嘗試自己的新戰略，而且在公司也不太方便施展拳腳，便試探著把見面時間提前：「**這個東西挺急的，如果可以的話，明天我們找個地方一起商討下怎麼樣？**」

「也可以。」那個工作狂果不其然非常痛快地答應了下來。

　　阿渣擬定了好幾個約會的地點，高級餐廳、圖書館、咖啡廳，任何一個充滿情調的地方都很適合展開他的作戰。他深知那個死直男不可能懂得什麼情調，但在工作上來說，畢竟對方才是買家，他不能首先掌握主動權，所以裝模作樣的問了句：「地點您來定吧。」

　　反正對方無論定在什麼地方，他都能找藉口把人拐到自己安排好的地方去。

　　手機提示音很快就響了，阿渣嘲諷地想著「那死直男說不定會把地點定在公司」，一邊看向屏幕。

　　「來我家吧。」屏幕上寫著這幾個字。

　　阿渣揉了揉眼睛，又確認了一下發這條消息的確實是阿直，小心臟頓時「怦通怦通的」快速跳動起來。

　　這死直男，竟然一出手就直接給了他暴擊。

　　他還沉浸在震驚中，顫顫巍巍地按下手機按鍵：「真的嗎？」

　　大概是他的震驚太露骨，阿直也覺得有幾分疑惑：「是的，怎麼了？」

　　「沒什麼。我還以為以您的性格，會選擇在公司見面。」為了證明自己的話語沒有嘲諷的意思，阿渣還在信息後面加了個「吐舌頭」的可愛表情。

　　阿直很快給出了回覆：「哦。公司雙休日中央空調不開，沒有冷氣，太熱了。」

　　「……」阿渣剛剛萌生出的激動瞬間被澆滅，但還是不甘心的問道：「那為什麼選擇去您家呢？」

　　「因為不想出門。」

　　……嗯，果不其然，不愧是你。阿渣心如止水。

　　為了給對方留下深刻的印象，以免對方忘掉，他特

地用很可愛的方式回覆：「那麼，明天見啦～好期待呢～n(*≧▽≦*)n。」

為免對方覺得他GAY裡GAY氣，他特地又自嘲般的發了一句：「抱歉啊，男人用這種方式說話很噁心吧？」

對方迅速回覆了消息：「我是個平權主義者。」

阿渣：？？？

緊跟著對方又發了一句：「覺得女人用這種方式說話也挺噁心的。」

嗯，這傢伙不受女人歡迎的原因也找到了。阿渣默默地想。

阿直發了定位給他，他才發現他們兩家只隔了兩條街。原來離得這麼近……那不是很方便來回走動，培養感情嗎？阿渣默默的興奮著。

為了能讓阿直有眼前一亮的感覺，他特地在打扮上下了功夫。

不同於平時的嚴肅正裝，阿渣把平時用髮膠固定好的中分髮型，洗成了香香軟軟的學生頭；他還買了阿直照片裡那件同款T恤，這樣對方看見了也許就會說「我也有同樣的衣服」，而更輕鬆地打開話題，加深對方的印象。

很滿意鏡子裡那陽光青年的感覺，阿渣拿上那套作為拜訪禮物的精裝版BL漫畫，開開心心的去找人了。

到了阿直的家門口，他按下門鈴，等待開門的過程中還整理了一下髮型。

結果等了許久，沒有人來開門。阿渣覺得奇怪，那傢伙對工作的事情一向很嚴謹，應該不會突然放他鴿子。

又連續按了幾下，他將耳朵貼在門上，屋裡沒有任何響動。

難道是還沒睡醒嗎？阿渣有些疑惑，轉而開始期待對方衣衫不整，頭髮亂糟糟，一臉睏倦來開門的樣子了。

他一邊期待的傻笑著，一邊手指像啄木鳥一樣在門鈴上飛速按動。等到手指快麻了的時候，門終於打開了。

沒有見到想像中的場面，阿直依然梳著整齊的寸頭，穿著十分正式的白襯衫和西裝褲，面無表情地說：「不好意思，剛剛在刮鬍子。剃鬚刀的聲音太大，沒聽見門鈴響。」

剃鬚刀那麼大噪音就換一個啊！阿渣額頭上青筋直冒，表面還是要裝大度，抽搐著嘴角勉強做出微笑的表情：「沒什麼。」

阿直掃了他的衣服一眼，然後就把他讓進了門。

嗯，畢竟是個死直男，怎麼可能會注意到自己的裝束呢？哈哈。

阿渣一邊自我安慰一邊在心裡啐了他一口。

屋裡和阿渣想像的差不多，褐色與白色的簡約風格，乾淨整潔，和它的主人一樣無趣。

阿直倒了一杯綠茶遞給他，用磁性的聲音說：「請用。」

本就是個西裝革履的禁欲系的人，微微彎腰時，筆挺的襯衫隱約勾勒出肩胛骨的輪廓；那禮貌的將茶杯放置眼前時的動作，標準得簡直像是漫畫裡的執事。

要不是怕被當成神經病，阿渣早就摀住胸口倒下去反覆打滾了。

大概是他肆無忌憚的注視讓對方感覺不適，阿直微微皺起了眉。阿渣很明顯察覺到了他的表情變化，連忙轉移了話題：「您……在家也穿得這麼正式嗎？」

「畢竟是談工作。」阿直整理了一下領帶，繼續說道：「身爲一個專業人士，還是要穿得正式一些。不然很容易顯得自己是個半吊子，沒有誠意。」

這是在對自己隨意的裝扮表達不滿嗎？阿渣的笑容再度變得扭曲起來。

不要忘記自己的目的。這樣的男人只要睡到就值了。他一邊做著自我安慰，一邊轉移注意力以便壓下怒火。

他望向眼前的杯子，白瓷的杯裡裝著清澈碧綠的茶湯，散發著氤氳的熱氣。

「明明是個年輕人，卻跟個老頭子似的，喝什麼綠茶？」

阿渣的臉色變得有些難看，望向茶湯的時候有了幾分猶豫。

「我可是喝進口咖啡的時髦年輕人，才不會喜歡這種東西。」

雖然確實是這麼想的，但他還是把茶放在唇邊，喝了一口。綠茶淡淡的苦味和清香，很快在口中擴散開來，讓人心曠神怡。

「嗯，眞香。」

他再度抬起頭來的時候，阿直正饒有興致地盯著他。

他產生了被讀心一般的恐懼，但更多的是被玩弄的氣惱。從沒想過那麼一本正經的人，也會喜歡這種無聊的惡作劇。他忍住把茶杯捏碎的衝動，勉強維持著笑容，咬牙切齒地說：「……能請您不要隨便給我配音嗎？」

「抱歉。」意料之中的反應，阿直莫名的露出了滿足的笑容：「因爲你一切都寫在臉上，讓我覺得很有趣。」

平時總是冷著一張臉的人，笑起來格外的好看。阿渣

的心臟被瞬間擊中，從進門開始堆積的不爽也隨之煙消雲散。

這該死的直男，竟該死的撩人。

爲了不讓對方看出自己的慌張，阿渣趕快搬出禮物，試圖轉移話題：「對了，這個送給您。」

「謝謝。」阿直連假裝拒絕一下的客氣都沒有，直接接過禮物看了一眼：「這個……」

他意料之中的皺起了眉，阿渣知道突然讓直男看這個有點無法接受，剛打算解釋些什麼，對方便繼續說道：「這套漫畫我有OVA。」

嗯？嗯嗯嗯？

信息量太過龐大，以至於阿渣剛伸過去拿杯子的手就直接僵在了那裡，一時沒反應過來：「啊？」

「我們做的是女性向專案，BL作品是必要的市場調研。」他一本正經的解釋著，又理所當然地問道：「有什麼問題嗎？」

這個理由聽起來似曾相識，阿渣勉強扯了扯唇角，尷尬地回答：「沒、沒有。」

看過了BL相關還能這麼直，那不是沒救了麼？

阿渣痛苦地摀住了臉。

「而且這已經是03年出版的書了，劇情太過老套，已經不符合現在的流行趨勢。」阿直開啓了工作模式，非常認眞的給出評價。

哇，這個和BL完全無緣的人正在一本正經的和他談BL的事情喲。阿渣握著茶杯的手抖了抖，雖然已經完全放空大腦，但還是被突如其來的轉折衝擊得內出血：「那、那麼……現在的女性都喜歡什麼樣的漫畫呢？」

阿直放下漫畫書，意味深長地看了他一眼，然後站起了身：「請跟我來。」

　　阿渣疑惑地跟在他身後，隨著他走進了一個房間。等到阿直停下，阿渣神遊的思緒才收回來，疑惑地環視周圍。

　　WOC！這不是臥室嗎？死直男都這麼主動嗎？阿渣頓時雙目放光，興奮不已，就差口水沒流出來了。

　　很快他就發現自己想多了，因為阿直把他晾在一邊，站在書櫃面前，像注視著收藏品一般滿足的看著上面滿滿的女性向作品。

　　大部分書籍都是乙女向的，有少部分是BL向，被統一的放在固定區域。

　　這就是那個什麼……死宅想要炫耀自己的手辦一樣的心態吧。阿渣翻了個白眼。

　　不過，這漫畫的數量……這傢伙還真是敬業得可怕啊。

　　阿渣感慨的工夫，那個死直男從書架上面取下一盒光碟，遞到了他的面前：「現在的女性喜歡這種類型的。」

　　那是個題目和封面都很露骨的18×OVA，阿渣紅透了臉，抬頭看見阿直一臉公事公辦的正直樣子，覺得自己還是太嫩了。

　　本來還怕這死直男看到太露骨的BL產生抵觸情緒，阿渣特地挑了一套比較純情的漫畫送他。結果沒想到這個死直男這麼放得開，一上來就重磅出擊。

　　「原、原來是這樣啊……」阿渣顫顫巍巍的接下了那個讓人面紅耳赤的光盤盒子：「那我拿回去仔細研究一下……？」

　　他還在詢問的時候，就看到阿直取出光碟，直接放到

了DVD機裡。

這是要和他一起看的意思？這個死直男是瘋了嗎？要和他一個男的一起看BL高H？

對方是個死直男沒什麼，但他可是GAY啊！怎麼可能繃得住啊！

他挪到門口，丟下一句「我還是回家自己研究一下」之後準備跑路，阿直則抓住了他的手腕，非常認真地盯著他說：「共同學習，共同進步。」

這該死的直男，力氣竟然該死的大。阿渣流下了絕望的淚水。

他萬萬想不到，竟然有朝一日會和一個死直男一起看BL番。

因為太過震驚，他都忘了吐槽「在這個年代，竟然還有人用DVD看番」的問題。

電視裡的畫面讓人不忍直視，阿渣一邊假裝用手搗住額頭裝做沉思的樣子，順便擋住眼睛，一邊看坐在自己身邊的阿直的反應。

那傢伙根本沒有反應，像雕像一般一動不動，面無表情。阿渣甚至看到了他背後的佛光。

和一個男人一起看BL番劇不會覺得尷尬嗎？他到底是怎麼想的呢？難道這傢伙眼裡除了工作別的什麼都沒有了嗎？阿渣只能藉這些問題來轉移注意力。

電視裡傳來讓人臉紅心跳的聲音，無論是從指縫間傳來的影像，還是那略微低沉蠱惑的聲音，都讓他不由自主的代入了阿直。

發覺了他的視線，阿直轉過頭來看向他，面露迷惑：「怎麼了？」

「我……」動畫裡的人還在忘我地嚎叫著，阿直的聲音混入其中，讓他有些分不清是動畫還是現實。

在想像逐漸膨脹之前，他猛地站起身，扯起嘴角做出一個微笑的表情，禮貌地回答：「去個廁所。」

又去？看著他一步一挪腳步虛浮地走出了房間，阿直露出了疑惑的表情。

明明感到不適直接說就好了，結果還是堅持看了下去……本以為那傢伙只是個吊兒郎當的半吊子，沒想到為了得到這份工作還挺敬業。

這麼想著，他讚許的點了點頭。

阿渣不知道自己是如何熬過這段時間的，也就跑了七八次廁所，念了百八十遍心經吧。

天色漸暗，他也已經忘了自己到底是來幹什麼的。因為壓力過於巨大，阿渣已經神遊太虛，露出了一臉開悟的表情。

等到影片終於放映結束，阿直感嘆地點了點頭：「嗯，收穫頗多啊。」

阿渣的唇角抽了抽：你從兩個人的糾纏和嗯嗯啊啊中到底收穫了什麼啊？

也許是他的臉色太過慘白，阿直望向他的時候，突然怔了一下，而後才試探著開口：「晚上要留下來吃飯嗎？」

阿渣一下子就回到了現實，想起來自己是來泡阿直的，卻反而被這死直男亂了分寸。

這麼好的增進感情的機會他不能放過，他決定化被動為主動，一定要在飯桌上扳回一局：「好啊，那就麻煩你了。」

是去餐廳共進晚餐享受浪漫夜晚呢？還是這死直男自己做飯給他吃，兩人在廚房你儂我儂增進感情呢？

阿渣正在妄想的時候，阿直掏出手機打了電話：「您好，兩份餃子。」

嗯，好吧，他應該猜到的。阿渣早就習慣了，若無其事地笑了笑。

等到阿直掛了電話，他才意識到哪裡不對勁，但還是憤憤地握了握拳：至少問問我吃什麼吧？

壓抑著不滿，阿渣皮笑肉不笑地問：「您剛才點了什麼餡的餃子啊？」

阿直站起身來，扯了扯因為坐下而有些發皺的襯衫：「韭菜餡兒的。」

聽到韭菜這個詞，阿渣怒從心頭起。他一個渣男，是多麼講究的人啊，竟然被人請吃韭菜這種毫無情調異味超重，只要吃完了一開口就能把所有氛圍毀滅殆盡的東西？

他此刻非常想把阿直的腦袋打開看一看裡面到底是什麼，但憑著剛才阿直抓他的力度來看，他很可能打不過對方。於是他只能忍耐住，抽搐著嘴角問：「為什麼是韭菜餡呢？」

阿直看了看他，表情十分玩味：

「韭菜可以補腎。」

「………………」

補腎是要做什麼？這個死直男難不成要偷吃禁果走入我們的國度了？阿渣抱住雙肩進入激情妄想狀態，阿直接下來的話語很快就澆滅了他的熱情：「跑那麼多次廁所，八成是腎虛。」

「………………」

阿渣無fuck說。

兩人在等餐的時間總算討論了一些工作相關的東西，談起文件中條例2的時候，阿渣似乎想到了什麼，突然問道：「您對產品的調研只針對二次元市場嗎？」

「是的，雖然同是耽美，但二次元和三次元受眾喜好也並不完全一致。」阿直如實回答：「我們的業務只專注於二次元的部分。」

難怪這傢伙接觸過BL卻不知1和0為何意，阿渣默默的點頭。

很快他又心生一計：這個死直男雖然頑固不化，但卻是個十足的工作狂。只要利用工作之便讓他接觸一下三次元的GAY圈，也許他就能開悟了。

稍微控制了一下在妄想中即將笑裂的表情，阿渣裝做很認真的樣子探討：「雖然只針對二次元客戶，但畢竟耽美這一概念對女性來說是共通的。身為一個開發者，應該接觸一下現實中的案例，深入了解同性群體的生活。把習得的經驗代入專案中，才能讓產品更優秀。」

一番話語說完，阿渣都很佩服自己，竟能把騙炮這種事形容得如此清新脫俗。

阿直那個呆頭呆腦的傢伙，果不其然也非常認真的思索了起來：「嗯，您說得很有道理。但我應該去哪裡獲得現實中的案例和素材呢？」

「這個好辦！」眼前之人正中下懷，阿渣不受控制的興奮起來，本能的前傾貼近了他：「我可以帶你去一些真實的地方取材。」

看到阿直懷疑的眼神，他就知道自己的表情管理又失控了。輕咳了一聲以緩解尷尬，他退回到了原本的位置，

恢復了一本正經的樣子：「我們公司主營三次元的專案，我又負責推廣方面的工作，所以有一些了解。」

阿直瞇起眼睛稍微打量了他一會兒，然後面無表情地說：「哦。那麼您有哪些地方推薦？」

阿渣去過的GAY吧兩隻手都數不過來，但他不能推薦自己常去的那幾家，不然被酒保或者侍應生認出來就露餡了。好在來這裡之前他就已經做好了調研，現在正是展示成果的時候：「有個叫『bromance』的GAY吧，在男同群體中很有名氣。那家酒吧白天是以普通餐廳的模式來營業的，只有晚上9點之後才會開啓燈紅酒綠的夜生活，我們可以白天去調研。」

考慮到以阿直的性格估計會討厭吵鬧的環境，阿渣特意找到了這個比較特別的地方，把所有會讓阿直拒絕答應的因素扼殺在搖籃裡。

阿直意味不明地看了他一眼，眼裡有些許疑惑，但還是點了點頭，答應了下來。

兩人又繼續探討起工作，阿渣知道對方是個工作狂，一談到相關的問題就會忘記時間，所以故意拖延。等到了後半夜，阿渣掐點到最後一班地鐵停運後，才故意一臉困擾的樣子說：「哎呀，都這麼晚了，公交和地鐵應該都停了吧？」

言下之意就是他想留在這裡和阿直一起過夜。來都來了，他必須要找機會展示一下自己的人魚線，也許這個死直男看到他的好身材就臨時起意了呢？他就可以若無其事的讓對方來摸一摸自己的腹肌，然後……嘿嘿嘿……

在他陷入妄想開始傻笑的時候，阿直冷靜的聲音瞬間喚回了他的神智：「您可以打車回去。」

真是不解風情的死直男。阿渣暗自罵了一句，但他早有準備，便偷偷把手機關機，又擺出一臉驚訝的樣子：「哎呀，我手機好像突然壞了。」

　　阿直平靜地拿出自己的手機，迅速的按鍵：「我幫您打。」

　　萬萬沒想到，這個死直男竟然這麼不想讓別人在家裡過夜。但阿渣可不想放棄這難得的機會，連忙撲上前去，抓住他即將打電話的手，乾脆直接說出了自己的目的：「我住的地方離這裡很遠，那家酒吧就在附近的地方，乾脆讓我留在這裡過夜好了，明天我們一起出發。」

　　阿直稍微皺了下眉，幾乎把「不行」兩個字寫在了臉上。可能見阿渣這麼拚命，他也不想駁了對方的面子，便不情不願地回答：「也可以。」

　　阿渣因為他答應下來而鬆了口氣，冷靜下來後，心裡又難免多了點怒氣：他是多麼受歡迎的人啊，從來都是別人主動要求他留宿。今天竟然是自己主動開口，還是被人不情不願地留下來。

　　悲哀，太悲哀了！他重重嘆了口氣。

　　在進入屋子的時候，他特地觀察了一下：房子是一居室的戶型，也就是說，他現在所在的房間是唯一的臥室。

　　他的目光落定在阿直所睡過的那張床上，床鋪十分乾淨整潔，連褶皺都沒有。他甚至能想像到阿直躺在這張床上時的樣子。

　　下意識的擦了擦嘴邊，確認沒有口水流出來。他才半開玩笑半期待地詢問：「我晚上睡哪裡？難不成我們兩個人擠同一張床嗎？」

　　「您是客人，怎麼能讓您和我擠一張床呢？」阿直將

床鋪攤開來，看向他的時候，面無表情的臉上有了一絲謎之笑意：

「您就睡地板好了。」

第二章
曖昧的共處

　　阿渣勉強維持著微笑的臉，看起來稍微有那麼一點兒狰獰：「你就是這麼對待客人的嗎？」

　　「我可不覺得一個死皮賴臉留在別人家，還妄想霸占主人床的傢伙是客人。」阿直從櫥櫃裡抱出了被褥，直接扔在了地板上。

　　這該死的直男，說得竟然該死的有道理。阿渣無法反駁，只得在內心默默流淚。

　　看他把「不願意」三個字明明白白的寫在臉上，阿直皺了皺眉：「如果實在不想睡地板，你也可以睡客廳的沙發。」

　　睡沙發豈不是連共處一室的機會都沒了？阿渣一下子跳起來，立刻換上了笑臉：「不不不，這裡就挺好！」

　　阿直很滿意似地點了點頭，等把地上的被褥整理好了，又站起身來問他：「要洗澡嗎？」

　　「要要要！」他像上課時迫切想要回答問題的三好學生一樣，非常積極地舉起了手。很快他又在對方疑惑的目光中把手放下，輕咳了一聲以緩解尷尬：「那我現在就去浴室了。」

　　走進浴室，鎖好了門，阿渣興奮地握拳：yes！展示老子身材的機會終於來了。

　　他哼著小曲兒去擰開淋浴，阿直見證了他一天的所作所為，以為他會在浴缸裡做些什麼見不得人的事情，警惕地說：「不要用浴缸，我有潔癖。」

　　阿渣頭上青筋直冒，但為了能達成讓他臣服於自己身下的目的，還是忍了下來，咬牙切齒地應：「好的。」

　　不得不說，那個死直男雖然嘴有一些損，還是挺體貼的。浴室裡已經擺好了客用的一次性洗漱用品，還為他準備了全新的浴袍。阿渣洗完澡美滋滋地擦乾身體，卻忽然覺得有點不對勁：一個獨居又不怎麼和別人接觸的人，家裡怎麼會有全套的一次性用品呢？

　　難道這個死直男只是表面上正經，實際上是個花花公子？這麼想著的阿渣，覺得事情有意思起來。

　　走出浴室的時候，阿直正坐在沙發上看報紙，本能地抬頭與他對視。他非常做作的甩了甩頭髮的水，倚在桌櫃上擺了一個展示身材的姿勢，唇角那得意的笑容彷彿在說：怎麼樣，爺的身材不錯吧？

　　阿直瞟了他一眼，然後放下報紙準備，面無表情的與他擦肩而過。

　　嗯，也對。他能指望一個死直男有什麼反應呢？搔首弄姿的阿渣感覺有些尷尬，只好這樣安慰自己。

　　阿直走進浴室關上了門，他忍不住對著緊閉的門豎起了中指，門卻突然打開了。

　　兩人對視了幾秒。阿渣急中生智，用中指撩了一下髮簾，繼續擺出了做作的姿勢，心裡高興的想：終於發現了爺的魅力忍不住多看兩眼嗎？

　　回應他的只有阿直警惕的眼神：「不要上我的床。」

　　「……」

　　扔下這句話，阿直就再度關上了浴室的門。

　　於是阿渣終於有了罵他的新詞，咬牙切齒一字一句地說：死、潔、癖！

想到一會兒就能看到那死直男裹著浴巾出來，阿渣多少有點期待。他坐在沙發上無聊地翻看報紙，發現上面都是一些行業諮詢。

雖然是個死直男，但這敬業精神真的是值得敬佩。只不過這個年代還看報紙，也真是……未老先衰。阿渣嫌棄地捏起報紙的一角，一邊把報紙掛在眼前亂晃一邊想。

從浴室門上的磨砂玻璃可以看見阿直洗澡的剪影，阿渣扔了報紙，倚著沙發背睞著眼睛觀看，覺得看這個可比看報紙好玩多了。

盯了好一會兒，阿直洗完了澡從浴室走了出來。阿渣不自覺的前傾身體，睜大了眼睛盯著他。

暴露在視線中的小麥色皮膚，完美而光滑。阿直的身形勻稱而優雅，微微顯露輪廓的肌肉，緊實又並不過分強壯，這身體的每一寸都美得讓人移不開視線。

阿渣打量的視線太過露骨，阿直不滿地皺起了眉：「你為什麼死盯著我看？」

「啊，不，那個……」阿渣心頭小鹿亂撞，慌張地移開了視線：「我還以為你們這些常坐辦公室的人，不太會健身什麼的……」

「是嗎？剛好相反。」阿直擰開一瓶水喝了幾口，漫不經心地回答：「整個公司只有我們程序部門會去健身，因為我們的工作量最大，不適時運動一下，怕會猝死。」

直接說是為了逃避工作才去健身的不行嗎？阿渣默默吐槽，但阿直的身體實在是太吸引他了，以至於他什麼都忘了說，視線一直追隨著阿直，直到對方進了臥室。

他躺在沙發上瘋狂打滾，內心發出土撥鼠尖叫：啊，媽媽，我想睡他！

　　好不容易冷靜下來，他從沙發上爬起來，整理了一下髮型，調整了一下呼吸，才滿懷期待地進了臥室。

　　阿直剛好把浴巾拿下來，內褲也正脫了一半。氛圍變得有點奇怪，兩人面面相覷。

　　然而阿直只是看了他一眼，然後旁若無人的，繼續脫內褲。

　　那就是像在公共浴池一樣自然，但現在只有他們兩個人，其中一個還是GAY。

　　如果不是怕被打死，阿渣早就撲上去了。

　　安靜了幾秒，阿渣因為承受不住想要落荒而逃，他剛扒上門框。阿直就從身後走了過來，直接按住了門，瞇起眼睛問：「要睡覺了，你去哪？」

　　赤裸著上身的阿直貼在了他的身後，手臂做出將他半禁錮在懷裡的姿勢。阿渣看著眼前比他高出半個頭的人，感受到了強大的壓迫感。

　　他的視線不自覺的下移，臉瞬間漲得通紅。他顫顫巍巍地指了指阿直裸露出的某個部位：「呃……那個……你……是不是忘了什麼？」

　　「確實忘了什麼。」阿直的臉不停的貼近，手臂緩緩的向下……然後繞過了他，順手鎖上門：「我點的外賣好像一直都沒有送來。」

　　阿渣可是見過世面的人，約人無數又向來掌握主動權，在這種時候可不能露怯。於是他深吸了一口氣，拿出氣勢故作輕鬆說：「不不不……外賣沒送來又又又不是我的錯……你你你鎖門幹什麼？」

　　結果因為語速太快，他不小心咬到了舌頭，痛苦地搗住了嘴。

阿直饒有興致地看著他莫名慌張的樣子，試探性的又往前貼近了一點兒。阿渣本能的雙臂抱肩擋住上半身，緊緊貼住了牆，好像害怕自己被強迫似的。

　　「呵。」阿直發出一聲意味不明的冷笑，若無其事的退回了原來的位置：「沒什麼，習慣而已。」

　　丟下這句話，他便自顧自的上了床蓋好被子，還不忘叮囑被晾在原地的阿渣：「記得把燈關了。」

　　就這？阿渣的腦袋上冒出了許多問號：我都「站」起來了，這就沒了？

　　很快他就意識到了哪裡不太對：等等，我是鐵1啊！我在怕什麼？我是來幹什麼的，為什麼要退縮？剛才那麼好的機會，我為什麼不趁機霸王硬上弓？

　　床上的人已然不再想理他，閉著眼睡得安穩。阿渣關了燈，不情不願地鑽入被窩，陷入了沉思。

　　回想今天阿直的所作所為，他感覺到了一種屈辱，一種被調戲的屈辱。

　　他在人際關係裡向來如魚得水，撩撥任何人都不在話下，今天怎麼會因為一個死直男無意的舉動失了方寸呢？

　　失敗，太失敗了！阿渣翻來覆去的睡不著，越想越不甘心。

　　無論如何，他都要扳回一局！

　　抱著這樣的決心，他小心翼翼地爬上了阿直的床。

　　阿直背對著他，已經睡熟了，閉著眼的樣子安穩又人畜無害。

　　他湊過去揪了揪對方纖長的眼睫毛，又摸了摸他細碎的鬍茬。

　　這男人還真是有張好看的臉啊。阿渣不服氣的想。

看著對方熟睡的樣子，他再度陷入了沉思：嗯，腦子一熱就爬上來了……接下來幹什麼呢？

趁人之危稀裡糊塗把人睡了，確實是渣男法則。但那是在把人騙到手之後，在對方的半推半就下進行的。現在沒有感情基礎就亂來，他不僅會被打個半死，沒準還會被告上法庭。

但人上都上來了，不幹點什麼總覺得有點虧。

經過一番思想鬥爭，阿渣決定，乾脆就躺在這睡一宿，等早上起來再謊稱睡迷糊了以為是自己家才上了床，看看對方是什麼反應。

他一番折騰之後，阿直早就醒了。

想到白天阿渣為了工作而想去進行社會調研的興奮模樣，他忍不住感慨：現在的年輕人，為了能談下合作居然這麼拚的嗎？

……雖然好像從進門開始就一直沒聊過有關合作的事情。

不過他現在實在是太睏了，沒有心情去思索這些。他只想讓像蛆一樣一直蠕動的阿渣老實下來，安安穩穩的睡覺。

阿渣剛躺回去鑽進被窩，阿直突然就翻了個身，用手臂摟住了他，整個人還貼在了他的身上。

因為阿直是裸著睡的，所以他的——「那什麼」就直接貼在了阿渣的臀部。

這……這可遭不住啊。阿渣還是太低估了死直男的魅力，他可不想僅僅一晚上就完成由1到0的轉變。

為了保住自己的清白，他決定還是偷偷爬回自己的被窩。

結果剛有動作，阿直就用力抱緊了他，低沉的聲音帶著一絲霸道與不耐煩：「既然進來了就別出去了。」

——不然被子掀來掀去的太冷了。

只可惜後面的半句話還沒說出來，阿直就再度進入了夢鄉。

直男程序員忽變霸總，與鐵1渣男共睡一榻。思緒混亂之中，阿渣甚至為運營方想好了推廣題目。

體溫逐漸升高，阿渣想逃卻又不敢，畢竟阿直禁錮著他的力氣非常大，聲音聽起來也有一絲絲怒氣。

萬一真把阿直惹急了，說不定就會被奪走貞潔。

帶著這樣的擔憂，他盡量避免被阿直緊貼住。畢竟那個死直男沒事，自己的小兄弟可不是很聽話。

身後的阿直傳來了均勻的呼吸聲，讓恐懼又期待著發生點什麼的阿渣陷入混亂：怎麼回事？這個直男為什麼能如此自然地摟著自己睡覺？這是一個直男能幹出來的事兒嗎？

為了印證對方到底是不是直男，阿渣有了一個很大膽的想法。

他緩慢地翻轉過身面對著阿直，準備用手輕輕撫摸對方的小0雞，如果對方起了反應，那麼就證明這傢伙根本就不是個直男。

他將罪惡之爪緩慢地伸向阿直的隱祕部位，阿直卻像是感受到了什麼一般，猛地睜開了眼。

那雙眼像是禿鷲在盯著自己的獵物，在夜晚中泛著寒光。

沉默地對視，空氣變得焦灼起來，讓阿渣緊張得忘記了呼吸。

阿直緩慢地坐起身來，銳利的目光一直緊盯著阿渣。阿渣內心恐慌，卻覺得自己不能輸了氣勢。他鼓足了勇氣，故作輕鬆地說：「這麼早就起床了？」

話語未落，阿直就像失去了耐心似的，直接把他翻過去用力按在床板上，整個人伏在他的身上，貼在他的耳邊，用蠱惑而壓抑著慍怒的聲音低語：「我說過的，讓你好好睡覺的吧？」

這是什麼展開？他這個鐵1難道真要在今夜失去些什麼了？阿渣慌張地想要掙脫，禁錮的力量卻讓他動彈不得，他不甘心的大聲吼道：「不不不，你根本沒說！」

「吵死人了。」阿直扯開了他的被子，臉隱藏在陰影中，看不清表情：「看樣子有必要教你，該怎樣安靜點了。」

「等等，你冷靜點……」阿渣試圖勸說，阿直卻一點一點直起身來，獰笑著舉起了手臂，然後非常乾脆俐落的——

對著他的後頸就敲了下去。

阿渣口吐白沫直接昏厥。整個世界頓時安靜了下來。

睏到失智的阿直嘀咕了一句：「終於安靜了」，也心滿意足繼續睡去。

早上醒來時，阿渣整個人掛在床的邊緣。清晨的陽光灑入進來，闖進因倦意而模糊的視線。他本能地望向光線的來源，卻看見阿直正坐在窗邊抽著菸。

阿直依然穿著那件整潔的白襯衫，半敞著衣領露出輪廓分明的腹肌。他若有所思地望著窗外，陽光氤氳地落在他的身上，恍若隔世。

就像是一場夢，醒了很久還是不敢動。

大概是阿直的一擊下手太重，導致阿渣有了短暫的失

憶，他的記憶只留在剛剛爬上床的時候，然後不知怎麼就睡著了。

自己居然在這種情況下也能睡著，難道是白天看片時消耗的精力太多了？他忍不住想。

阿渣見阿直望著窗外出神，連他醒了都沒意識到，便好奇地走過去張望。

樓下是一間很小的便利店，就像兒時常見的那種鋪子一樣，到處擺滿了琳琅滿目的商品。

小零食，玩具，繪本，文具，雜七雜八的擺放著，充滿著對童年的回憶。

那是阿渣常常會去的便利店，裡面能買到很多市面上已經買不到的，小時候的零食，還有很老很古舊的漫畫。店主是個老奶奶，待人熱情又溫和。閒暇的時候，他也會幫老奶奶看店，陪著她聊天。老奶奶真的非常溫柔，就算是對他這樣的人，也沒有過半分嫌棄。

以前去了那麼多次，竟然不知道這家店就在這死直男的樓後面。他本能的湊過去，略有些興奮的說：「唉？那家店我常常去哎，沒想到竟然離你家這麼近。」

阿直回頭看他，目光有了細微的疑惑：「你不是說你家離得很遠？從那麼遠跑過來到這裡買東西？」

「……」阿渣差點就說出自己家離這裡就兩條街的事情，但很快他就回想起昨天為了留在這裡過夜而撒的謊。本想隨便說兩句圓過去，他猛的站起身時卻感覺到後頸的鈍痛，忍不住哀號出聲：「疼疼疼……怎麼脖子後面那麼疼？」

阿直面無表情的移開了目光，眼神游移：

「可能是落枕了。」

「哦——」阿渣一邊揉著脖子一邊仔細回憶，並沒有注意到他微小的反應。看了一眼褶皺的床，他忽然像是想起了什麼，故作驚訝地問：「我晚上……到你床上睡了？」

「是啊。」阿直瞥了他一眼，眼神裡多了幾分鄙夷：「您要是有夢遊症早點說，我就安排您睡沙發了，省得大半夜嚇到我。」

這死直男還真不解風情！阿渣本來還想調戲他一下，結果被這句話攪得興致全無。但轉念一想，對方畢竟是個死直男，要真想吃到好處，就不能急於求成。

於是他壓抑著不滿，勉強擠了個笑容，就把這件事帶過去了。

兩人吃完了早飯一起向著目的地出發，路過一個高檔餐廳的門口，有個女人好像認識阿直，想打招呼又不敢，就假裝在阿直經過的時候輕咳並且唉聲嘆氣。

是很古樸的泡男人的路數了，但基本上這種事也都是願者上鉤。但阿直是誰？一個誰都撩不動的鋼鐵直男啊，怎麼可能會被這種低級路數套路呢？

正如阿渣所料，阿直目不轉睛的就直接從她身邊走了過去。

女人不甘心，連忙追上來打招呼。阿直回憶了半天，在女人的臉色變得很不好看的時候，才想起來這是誰。

兩人聊了幾句後，阿直拿出平時那副對待阿渣的敷衍態度，想快速結束話題。女人卻絲毫沒有眼力，自顧自地說起沒完，還嘀咕著什麼「因為今天沒化妝所以可能您認不出來我」；見阿直興趣不大，她又裝做可憐兮兮的樣子，說今天本來是約了異性朋友一起吃飯，結果異性朋友的女朋友不待見她，飯局不歡而散。

女人本來就長得很清純，那眼眶一紅更顯得楚楚可憐，要是別的男人早就心生憐意上前安慰了。

但她眼前的畢竟是阿直，這死直男已然開始不耐煩，露出了一臉：「關我什麼事」的表情。

阿渣掃了女人幾眼，心下覺得不妙：化了裸妝愣說是素顏的，多半不是什麼善茬。

不過他忽然覺得，這是個和阿直增進友誼的好機會。他心生一計，乾脆就在這女人面前假扮情侶，把這煩人精趕跑。阿直肯定會覺得他幫了自己，而且BL看得多了，他潛意識裡說不定會代入什麼漫畫情節……那他不就更有機會了嗎？

正想像著「漫畫情節」傻笑的時候，女人抱怨的聲音斷斷續續地傳進了他耳朵裡：「明明知道我不喜歡喝茶，她女朋友還給我買了這瓶茶飲料，不知道是什麼意思。」

阿直看了看一眼飲料瓶子，非常理所當然的回答：「她說妳是綠茶。」

果不其然，根本輪不到他出手，阿直便以一己之力氣走了女人。

阿渣默默嘆氣。

很快他就意識到哪裡不太對，追著阿直問道：「那我剛來你家的時候，你請我喝綠茶是什麼意思？」

阿直假裝沒聽見，但明顯心虛地移開了目光：「天色不早了，快走吧。」

阿渣看了看高高掛在天上的大太陽，在心裡默默發誓：這些天受的氣，以後一定要在床上討回來！

可惜理想很豐滿，現實很骨感。阿渣想要「先以朋友身分接近，並潛移默化轉變成愛情的戰略」馬上就受了

挫，因爲他在這家酒吧裡，居然遇見了以前不歡而散的炮友。

這位炮友名叫阿綠，是GAY圈著名的交際花。當然，這人也不是因爲眞愛他被騙了感情，才與他反目成仇。交際花嘛，心氣兒高，只是不爽自己是被甩，而不是他甩人罷了。

阿渣也沒想到，在只是喝過酒，離家還八百丈遠的地方，都能遇見熟人。也不知道是世界太小，還是他睡的人太多了。

阿綠果然不是個善茬，一見到他就舉著酒杯走了過來，開始陰陽怪氣：「這不是阿渣先生麼，又跑來這種地方約了？還眞是狗改不了吃屎啊。」

阿渣額頭上青筋直冒，但畢竟阿直還在，他也只能強裝笑意，忍住不發火：「你不是也在嗎？我們半斤八兩，誰也別說誰。」

阿綠在嘴炮上落了下風，不甘心地瞪了他一眼，又將目光轉移到阿直的身上，仔細打量：「雖然說阿渣先生炮品很差，但眼光還不錯。你就是他的新炮友吧？」

本來阿直就是個面癱臉，就算得知了這個還算重磅的消息，現在也沒有多驚訝的樣子，反而心平氣和地回答：「不是，我是直男。」

「喲～」阿綠反倒是很驚訝，又一臉看戲的樣子，好笑地問略顯尷尬的阿直：「您這麼飢不擇食嗎？連直男都不放過？」

阿渣心裡清楚，阿直那種性格的人不會因爲他是GAY而鄙視他，也就並沒有多慌張。但現在完全是前任來給現任難堪的情況，但凡是個有眼力的人，都會挺身而出幫忙化

解一下尷尬的氛圍。

於是阿渣給了阿直一個求助的眼神，阿直不知道到底懂沒懂，只是點了點頭，然後問道：「你是GAY？」

阿渣不知道他打得什麼主意，就茫然地點了點頭。阿綠再次擺出一副似笑非笑的表情：「原來你不知道啊？這傢伙不止是GAY，還是在圈裡很有名的……」

接下來的話他沒有說完，只是挑釁的望著阿渣。阿直對此置若罔聞，繼續問：「你們……約過？」

這問題問得太直白又太尷尬，另外兩人都是一愣。阿綠還以為自己挑撥成功，陰陽怪氣起來：「是啊，怎麼？你這直男也想來嘗嘗鮮？」

這種話對於直男來說明顯是性騷擾言論，阿渣有點看不下去了，剛想讓他收斂，就看到那個從來沒讓他失望過的死直男，掏出了筆，展開了本子，開始嘀嘀咕咕：「早說你是GAY啊……不然我還用得著費這個力氣……」

阿渣沒聽到他說什麼，剛想湊過聽清楚，阿直便抬起頭來，望向了一直等著看好戲的阿綠。

雖然還是那副面無表情的樣子，但阿直純真的眸子閃爍著興奮的光：

「能把你們打炮的細節和我說說嗎？」

那正襟危坐的樣子真的非常嚴肅，以至於阿綠因懼怕他的腦迴路而本能的退後了幾步，一臉嫌棄的扔下了一句「有病」後，便匆匆逃走。

阿直揚了揚眉，若無其事的把紙筆又放回口袋，喝起了咖啡。

阿渣見慣了他的騷操作，但還是被他這一齣震驚到，扯著嘴角冷笑著嘲諷：「你的情商可真高啊，竟然在當事

人面前問這種事情。」

「對我來說，工作和個人感情是分開的。」阿直放下咖啡杯，迎視著他的目光，微微揚起了頭：「何況我和您並沒有什麼個人感情。」

這個死直男一定是故意的！阿渣握緊了拳頭，忍住沒讓髒話說出口，咬牙切齒的問：「……你這個人一定沒有朋友吧？」

對方微微一笑，回答得滿不在乎又理所當然：「確實沒有。」

所有的憤怒都消失了，阿渣現在只覺得頭疼：沒救了，這個直男沒救了。雖然想過泡直男像是從地平線爬上一座高峰，但沒想到這高峰是珠穆朗瑪峰。

兩人之間沉默下來。阿渣努力調整著情緒，再抬起頭來的時候，看見阿直正將頭倚靠在玻璃上，出神的望著窗外。

他的手裡捧著咖啡杯，氤氳的陽光落在他的眉眼上，讓他那樣剛毅冷峻的臉，都有了幾分溫柔。

阿直穿著微透的襯衫，被陽光直射的時候，能隱約看到被它包裹的身體。

這個直男不說話的時候簡直就是個藝術品，散發著讓人無法自拔的魅力。

阿渣太想睡他了。

奇怪的是，他第一次對著想約上床的人，萌生出想了解對方的想法。

發覺了他的視線，阿直移回目光，與他四目相對。他幾乎下意識的，順勢問出了口：「為什麼你一直單身呢？」

剛說完這句話，阿渣就意識到自己可能不小心把目的表露了出來。畢竟這句話在很多時候，只有在面對喜歡的人之時才會問出來，以便了解對方的喜好，適時調整戰略。

阿直注視了他一會兒，目光露出些許疑惑：「您為什麼想知道？」

這個直男腦迴路雖然一直和常人不同，但阿渣沒想過他居然會把這個問題拋回給自己。他反問的目的是什麼呢？是因為猜測到了他接近的意圖？還是只是不想回答所以才反問？

阿渣從他面無表情的臉上什麼也猜測不到，覺得這個直男現在和談工作時一樣，是個無懈可擊的戰略家。

「好奇，只是好奇而已。」他喝了一口咖啡掩飾慌張，盡量讓自己顯得回答得自然：「雖然你性格有點那個，但至少長得還可以，收入也不錯，應該會有很多女孩子喜歡吧？」

阿直挑了挑眉，並未因他的話語而表露不滿，而是繼續反問：「那您為什麼不去戀愛呢？明明和別人上床很隨便，談戀愛卻很謹慎。」

那話裡的諷刺意味十足，但阿渣聽得太多也就習慣了，所以若無其事地回答道：「我們這樣的人不可能得到真愛的，所以自暴自棄遊戲人間咯。」

「這種事和個人的性格有關，不要拉著所有的同性戀者共沉淪。」阿直顯然並不吃這一套，回應得一本正經。

「你這個人倒是有意思，明明是個直男還為同性戀說起話來了。」阿渣難得沒有生氣，嗤笑著說：「很少有男人對身邊的同性戀不反感。」

「我說過，我是平權主義者。男人或者女人，同性戀或者異性戀，在我眼裡都是一樣的。有差別的只是個體。」阿直像在談工作那樣，用很商務化的方式敘述著：「也正是因為我對女性的態度和對男性一樣，所以讓她們覺得不適或者不近人情吧。」

「那可不行啊，雖然很多女人嘴上說著平權，但如果真的不在性別上區別對待，她們又會生氣抱怨……最後把自己逼進死胡同。」阿渣像是想到了什麼不好的事情，玻璃桌上倒映出他略有些悲傷的臉。

「我倒是不會考慮那麼多，不區別對待，只是因為覺得麻煩。」

不愧是單細胞的死直男，阿渣唯一一點的傷懷也在他的話中消散殆盡，露出了哭笑不得的表情：「你為了工作跑到這種地方調查，倒是不覺得麻煩啊？」

「工作和個人感情不一樣的。」阿直用理所當然的態度回答：「錢能讓我更好的生活，感情卻不一定。」

「既然你是個平權主義者，那麼對男人的身體應該也不反感吧？」阿渣忽然心生一計，站起身來湊近他的臉，唇角的笑容充滿蠱惑的意味：「如果真的是想為工作收集素材，和我一起上床——不是最快嗎？」

「確實，在選擇伴侶上，是男是女對我來說都無所謂。」並沒有平時的嘲諷或者不為所動，阿直隨之站起身來，貼近他的臉，然後伸出了一隻手。阿渣的心跳加速，在他以為對方要撫摸自己的臉頰的時候，阿直的手卻忽然下移，攫住了他微微敞開的衣領：「但我清楚的知道自己想要什麼，從不做超出自己界限的事。希望您更珍惜自己一點。」

這樣的回應完全出乎阿渣的預料，他從來沒想過，這個完全禁欲一絲不苟的死直男，撩起人來居然這麼無聲無息又致命。

阿直幫他繫上了衣領的釦子，之後若無其事的退回到座位上。阿渣覺得自己的心臟簡直要跳出來了，臉也熱得發燙。

身為一個在情場遊刃有餘的渣男，他從來沒有像現在這樣心煩意亂過。他裝模作樣地喝了一口咖啡，想要藉此掩飾那肉眼可見的慌張：「我、我只是……開個玩笑而已。」

阿直大概是看出了什麼，體貼的沒有將這個話題進行下去，而是盯著他皺起了眉：「……有件事我有點在意。」

「什、什麼事？」阿渣放下杯子，盡量讓自己笑得自然。

阿直看了看他通紅的臉，又看了看他手上的杯子，面無表情地問：「您的杯子一直是空的，您從剛剛開始就喝什麼呢？」

「……」

這個死直男，一如既往的是個優秀的話題終結者啊。

已經心如死灰的阿渣平靜地想。

本來以為今天會有所進展，結果兩個人只是喝喝茶，說一些完全無關緊要的話，之後就各自回家了。

晚上阿渣躺在被窩裡翻來覆去的睡不著，腦子裡都是阿直的臉。

在他想到阿直的撩人之處，又一次抱著被子紅著臉嚎叫的時候，他突然開始疑惑：自己平時撩人的勁頭哪去了

呢？怎麼每次要有進展的時候，反而因為自己亂了陣腳而放過了機會呢？

同性交友上幾十條的消息，他已經完全沒有心思去搭理；微信上聊騷的消息也布滿了介面，但他只打開了和阿直聊天的那一頁，怔怔的看著。

到底為什麼呢？他怎麼想也想不明白。

好不容易熬到了早上，他屁顛屁顛地跑去找阿直談業務。

連自家公司的老闆都覺得新奇：這臭小子一開始還說這業務沒前景，怎麼最近比誰都上心呢？

等工作談到中午，阿渣特意邀請阿直去餐廳吃飯。畢竟他是上門求合作的一方，所以利用職務之便，公款和心儀對象約會也是情有可原。

經過一晚上的分析，阿渣覺得阿直雖然人格有點缺陷，但本質上是個善良的人，應該也會有普通人都有的同情心。

只要用自己的悲慘遭遇引起對方的同情，說不定和對方的關係就能更進一步。

於是他斷斷續續說起這些年身為一個男同遭受的苦難：從小時候因為性向不同而被同學欺凌，家人的不理解；成年後被深愛的人騙財騙色；有過互相喜歡的人，結果那人因為害怕各界的壓力，和女人結婚了，當了真正的人渣。

他以為過了那麼多年，自己早就不在乎了。沒想到一提起來，心裡還是未免難過。

他點燃了一支菸，慢慢的吸入，呼出。氤氳的霧氣在兩人之間擴散，嗆得阿直微微皺起了眉。在玻璃窗上，阿

渣看到倒映出來的自己的臉，平靜，落寞，甚至已經不太像自己了。

而阿直只是靜靜地聽著，在他的故事結束之後，不鹹不淡地回了一句：「哦。」

也曾想過阿直那種人可能不會出言安慰，但沒想到這人竟然能無情到如此地步。阿渣嘴角抽了抽，差點把菸掐斷，一臉皮笑肉不笑的表情：「你和普通人還真不一樣啊！就算不感興趣，普通人也會出言安慰一兩句吧？」

不知道有沒有聽懂他話裡的嘲諷意味，阿直只是看了他一眼，然後回答：「我看您現在過得很好，應該用不著我安慰。」

阿渣氣得差點背過氣去。

行吧，這一招不管用，老子還有下招呢！

這麼想著的阿渣，巧妙的繞過這個話題，又開始以工作的名義談論起同性的婚姻。

他說：「想不明白父母為什麼覺得一定要娶妻生子才是完美的人生，明明他們的婚姻也根本都不幸福。他們到底哪裡來的自信，覺得我像平常人那樣結婚就能獲得幸福呢？」

嘆息了一聲，他抱怨一般的，又自言自語起來：「我印象中，父母在一起只有無盡的爭吵；因為婆家的不公平，因為娘家的歧視，各種芝麻蒜皮的小事都能成為爭吵的導火索，而他們又總是以我為藉口不肯分開。我甚至覺得，出生在這個家庭簡直就是上天給我的懲罰。」

回應他的依然只有阿直簡單的應答：「哦。」

「……看樣子你的原生家庭很幸福啊。」沒想到自揭傷疤，換來的只有對方一個單音節的應答。阿渣強忍著怒

氣，繼續冷嘲熱諷：「不然怎麼連您的一點共情能力也沒激發出來呢？」

阿直用一臉看白痴的樣子看他，以非常理所當然的口吻回答：「沒什麼，只是我認識的人，包括我父母的婚姻都是在爭吵中度過的。既然大家都一樣，有什麼需要同情的嗎？」

阿渣被問得無話可說，忍住掀桌的衝動禮貌的微笑道別，以「要回去工作了」爲藉口匆忙跑路。

阿直剛準備起身回公司，手機就響了。他接起電話，原來是老闆在問他的去向，他慢悠悠地回答：「我在和阿渣先生談業務。」

老闆覺得很奇怪，之前阿直基本上就已經否決了合作方案，怎麼還肯和對方的業務員商談？不像他一貫的風格啊？

疑惑之餘，老闆就順便問了一句：『那你們談得怎麼樣？』

阿直慢條斯理地喝著咖啡，抬頭就看到阿渣在猛踹店門前種的大樹。停頓了一下，他面無表情地回覆道：「甚是有趣。」

老闆從共事以來，第一次從阿直嘴裡聽到「有趣」兩個字，對此大爲震驚。

至於阿渣那邊，踢樹歸踢樹，抱怨歸抱怨，但他想要睡到阿直的心不會變。

所以即使每次都受挫，他還是時常跑來找阿直。兩人沒事兒就坐在一起喝喝茶，聊聊天。一開始多半的時間是阿渣一直在說，只有對工作上的事情，阿直才會捨得開口；後來阿渣意外的發現阿直很喜歡動漫的話題，便瘋狂

補各種番，兩個人一起逛逛展子，總算能聊上那麼幾句。

阿渣不知從哪裡來的情報網，打聽到了不少阿直的事情，掌握了他的常規路線，興趣愛好，製造各種偶遇，還時不時送點阿直喜歡的東西。

那熱絡的態度，讓阿直的老闆看到之後都覺得這個人不太對勁，於是他小心翼翼地問阿直：「你們……到底是什麼關係啊？」

阿直對此陷入思索，他發現自己已經完全習慣阿渣的存在，彷彿那個人已經變成了他生活的一部分。但兩個人的關係也沒有朋友那麼要好，說甲方和乙方的關係吧，又沒有那麼簡單；想到兩人一起經歷的事情，印象最深的也就是阿渣第一次去他家那天。不過詳細的說出來又比較麻煩，所以他折中的選擇了一個更為簡單的方式描述：「我和他睡過同一張床。」

老闆當時正在點菸，聽完他的話連打火機都忘了鬆手，直接把鬍子燎著了，還一臉迷茫地問：「你說什麼？」

阿直鄙夷地看了他一眼，以為這老狗因為作惡太多終於遭到了報應痴呆了，就又重複了一遍：「睡過同一張床的關係。」

鬍子熊熊燃燒燙到了臉，老闆終於反應過來，拍滅了鬍子上的火，震驚無比地說：「現在的年輕人，為了工作也太拚了吧？」

阿直揚了揚眉，不置可否。

也多虧了阿直，阿渣鍛鍊出了更強大的心臟與更厚的臉皮。他一門心思的撲在阿直身上，自省的時候，都會忍不住懷疑自己是不是個抖M。

終於，他的努力有了成效，阿直開始主動約他談工作的事情了！

阿渣的老闆對他讚許極了，經常在開大會的時候表彰他為公司做出的努力，還給他升了職，授予了「年度優秀員工」的稱號。

周圍的同事以他為榜樣，原來看不起他的人也恭恭敬敬地給他端茶倒水，和他請教工作方法。

身邊的人知道他混得越來越好，讓他也成了親戚鄰居嘴裡的「別人家的孩子」，用來激勵自己家裡那些不爭氣的人。

嗯，除了和阿直的感情沒有進步外，別的形勢都一片大好。

終於意識到哪裡不太對的阿渣，在某個夜深人靜的夜晚，怒而摔了「優秀員工」的獎盃，絕望地咆哮：「我去你大爺的，老子不是為了工作在努力的啊！」

等到關係再熟絡了一些，阿直主動聊天的次數更多的時候，阿渣終於漸漸看到了希望。

這天他輕車熟路的來到公司，無意間聽到一個漂亮妹子和阿直談起自己的事情。漂亮妹子好像在問他，自己在他心中的定位是什麼，阿直面無表情地回答：「他是我生命的一部分。」

阿渣從來沒聽過如此撩人的情話，也從沒想過這樣的情話，能從那個死直男的嘴裡聽出來。

他自滿於自身的魅力與毅力，內心歡呼雀躍的唱著小曲兒：這個死直男，沒想到藏得很深嘛！

他激動得熱淚盈眶，以至於沒聽到阿直後面那句「像狗皮膏藥一樣黏著不下來。

沉浸於喜悅中的阿渣並沒有覺得哪裡不太對，興奮地擺了個撩頭髮的POSS。

　　但是，阿直只是他魚塘裡的一條魚，現在還不是收網的時候。為了能夠讓阿直對他意亂情迷，必須開始下一步行動。

　　他要讓自己的攻勢緩下來，減少和阿直見面的頻率；他也不再秒回阿直的信息，逐步減少主動給阿直發消息的頻率，然後就停止了消息往來，逼迫對方主動詢問。

　　「那個死直男一定會很快就忍不住回覆我消息的。」阿渣非常自信的想。

　　如果這個時候和對方保持若即若離的態度，對方就會開始產生巨大的心理落差，變得惶惶不安。

　　停了消息往來的第一天，阿渣認真投入工作，忙碌了一整天回家之後，他點開了微信，沒看到阿直發來的任何消息。

　　畢竟只是第一天，那個死直男又很忙，可能想不起來吧。這麼想著的阿渣，守著手機睡著了。

　　停了消息往來的第二天，阿渣變得心不在焉起來，總是習慣性的翻出手機，卻依然沒有想看見的消息。

　　同事們都看出來了他的心神不寧，便問他是不是談戀愛了。他心虛的掩飾：「不是，在等個重要客戶的消息。」

　　第三天，阿渣捧著手機，一邊死盯著屏幕，一邊哀怨的唱著：「想見你，只想見你；未來過去，我只想見你。」

　　老總看見了，把他周圍的員工都召集了起來，感慨地說：「你們都學學，對待客戶就是要有這樣執著；把客戶當戀人，時時刻刻的想著，這樣才更能獲得合作的機會。」

第四天晚上，阿渣跑到酒吧去買醉，像個被拋棄的怨婦一樣，一邊哭一邊含糊不清的問：「你說說，你倒是說說，他為什麼不聯繫我？」

調酒師疑惑到底誰能讓這個情場浪子傷心至此，但還是忍不住笑出了聲：「你也有今天！」

第五天早上，宿醉頭疼的阿渣剛剛醒來，本能的摸到手機打開，看到微信上彈出了阿直的消息。

他連忙坐起身揉了揉眼睛，確認自己沒有看錯。

終於等到了阿直主動發來的消息，那一刻，他激動得簡直要哭了出來：你們看見了嗎？勝利的號角馬上就要吹響，人民的翻身做主的日子馬上就要到來了！

顫抖著手指打開消息，消息是昨天深夜發來的，屏幕上只有很短的一句話：「合作的事情我們這邊敲定了，明天有時間來簽一下合同。」

好不容易發一次消息，結果還是工作的事情。但收到消息的喜悅讓阿渣已經無暇顧及這些，那個「好的，馬上來」還沒發出去，他突然想到，自己的戰略還在進行，不能這麼痛快的答應，還是要拿捏對方一下。

想了想，阿渣刪掉原來打出的幾個字，重新編輯發了出去：「不好意思，明天我還要去見別的客戶，不如重新約個時間？」

另一邊很快就給出了回覆。阿渣美滋滋的看向消息，發現上面寫的事：「哦。那我們就和別的公司簽了。」

臭小子，還學會威脅人了！這麼罵著的阿渣，全然不知自己已經笑成了一朵花，手指在手機上歡快的飛舞：「別，我把另一個客戶推了，馬上就過來。」

而手機另一頭的阿直，下意識的微微笑了起來。

這一幕剛好被經過的老闆看到，老闆掃了一眼他的手機，好奇地問：「你那個狗皮膏藥今天要過來？」

阿直很快就恢復了面無表情的樣子，不動聲色的收回了手機：「是的。」

「現在的年輕人啊，很少能見到這麼有恆心的。和這樣的人合作，讓我覺得很放心。」老闆說著，點燃了一根菸：「這樣的人，我也很想收為己用啊。」

阿直警覺的看了看他，沒說話。

第三章
進擊的阿渣

「既然能爲了工作獻身，要是把他拐上我的床，他是不是也就願意來咱們公司上班了？」老闆吸了一口菸，又將煙霧吐出，猥瑣地笑了起來：「雖然以前沒試過男人，但那小子長得也不錯……」

話音未落，阿直一巴掌就糊到了他的臉上，力度大得讓他差點扭了脖子。整個走廊裡迴盪著那清脆的「啪」的一聲。

短暫的寂靜之後，是老闆震驚地吼聲：「你幹什麼？」

阿直疑惑的看了看自己的手，剛才不知道爲什麼，手脫離大腦的控制，本能的行動了。

但他依然保持著冷靜，一本正經地回答：「您的鬍子著了，我幫您滅火。」

老闆狐疑的看了看他，一手捂著臉，一手揉了揉鬍子，發現確實有部分焦掉了：「哦，那……謝謝？」

阿直繼續一臉冷漠：「不用客氣。」

老闆瞪了他一眼，指著自己被打的地方不滿的抱怨起來：「那你不能輕點嗎？我一會還得開會，你看看，這邊都給我打腫了，兩邊都不對稱了。」

「您說得對。」阿直點了點頭，抬手又從另一邊給了老闆一嘴巴。

看著老闆懵逼的樣子，他滿意地點了點頭：「現在對稱了。」

阿渣歡天喜地的進入他們公司的時候，剛好就看到了

這一幕。

因為那一瞬間的場面太過震驚，以至於讓他忽略了前臺小姐姐的謎之笑容，以及那句差點說漏嘴的：「經理，那個狗⋯⋯那個阿渣先生來了。」

老闆轉頭看了他一眼，摀著臉憤憤地走了。阿渣站到阿直身邊，看著老闆漸行漸遠的背影，猶猶豫豫地問：「你們程序員⋯⋯都玩得這麼大嗎？」

阿直並沒有回答，若無其事的岔開了話題：「合作要帶的東西都帶來了嗎？」

「哦哦哦，帶來了。」阿渣本能地把文件放到他的手上，然後才意識到在阿直的那句話之後自己該生氣的：畢竟隔了這麼長時間再見面，這傢伙竟然一開口就談工作的事情，連最基本的寒暄都沒有。

只是自己太不爭氣了，一見到阿直就總是被他帶著走。情緒也是，話題也是。

以前他想不明白是怎麼回事，但看到阿直甩老闆巴掌的那一瞬間，他明白了。

他就是單純的被對方的氣勢震懾到了，怕被揍。

想明白了的阿渣，不知道為什麼心裡稍微舒服了點。阿直饒有興致地看著他變幻莫測的表情，但還是一臉冷漠公事公辦地帶著他到了會議室：「請坐。」

這傢伙已經開啟了工作模式，現在才開始抱怨有點晚，阿渣只能把話嚥回了肚子裡。

心不在焉地簽好了合同，阿渣決定繼續進行自己的策略。在雙方禮貌性的握了手之後，他仰起頭以謙遜的態度說：「那麼我就先告辭了。」

按照以往的習慣，每次談論完工作之後，他都會和阿

直一起吃個飯。他相信阿直已經養成了這樣的習慣，而今天他並沒有要求吃飯主動提出離開，對方一定會因為心理落差……哪怕是因為好奇心驅使，都會問些什麼。

他自鳴得意的等待著阿直接下來的反應，對方果然沒有讓他失望，面不改色的回：「哦。」

然後收拾好桌上的文件轉身就走了。

阿渣呆立在了原地。

以前這招從未失算過，這個死直男果然異於常人啊。

他大受打擊。那個死直男卻忽然轉過身，盯了他幾秒，又大踏步的向著他走過來。

哎呀，這傢伙是工作模式結束了，想起來吃飯的事情了嗎？阿渣掩飾不住內心的喜悅，做作的撩了撩頭髮，看著阿直慢慢接近他——然後又繞過他把文件給了他身後的市場部門的妹子。

等到阿直注意到他的時候，他的臉已經開始發綠了。阿直看著他的臉怔了一下，在他以為這貨終於要開口約飯的時候，阿直竟然一臉茫然地問：「你怎麼還沒走？」

阿渣的臉白裡透著綠，像極了一瓣臘八蒜。忍住不讓自己口吐白沫，他咬著後槽牙把心裡想的話說了出來：「剛剛才簽完合同，一般按照流程，不是應該吃個飯什麼的嗎？」

阿直像是忽然想起了什麼，做出恍然大悟的樣子，很快又面無表情地點頭：「好啊。」

阿渣的心情稍微緩和了一點，很快又發覺了不對勁：不對，我只是在質疑這個死直男，怎麼又變成是我主動邀約了？

看著阿直熟稔地掏出手機開始訂飯桌，阿渣憤憤地

想：算了，反正結果是一樣的。是我贏了！

兩人到了常去的餐廳，阿渣決定不再像以往那樣滔滔不絕，而是等著阿直先開口。

他堅定了信心，這次絕對不會再有變數了。

於是他眼睛冒光一臉期待的盯著阿直，阿直則在認真的翻著菜單，完全沒有要搭理他的意思。

他在腦子裡嫻熟地模擬對話，等到想像中的對話險些衝出口的時候，意想不到的人出現了。

沒錯，就是阿渣以前約過的那什麼友。

怎麼這個地方也能碰到啊？阿渣本能的用菜單擋住了臉。

之前已經遇到過一個了，這裡再遇到一個，那個死直男肯定會覺得他不是什麼好人，而產生警惕心理。

……雖然他也確實不是什麼好人。

剛剛進來的朋友明顯看到了他，但似乎並不想打擾他們約會，只是在他附近坐下，和他點頭示意。

他稍微鬆了一口氣，心虛的對著來人笑了笑。

再轉過頭來的時候，他發現阿直正在盯著他。

「呃……」那眼神怎麼看都有些玩味，阿渣稍微有些心慌，勉強的笑著解釋：「是以前的朋友。」

阿直不說話，繼續盯著他。

「真的啦，就是朋友，我社交面很廣的嘛……」阿渣的眼神開始心虛的四處游移。

阿直依然不說話。

「你要相信我，就算是我這樣的人，身邊也還是有普通朋友的……（大概）」那看穿一切的眼神讓阿渣非常不自在，他的頭上開始冒出些汗來。

阿直還是不說話。

他一直沒什麼表情，讓阿渣猜不透他在想什麼。但那份沉默，那堅定的眼神，似乎都在訴說著他的懷疑，逼迫阿渣說出一切事實。

當阿渣忍受不住那眼神拷問而打算全盤托出的時候，阿直冷不防的開了口：「啊，抱歉，我太期待新品上來了。」

停頓了一下，他看著面色蒼白額頭冒汗的阿渣，茫然地問：「你剛剛說什麼？」

「……」

阿渣僵硬地回過頭去，看到了身後牆上貼著的那張「清蒸麵包蟹」的海報，一句「MMP」差點罵出口。

隔壁那曾經的炮友沒憋住笑出了聲。

阿直下意識的望向笑聲的來源，阿渣的心再度懸了起來。

好在阿直只是瞟了他一眼就收回了目光，而鄰座也努力的憋住了笑，假裝什麼都沒聽見。

就算是個路人聽到這種對話也是忍不住會笑的，應該不會暴露吧。阿渣在內心安慰自己。

過了沒多久，有個看起來很紳士的外國人走進了店裡，坐到了隔壁那朋友的對面。

那大概是對方的新戀人，兩個人熱絡地聊著天，臉上的笑容從未散去過。

再看看那個死直男，半天了屁都沒放一個，而且還一直低頭翻菜單，看都不看他一眼，好像對菜單上的各種螃蟹的興趣大於他這個活生生的人。

老子在那死直男眼裡竟然連隻螃蟹都不如！阿渣憤憤地咬了一下吸管。

　　隔壁的外國人開始給戀人餵食了，他的吸管也差不多咬爛了。

　　其實阿渣和隔壁那傢伙並不熟絡，只是對方當時生活拮据，在他那裡暫住了幾日，他們各取所需罷了。

　　在他印象中，對方是個陰鬱，膽小，總是以他人為優先的傢伙。他從沒想到，那樣的人竟然也會露出這樣毫無負擔的，陽光一般的笑容。

　　那兩個人啊，看起來真的很幸福，阿渣竟然覺得有點羨慕。

　　正思索著，對面忽然傳來阿直冷冰冰的聲音：「你不喜歡吃螃蟹嗎？」

　　阿渣回過神來，才發現桌上已經擺好了一盤清蒸麵包蟹，便下意識地回答：「哈，還行，就是不太會吃。」

　　「？」阿直微微仰著頭，眉毛又皺了起來，眼中溢出一絲鄙夷：「用勺子掏出蟹黃沾著醬料就可以吃了，這有什麼不會？」

　　那像是看白痴一樣的眼神刺痛了阿渣的心，但他還未從那心虛的狀態中緩過來，連忙找藉口掩飾：「呃……我比較喜歡吃螃蟹腿。」

　　「這樣嗎……」阿直看了看他，又低頭看了看螃蟹，再抬起頭來的時候，忽然一副興致盎然的模樣：「沒辦法，我來教你怎麼把腿肉取出來。」

　　這傢伙竟然會這麼好心？阿渣還以為他會像平常那樣低下頭繼續吃，根本不理自己。震驚中的他目瞪口呆的看著阿直熟練的把蟹腿剪斷，將蟹肉敲出來，原本冷漠的眼裡泛出了興奮的光：「學會了嗎？」

　　「……學、學、學會了……」從未見那個死直男如此

熱情過，阿渣以為他被螃蟹傳染了什麼疾病，嚇得往後縮了縮。

阿直優雅的把敲出來的蟹腿肉吃完，面向他的時候又變成了平時冷漠的樣子，死死的盯著他。那銳利眼神中又摻雜了一點不耐煩，好像在問「你怎麼還不吃？」

不明白他為什麼對螃蟹這麼執著的阿渣，被那驚人的氣勢所嚇倒，無奈的拿起一條蟹腿，小心翼翼的按照剛才的教程敲蟹腿。結果因為沒掌控好力道，蟹腿裂了一個小口子。

「不對！」阿直猛地拍了一下桌子，之後站了起來，大踏步的走到阿渣的身後。

阿渣莫名的有了種被教導主任盯梢的感覺。

然而這位「教導主任」忽然俯下身，將他整個人環在懷裡，緊緊貼住他的後背，然後握住了他的手。

阿渣心跳加速，整個人都慌了，僵在了原地：這……這是什麼展開？

「要像這樣，把蟹腿稍長的那部分立起來一點，之後這樣……這樣……輕輕敲下去。」阿直的手隨著那略有些低沉又充滿磁性的聲音行動著，每一次碰觸都恰到好處，聲音夾雜著溫熱的氣息拂過耳邊，撩得人心慌意亂。

教程結束，阿直看著已經僵得像一尊雕像的阿渣，意味不明地揚了揚眉：「學會了嗎？」

阿渣還沒從對方那一連串讓人震驚的行為中緩過神，但他很快強迫自己冷靜下來。畢竟他曾經也是個約人無數的海王，絕不能在這裡被個死直男撩得掉了架子。於是他輕咳了一聲緩解情緒，盡量讓自己顯得若無其事：「學……會會會……了。」

然後就因為緊張用力過猛，把螃蟹腿掰成了兩節。

「……」

「……」

阿直居高臨下地盯著他，冰冷的視線中散發出令人震懾的壓迫感。

好在那視線只稍微持續了一小會兒，看著阿渣非常勉強的想扯起嘴角的樣子，他無奈地嘆了口氣：「算了。」

他回到座位，像剛才那樣取出完整的蟹腿肉，放進盤子裡遞給了阿渣：「我來幫你取蟹腿肉好了。」

這……這死直男是突然開竅了嗎？竟然會主動做這麼溫情的事？阿渣摀住自己「怦通怦通」直跳的小心臟，紅著臉不可思議地望向對方。

對面的阿直非常旁若無人，面無表情，且目光興奮的敲著螃蟹腿，規律的重複著單調的動作。

想多了，他只是沉浸在敲螃蟹腿肉的快感裡而已。

意識到這點的阿渣，僵硬地扯了扯嘴角。

坐在他們座位旁邊的人已經吃完了，一起離開了店裡。剛走出店外，那人還禮貌的對他點頭示意，笑容似乎有些欣慰。

這種坦然的態度，好像已經完全不在乎他似的，讓他多少有點失落。

這段感情裡他沒走過心，對方估計也沒有；既然如此，自己到底為什麼覺得不爽呢？

「不追出去嗎？」

阿直冷靜的聲音適時的響起，他回過頭來，剛好對視上阿直的視線。

這個時候再遮掩只能是欲蓋彌彰，倒不如坦然承認。

想到之前與阿直的對話，他有一種被戲弄的感覺，氣憤地咬著牙問：「你剛剛果然聽見了吧？」

「不需要聽見什麼也能知道。」阿直若無其事的用蟹肉沾了沾醬料，慢條斯理地說：「從鄰座的人進來的那一瞬間，你的反應就已經很明顯了。」

阿渣想為自己辯解，但他很快就意識到，這個看起來一門心思放在螃蟹上的傢伙，其實一直在仔細地觀察他的一舉一動。

對方對他產生了興趣，沒有什麼比這個更有利了。

唯一的那點不快即刻煙消雲散，他瞇起眼睛，微揚的語調中充滿了誘惑與得意：「怎麼？你很在意？」

「是啊。」阿直回答得毫不猶豫。

阿渣正驚訝於他的坦率，他便別過目光，一臉嫌棄的嘀咕：「嘖，竟然就這麼相安無事的結束了，本來還以為能看到彼此糾纏不休舊情復燃的戲碼。」

竟然是來吃瓜的啊！阿渣差點捏碎了杯子，又開始咬牙切齒起來：「哎呀，畢竟您生活單調，沒有經歷過這種事情，只能從別人的感情生活中獲取素材了。」

「確實如此。」阿直不動聲色的把食物放進嘴裡，細細的咀嚼，之後漫不經心地說：「不像您的感情生活那麼精彩，走到哪裡都能遇見前任。」

原本曖昧的氛圍瞬間變得劍拔弩張，阿渣覺得他面無表情的樣子格外氣人，不甘心地回懟道：「空口白牙的可別亂說話，我和你一起去過的地方就那麼幾個，也只是巧合遇見。怎麼到您這裡就變成『到哪都能遇見』了呢？」

嗯，確實兩人去過的地方就那麼幾個，但是似乎也確實都遇上了。阿渣心虛得很，但面上波瀾不驚，咬死了不

承認。

「哦，確實有一個地方沒遇見過。」阿直完全無視了他之前的話，像是忽然想起了什麼，看著阿渣逐漸得意的表情，冷冰冰的說：「我家。」

阿渣的情緒逐漸失控。在他徹底爆發之前，阿直適時地轉移了話題：「話說回來，不去追那個人嗎？」

「嗯？我為什麼要去追他？」阿渣的話題果然被他迅速帶偏，話語中還帶著剛才的餘怒。

「我看您依依不捨又一臉不甘的樣子——」阿直用餐巾擦了擦手，故意揚起下巴露出蔑視的眼神：「還以為您想和他復合。」

阿渣莫名的從對方的言行舉止中，察覺到一絲醋意。但這個死直男之前給他的驚嚇太多了，以至於他現在不敢表現出開心的痕跡，以免中了這直男的奸計。

為了能套出阿直的內心想法，並提升自己在他內心的形象，阿渣把那句「我們就是各取所需而已」嚥回肚子裡，順勢賣自己的痴情人設：「我和他之間確實有著一段很難忘的記憶……不過那個人既然已經找到了歸宿，我也不打算去打擾……只要他幸福就好。」

說這話的時候，他故作一副憂鬱深沉的樣子，提起想讓對方幸福時，嘴角還不忘揚起一抹苦笑。

怎麼樣，老子的演技不錯吧？他陷入對自己的演技自滿中。

阿直一直在觀察他，當然也沒錯過他說完這句話之後，無意間露出的得意神色。

大概是阿直打量的目光讓他有了危機感，他又將眉頭皺得更緊，做出一副感懷的模樣。

阿直注視了他良久，之後才嘆了一口氣，若有所思地說：「……是我錯怪了您，以前我一直都覺得您人品有些問題。」

　　這個死直男終於上鉤了！阿渣抑制著不讓自己的嘴角咧得太開，故作優雅地問：「現在呢？」

　　看著他因為想要忍住笑容而變得略有些扭曲的表情，阿直本能的後退了一些，下意識地回答：「現在覺得，精神也有點問題。」

　　積累下來的壓力瞬間迸發，阿渣拿起筷子就丟了過去：「你才精神有問題！從剛才開始就忽冷忽熱的，你精分啊你？」

　　「我對你的態度始終如一啊。」阿直輕而易舉的躲過攻擊，以理所當然的口吻回答：「一直很冷淡。」

　　他又像是忽然想起什麼似的，特意補了一句：「哦，熱情是對螃蟹的。」

　　「你這傢伙……」阿渣覺得自己簡直被耍得團團轉，咬牙切齒地問：「根本就是故意的吧？」

　　阿直與他對視，目光中多了幾分疑惑：「什麼？」

　　這個混蛋，真的是無時無刻都散發出讓人窩火的直男氣息，精準地戳中他所有雷區。阿渣不耐煩地瞪了他一眼，望著窗外小聲抱怨：「果然我還是應該找個乖一點的人。」

　　阿直並沒有聽清他說什麼，但見他還在望著前男友離開的方向若有所思，莫名的有那麼一點，不爽。

　　為了防止被這個死直男氣得英年早逝，阿渣決定提前結束飯局，拿了外套準備走人。阿直不緊不慢地開了口：「你要去做什麼？」

　　吃完飯當然是走人了！阿渣繼續瞪他，賭氣地說：

「去追剛才鄰座那個人啊！」

「……你不是說那個人既然已經找到了歸宿，就不打算去打擾他了嗎？」

「我反悔了，不行？」

看著對方咬牙切齒的樣子，阿直不禁感慨這傢伙的表情管理能力確實是不怎麼樣，想必在鄰座秀恩愛的時候，也不知道自己露出一臉嫉妒的表情吧？

想到這點，他毫不客氣問出了口：「是眞的後悔了，還是只是想去攪黃他們？」

「誰有心思去攪黃他們啊！你這個死直男有完沒完？」阿渣忍無可忍，一怒之下不小心說出了眞心話：「老子看前任過得比我好，心裡不平衡所以去喝悶酒不行嗎？」

阿直意味深長地應了一聲「哦～」，然後看著他怒氣沖沖地跑出了餐廳。

走出了沒幾步，阿渣忽然接到一通電話。阿直隔著玻璃窗，看著他不耐煩地對話筒喊了一聲「喂」，之後又緊張的道歉，小心翼翼地說著些什麼。

阿直抬手看了看錶：時間差不多了吧？

果不其然，沒多久他就看見阿渣黑著臉又走了回來，不情不願的對他說：「老闆說項目簽成了要盡快推進合作，讓我盡快和你熟悉專案內容。」

「這麼突然？」阿直故作不滿地皺了皺眉：「我以爲今天只是簽合同……別的資料都留在家裡。」

「哈？你把專案資料放家裡做什麼？」

阿直喝了一口水，回答得理直氣壯：「忘帶了。」

「……」

看著阿渣已經開始發綠的臉，他站起身來，秉持著自

己愛崗敬業的精神，給出了一個折中的方案：「沒辦法，現在只能請您和我一起去家裡拿了。」

阿渣本來想要拒絕他的，一是因為他現在很生氣，而且工作的事情也不是那麼急；但這死直男再次邀請他去自己的家，讓他頓時又變得興致勃勃起來。

之前在這個死直男家裡沒有任何進展，讓他非常不甘心。現在他稍微摸到了和阿直相處的門路，說不定這次就能見縫插針，把那死直男騙到床上。

再說了，冷靜下來的話，這個死直男談話間似乎都在問他前任的事情，想必也開始在意起他來了。

打鐵要趁熱啊，當然能留在阿直家裡過夜是最好的。阿渣這麼想著，下意識的撩了撩頭髮，嘴角不小心咧開：「真拿你沒辦法，下不為例。」

他在心裡盤算著小九九，完全想不到阿直是故意把資料扔在家裡的。

當然他也不會知道，吃飯時阿直看似一直在玩手機，其實是在給老闆發消息，讓老闆去催促阿渣公司那邊的進度，這樣阿渣會因為工作不得不留下。

從進了家門開始，阿直果不其然一直只談論工作的事情，阿渣幾次試圖轉移話題，要麼被無視，要麼被拐回工作，思路不知不覺被他帶著走。

在阿渣那點熱情和小心思快被磨沒的時候，他們的工作由客廳談到了臥室。

起因是阿直想要找到一本漫畫書舉例，大概是工作談得太投機，那些烏七八糟的事情阿渣都快忘光了，也就沒有多想。

打開臥室門的那一瞬間，熟悉的場景出現在眼前。

　　風兒很輕，雲兒很淡，書架上塞得密密麻麻的全新BL漫畫書，在陽光下反射著明亮的光芒，閃瞎了他的狗眼。

　　他的內心不禁升起幾絲疑惑：上次來都是少女漫，怎麼這次全是BL了？

　　很快他就想起了第一次進阿直臥室那不堪回首的一天，心中瀰漫著即將重蹈覆轍的不安。

　　阿直在書架旁認真地挑著示例書籍，他則在心裡默默發誓：要再讓自己看些什麼熱情似火的東西，他可就順勢而為不客氣了。

　　正想著，阿直就拿了一本漫畫書，一本正經地講解起來：「以情色為主題的任何作品在任何時代都是引流之王，能輕而易舉的吸引大眾目光；而中國古代的桃色書籍，大多數都描寫了關於偷情的事蹟。這就說明，越是封建閉塞的環境，人們對情色文學的追求就越熱烈；越被禁止的東西，越能勾起人們的逆反心理，反而會想一探究竟。」

　　阿渣看了看那十分露骨的封面，忍住沒說話。

　　阿直翻開了漫畫的其中一頁，繼續進行解說：「雖然基於政策等原因，沒辦法還原這樣的文化，但我們依然可以適當的打一下擦邊球，以滿足成年讀者的正當需求。」

　　手真準，一翻就是最H的一頁。阿渣看著那基情四射的畫面，冷冷地勾了一下唇角：這特麼哪是擦邊球？這是一竿子把球打進了違法犯罪的黑洞裡，一去不復返。

　　阿直並不知道他內心所想，依舊自顧自地解說著。午後的陽光氤氳的籠罩在房間裡，阿直纖細白皙的手指在書上反覆摩挲著，每一個動作，每一句聲音，都充滿了不可思議的誘惑。

阿渣不得不承認，眼前這個人分析得非常正確。越被禁止的東西，越能勾起人們的逆反心理。而越正經越禁欲的人，越能勾起人征服的熱情與骯髒的欲望。何況這個正經人，還用磁性的聲音，面無表情地講解著情色的事情。

　　氣氛被烘托到了恰好的點上，恰好到讓阿渣覺得，此時不開幹，不是真男人。

　　身體先於理性行動，阿渣一把握住了阿直的手腕；平穩的講解聲音戛然而止，阿渣將他拽倒在床上，翻身置他於身下，緊緊鉗制住他的手腕。

　　阿直只是本能的愣了一下，詢問的語氣依然不慌不忙：「您這是在做什麼？」

　　做什麼呢？阿渣也不知道，只是那個人的樣貌，聲音，氣息，身體，點燃了他每一個細胞。他聽見血液沸騰的聲音，熱烈而喧囂，模糊了那不知不覺間說出口的話語：

　　「你說得對，每個人都想要探究平靜外表之下隱藏的波瀾，我也並不例外。」

　　他的手掌摸索進對方已經泛起褶皺的襯衫裡，伏下身貼在阿直的耳邊低語：「無論學習了多少理論，也終究只是浮於表面。只有實踐才能掌握到細節與精髓。」

　　再直起身的時候，他居高臨下注視著阿直的目光，寫滿了挑釁與得意：「我相信，為了工作，您會願意這麼做的，對吧？」

　　阿直與他對視著，平靜的表情讓人猜不透他在想什麼。

　　這對阿渣來說，更像是一種默許。

　　在他即將進行下一步的時候，阿直忽然握住了他不安分的手，手掌緩慢的沿著他的手臂向上，一點一點的撫摸著。

「您說得對。」阿直非常認真的思索了一下，慎重的回應。

在對方震驚的目光中，他忽然加大了手上的力道，猛拽阿渣的手臂，輕而易舉的讓對方摔進自己懷裡。然後他迅速翻身，將阿渣的雙臂扳向背後，把對方狠狠的壓在了床上。

剛才還掌握主動權，狂撩不已的男人，一瞬間變得驚慌失措。阿直滿意的看著他此刻的表情，唇角微妙的上揚：「確實要實踐出真理。」

一瞬間身位互換，鉗制住阿渣的，是壓倒性的力量。

等等……怎麼回事？我不是壓人的那個嗎？怎麼被壓住了？這死直男力氣為什麼這麼大？阿渣的頭腦一片混亂。

阿直則強制的將他扳過來，讓他面對自己，變成了與剛才完全角色互換的姿勢。

兩個人對視了良久，阿直面無表情的臉總是讓人猜不透他在想什麼，這樣的時刻，更讓阿渣覺得可怕。

哪怕力量上輸了，氣勢上也絕對不能輸。阿渣決定先發制人，震懾住對方：「你你你你幹什麼？」

阿直非常平靜的看著他慌亂的模樣，冷漠地回答：「正當防衛。」

「我就就就開個玩笑，我我可沒有欲圖不軌。」

阿直想了想，又一本正經的說：「我有。」

唉？唉唉唉？阿渣以為自己的耳朵出了毛病，以不可思議的目光望向他。還來不及說些什麼，阿直便整個人趴在了他的身上。

這個舉動嚇得他大氣都不敢喘，愣了一下之後，他本

能地掙扎起來：不對不對，雖然目的確實是上床，但我是睡人的那個，不是被睡啊！

　　阿直壓制的力量用得更大了些，貼在他耳邊，用略微不耐煩又帶點命令的口吻說：「別動。」

　　那聲音聽起來多少有些威脅的意味，讓阿渣不敢再妄動。

　　他以前一直以為這傢伙是個死直男，所以撩得肆無忌憚。沒想到撩動直男的代價，竟然是要把自己搭進去？

　　以阿直的架勢，自己是要被睡的那個沒跑了。這對一個渣男鐵1來說，很難接受。

　　可是這該死的直男，竟然該死的甜美。阿渣偷偷的看著阿直，那人眉頭緊緊皺著，正閉著眼睛，纖長的睫毛微微顫動，似乎也陷入了掙扎。

　　對方的體溫透過皮膚迅速傳遞過來，阿渣呼吸急促，血液翻滾，心跳加速。

　　有那麼一瞬間，他甚至想放棄掙扎，乾脆放棄直接享受算了。

　　正當他糾結的時候，阿直忽然放鬆了鉗制的力量，從他的身上爬了起來。

　　「好了。」說著，阿直若無其事的整理了一下袖子：「我壓過你了。」

　　阿渣：？？？？

　　他再度懷疑起自己的聽力，小心翼翼地問：「壓……什麼？」

　　「做壓倒同性的試驗啊。」阿直一邊回答著，一邊拽了拽襯衫，目光露出些許疑惑：「不是只要壓住就行了嗎？」

阿渣愣愣的看了他許久，才反應過來他這句話的意思：……就這？就這？？什麼叫「壓住就行了」？你那些有色書籍是都看到狗肚子裡去了嗎？給老子學全套啊！虧老子還那麼期待，這就完了？

等等……我期待個什麼鬼？阿渣崩潰的揪住頭髮，內心瘋狂咆哮。

阿直則把書放回原位，背對著阿渣舒了一口氣，又轉回身，平靜地說：「工作吧。」

「哦。」

阿渣應了一聲，呆然的看著阿直像什麼事都沒發生一樣，打開了筆記本投入工作。

他也坐到了阿直的對面，打開了自己的筆記本，茫然地看著電腦畫面。

「……」

「……」

沉默良久，他突然將頭狠狠地撞在了桌子上，內心陷入崩潰：

靠！這個死直男到底在想什麼？我剛剛在想什麼啊啊啊啊啊——

阿直被巨大的撞擊聲嚇了一跳，疑惑地望向他：「您怎麼了？」

「沒什麼……」此時的阿渣心緒混亂，已經沒有力氣再和他討論了。他虛脫地趴在桌子上，試圖放空大腦緩和一下情緒。

阿直揚了揚眉，倒是也沒有再追問，繼續做自己的事情。

剛剛安靜下來，阿渣的手機就響了。平時為了防止讓

阿直發現自己炮友太多，基本上兩人見面時他都會把手機靜音的。今天是因爲錯過了老闆的電話被罵了一通，他才把電話的聲音調出來。

只不過沒想到稀裡糊塗的就跟著阿直跑去了他家，他忘了再把手機靜音切回去。

他把手機掏出來看了一眼，微信小號上約友發的消息就一鼓作氣的彈了出來，劈里啪啦響個不停。

最近一心撲在阿直身上，他都忘了查看這些消息。本來撩不動這個死直男就讓他充滿了挫敗感，加上剛才對方那一通騷操作，讓他稍微有些欲求不滿。

他需要一個發洩的端口，無論是情緒上的，還是身體上的。

與其和這個死直男一起枯燥的工作，還不如找個有趣的人在夜晚的床上聊聊人生。

這麼想著的阿渣，一條一條的翻著陌生人發來的消息，和他們一併傳的照片。

很快他就發現了一個問題：他媽的，怎麼哪個看著都不如那死直男順眼呢？

想到這裡，他本能地抬頭看向了阿直，發現阿直也正在盯著他。

那眞是一雙非常漂亮的眼睛。狹長的丹鳳眼，琥珀色的眸子，本應風情萬種，卻時刻充滿了攻擊性。

他不止一次覺得，對方的眼神，有著某種讓人畏懼的掠奪性；不僅能輕易的看穿他的一舉一動，又總是無意間宣示著某種主權。

而偏偏這撲面而來的危險氣息，讓他不小心沉迷，漸漸欲罷不能。

　　阿渣明白，他被對方所吸引，是因為嗅到了身上和自己同樣的氣味。

　　那是野獸的氣味。

　　下意識地別開目光，他裝做若無其事的樣子晃了晃手機：「我突然有點事，就先走了。」

　　阿直的目光從他的手機上掃過，顯然並不想讓他離開：「可是工作的事情還沒商討完。」

　　阿渣不知這個死直男是心太大，還是工作起來能目空一切。兩人經歷了那樣尷尬的舉動，竟然還能面不改色心不跳，繼續一門心思的工作。

　　他忙著去找別人探討人生，也害怕再留下來會被折騰得死在這兒，便耷拉著眼角一臉心如死灰的樣子：「不好意思……那什麼，我白天剛見到前男友，現在沒心情工作。」

　　阿直盯了他一會兒，然後才點了點頭。很快他又像是忽然想到了什麼，站起身走到了門口：「請稍等一下。」

　　說完，也不等對方回答，他就走出了臥室，還順手帶上了門。

　　阿渣沒有心情去猜測他又要鬧什麼么蛾子，本著多一事不如少一事的心理，他便安安靜靜的等。

　　現在他深刻的明白，要想活得長命，就得少跟那個死直男說話。

　　繼續興致勃勃地刷著消息，他恍惚間聽見了「咔嚓咔嚓」的聲音。

　　他將目光投向聲音來源，發現門把正在來回扭動，很明顯是外面有人在嘗試擰動把手。

　　正疑惑的時候，門外傳來了阿直試探的聲音：「阿渣

先生，您把門反鎖住了嗎？」

「嗯？」阿渣很快就意識到事情有些不對，走到門前嘗試著開門：「沒有。」

不管門把怎麼擰動，門都是紋絲不動的，怎麼也打不開，他變得有些不耐煩：「打不開，你這門怎麼回事？」

「門鎖最近不太好用了，關門的時候就會自動鎖上。」阿直的聲音倒是一如既往的平靜：「只有在外面用鑰匙才能打開。」

「那你倒是用鑰匙啊！」阿渣煩躁地擰動門把：這個死直男，門壞了不會早點去修嗎？為什麼要讓他遭此一劫？

「鑰匙忘了帶出來。」阿直停頓了一下，繼續說：「應該在裡屋的鎖眼上。」

阿渣這才看見鎖眼上插著的鑰匙，胡亂擰了幾下，果然沒有什麼用。

「啊，真是的，既然知道門壞了就不要把門鎖上啊！」壓抑了一天的阿渣終於咆哮般的吼了出來：「快點把門搞好，老子急著要約……回家！」

「如果您很著急的話。」門外阿直的聲音不慌不忙，冷漠中又帶著一絲優雅：「我建議您可以從窗戶跳下去。」

「開什麼玩笑，這可是六樓！」阿渣怒氣沖沖地踢了一腳門：「你大爺的！信不信我告你這個混蛋唆人自殺！」

「請冷靜一點，我確實是在開玩笑。」這是對方第一次當著他的面如此粗俗，阿直滿意地勾起了唇角，但聲音依然淡漠：「還有，希望您能稍微小聲一點，這個房子隔

音不是很好。」

「你大爺的，我管你隔音好不好，快想辦法把、門、打、開！」相比於他的冷靜，阿渣已經全然失控，正在瘋狂捶門。

「您在屋裡先自己想辦法試試，我去找一下備用鑰匙。」

扔下了這句話之後，門外響起了嗒嗒嗒的腳步聲，然後是一片寂靜。

阿渣喊了兩聲，外面沒人應，沒辦法他只好等對方找到鑰匙。

因為等待的時間太無聊，他再度刷起微信，挑選著今晚共度良宵的「獵物」。

時間一分一秒的過去，等他回過神來的時候，才發現外面天已經很黑了，找鑰匙的人又不知道死到哪裡去了，到現在都沒有消息。

他急得在屋裡打轉：這個死直男不靠譜啊，還是得自己想辦法出去。

他首先看了看窗外，外面但凡有根管路都能順著爬下去，可惜的是並沒有，只有能連到樓下的空調板。

他想了想，雖然確實可以冒險踩著空調板一路跳下去，但沒必要。自己又不是極限逃生，為了約個炮，不至於連命都豁出去。

窗戶的主意是沒法打了，阿渣只能繼續研究這扇破門。

門是由外向內打開的，所以他沒辦法反向撞開，只能從鎖孔那裡動動主意。

試著擰了兩下鑰匙，門紋絲不動；他又在臥室裡繞了

幾圈，從菸灰缸裡發現一小截鐵絲，便學著電視劇裡的樣子，把鐵絲塞進鎖眼裡戳了幾下。

門依然紋絲不動，只留下阿渣握著那一小截鐵絲感慨：嗯，果然電視劇裡都是騙人的。

又撬了鑰匙幾下，門外傳來了塞入鑰匙的聲音。阿渣心中一喜：「你找到鑰匙了？」

「是啊。」阿直回答著，卻發現鑰匙無法完全塞進鎖眼裡：「奇怪……裡面的鑰匙還插在鎖眼上面嗎？」

「啊，是啊！」

「你先拔出來，讓我進去！」

阿渣連忙把裡屋的鑰匙從鎖孔裡拔了出來：「好了，拔出來了。」

門外又響起了撬鑰匙的聲音，阿渣滿懷期待的等著門打開，卻遲遲沒有動靜，又焦慮起來：「怎麼回事，你怎麼還不進來？」

「能插進去了，但是動不了。」

「會不會是拿錯鑰匙了？」

「不會，但是總覺得沒辦法完全插入。」

「你再用點力試試？」

「不行，還是插不進去。」

阿渣試著把裡屋的鑰匙往鎖眼裡塞，發現裡面的情況和臥室外一樣，鑰匙都沒辦法完全插進去。

他覺得可能是力氣不夠大，反覆的試了幾下，然後就聽見「咔」的一聲。

意識到不妙的阿渣，顫顫巍巍的把鑰匙拿了起來，發現只剩下了一半，另一半斷在了裡面。

沉寂了兩秒之後，整個樓房迴盪起他淒慘的吼聲：

「完了啊啊啊，插太深了——」

「請冷靜一點。」阿直輕輕敲了敲臥房的門，又抬頭看了看時間，才慢悠悠地說：「或許我們可以想想別的辦法。」

「我靠，鑰匙都斷裡面了，還能有什麼辦法？拆門嗎？還是用炸藥把門炸開？拿電鋸把門鋸出個逃生門？」

「……虧您想得出來啊，這麼麻煩又不靠譜的方法。」

「找個開鎖公司。」

對啊，他們倆這是在白費什麼力氣呢？一開始找開鎖公司不就行了！阿渣把斷了的鑰匙往地上一扔，憤憤地踹了一腳門：「靠，你不早說！」

「我手機在裡面，還要麻煩你打電話了。」阿直說著，從門縫裡塞了一張開鎖公司的小卡片進去。

阿渣把卡片接過來，一邊掏出手機，一邊掃了一眼卡片，看見上面寫的是：激情之約，清純學生妹，電話×××××。

阿渣：「……」

「阿、直、先、生！」憤怒到達頂端反而讓人冷靜下來，阿渣那些罵人的話到了嘴邊，只剩下了這咬牙切齒的四個字。

門外的人似乎並沒有意識到他的憤怒，非常順其自然地問：「怎麼樣？」

阿渣怒極反笑，冷冷地扯了扯唇角：「胸太大了，我喜歡沒胸的。」

屋外沉寂了一會兒，阿直回應的聲音一如既往的淡定：「不好意思，拿錯了。」

說著，他又從門縫裡塞了一張紙進來。

阿渣急於出門，不想再和他掰扯。不耐煩的抽過紙片看了一眼，證實是正經的開鎖公司卡片後，才拿起手機撥出號碼。

　　手機響了三聲，然後抽搐般的震動了一下，接著陷入了沉寂。

　　阿渣疑惑地看了看突然黑屏的手機，目光平靜如死灰：嗯，沒電了。

　　他掐著手機流下了悔恨的淚水：該死的，早知道不聊騷了。

　　阿直大概是很久沒有聽到動靜，試探性地敲了敲門：「阿渣先生？」

　　「我手機沒電了！」阿渣直接回覆了一句，掃了一眼臥室，又毫不客氣地從桌子上抄起了阿直落在裡面的手機：「先用你的打吧……密碼多少？」

　　雖然當時只是一門心思的想出去，不過他很快意識到，這種情況下，他可以名正言順的翻看對方手機裡的內容。說不定他能就此掌握到對方的各種情報，方便自己發動進攻；運氣好的話還能看到這個死直男的祕密，抓到他的把柄，強迫他和自己做這樣那樣的事情。

　　在他陷入妄想口水馬上要流下來的時候，門外傳來了阿直猶豫的聲音：「密碼……忘記了。」

　　「啊？那你平時怎麼解鎖的？」

　　「用指紋。」

　　這個死直男還挺警惕，但別想著這樣就能糊弄我！阿渣這麼思索著，邊套話邊推測起來：「這樣……你好好想一想那些重要日子……對了，你的生日是？」

　　「1992年1月7日。」

阿渣迅速地輸入了數字，果然屏幕上顯示密碼錯誤，他不甘心的繼續問：「不對，那你前女友的生日是？」

「……不知道。」

嗯，難怪變成了前女友。阿渣內心已經完全沒有任何波動：「你父母的生日呢？」

阿直分別把父母的生日報了上去，結果還是密碼錯誤。失去智商的阿渣在心裡默默的罵了一句：竟然不用父母的生日做密碼，不孝子！

轉念一想，這會兒的死直男問什麼答什麼，豈不是套情報的好時機，阿渣一下來了興致：「銀行卡密碼呢？」

阿直似乎毫無防備：「……我生日。」

太好玩了，問什麼答什麼的死直男太好玩了。阿渣搗住嘴不讓自己大笑出聲，笑得躺在地上打滾。

然而他很快又爬起來，收斂了情緒繼續問：「你的愛好除了工作還有什麼？」

阿直的頭上冒出了問號：「這和手機解鎖沒什麼關係吧？」

「說不定能憑藉這些信息推測出號碼或者諧音之類的。」阿渣應對自如，為了不讓對方細想而露出什麼破綻，他立刻催促了起來：「好了，快回答我。」

「……發呆。」

不愧是死直男的愛好。阿渣非常小聲的「咯咯」笑了幾下，又一本正經地問：「平時喜歡去什麼地方打發時間？」

「酒吧。」

不知道為什麼，阿渣莫名的有了種阿直坐在酒吧裡發呆的即視感。

第四章
飛翔的狗熊

　　但那並不重要，他很快就跳到了下一個話題：「最喜歡的動物是什麼？」

　　「狗熊。」

　　「最喜歡吃的食物？」

　　「旺旺仙貝。」

　　……這可真是意外。阿渣興致盎然地詢問著，一項一項地拿小本本記好。

　　大概是他問得太多了，阿直已經產生了懷疑：「您真的是在破解密碼麼？」

　　「當然了。」他非常厚臉皮的回答著，為了不讓對方看出破綻，還故意在鍵盤上按了幾下，發出了按鍵的「嘀嘀」聲。

　　「……既然您已經試過這麼多次……」阿直那向來平靜的聲音莫名的有了些波動：「我覺得有件事情我也有必要告訴您一下。」

　　怎麼？難道是突然想對自己傾吐心意了？阿渣笑成了一朵花，心想對方一定是早就對自己有好感，但不敢告白。如今看自己這麼在意他，就猜測自己也是喜歡他的，所以想鼓起勇氣趁機告白了吧？反正隔著門，面對面說不出口的話，現在也能更輕鬆的說出來。

　　想到這裡，阿渣把耳朵貼在門上，興奮地問：「什麼什麼？」

　　阿直深吸了一口氣，沉默了良久，才悠悠開口：

「輸入密碼的次數已經超過了規定次數，現在手機應該被鎖了。」

阿渣愣住，怔怔地看了手機幾秒，見到「手機已鎖定」五個紅字，才想起來自己剛才拿手機的目的是什麼，頓時崩潰大吼：「完了啊啊啊——」

他蹲下身抱住頭，因為接二連三的打擊陷入悲觀狀態：「難道我要一個人一直被關在這裡直到死了為止……」

「……」門外的阿直將他的聲音聽得一清二楚，嘆息了一聲才慢悠悠地開口：「放心吧，我一定會打開這扇門的。最壞不過是把這扇門破壞掉。」

阿渣聽來，他的話語竟有幾分溫柔。也許是阿渣太慌亂了，以至於甚至會覺得這個唯我獨尊的死直男格外的可靠。

阿直去找鄰居借了手機，給開鎖公司打電話。沒多久開鎖公司就來了，順利地打開了臥室的門。

門剛剛開啟了一個縫隙，阿渣就衝了出來，激動地抱住阿直上下其手：「太好了嗚嗚嗚，我終於出來了嗚嗚嗚……」

正打算痛哭流涕往對方懷裡鑽的時候，他無意間看見在門外聽牆角的鄰居。鄰居一邊捣著嘴笑，一邊嘀咕著「現在的年輕人啊真是大膽」，挪著小碎步非常識趣地離開了。

回過神來的時候，他才發現阿直正在盯著他。不知道為什麼，他這個情場王子竟然覺得有點害羞，裝做若無其事的樣子鬆開了摟著對方的手：「那個什麼，你這個不喜歡和人接觸的死宅男竟然為了我去找鄰居借手機，真是個好男人啊……」

「倒也不是爲了你。」阿直冷漠如常，繞過他坐在了臥室的床上，面無表情地說：「不在這張床上，我睡不著。」

他就知道這個死直男說不出什麼好話，阿直頭上青筋直冒，咬牙切齒的一字一句回復：「耽誤你睡覺了，眞是不好意思哦。門既然打開了，我就告辭了。」

阿直也不打算阻攔，淡定地伸手指了指牆上的鐘：「你確定？」

阿渣向著他所指的方向看過去，才發現已經是深夜，最後一班車早就停了。

沒趕上末班車，手機沒電了，這場景怎麼有點熟悉呢？

聯想到上次來這死直男家裡的時候，他好像突然明白了什麼：眞是的，這個死直男！想要我留下就直接說嘛，何必用這麼迂迴的方法。眞是害羞的男人啊～

意識到這點的他不自覺的露出了噁心的笑容，望向阿直的眼神也充滿曖昧，讓阿直莫名的感覺到一陣惡寒。

但對方難得這麼主動，他多少也要拿捏一下，便裝做爲難的樣子說：「我晚上明明還要去一醉方休的，結果被你鎖在了屋裡，你要怎麼補償我？」

「啊，對了。」阿直像是忽然想起了什麼，又從臥室走了出去，阿渣疑惑地扒著門看，看見那傢伙抱著幾瓶啤酒又走了回來。

他在阿渣疑惑的目光下，將啤酒放在桌子上，順其自然地說了下去：「我剛才離開臥室就是想去拿這個的。」

他拿出一瓶啤酒，輕輕貼在阿渣的臉上。剛剛從冰箱拿出來的啤酒，貼在皮膚上有著清涼而舒適的觸感。阿

渣坐在椅子上，抬頭望著他，看到那個總是板著臉的死直男，難得露出了溫柔的笑容：「這是來加班的謝禮。」

阿渣怔怔地盯著他，感覺體內溫度直線上升，慢慢灼紅了臉：怎麼回事？這個死直男怎麼回事？平時冷冰冰的人笑起來太犯規了吧？

好想藉酒消愁，酒後亂性啊！為了抑制自己想要撲上去的衝動，他拉開啤酒罐就猛的喝了一口。

等等……酒後亂性好像是個好主意。在對方清醒的時候有反攻的危險，但是如果把對方灌醉，自己不是想幹什麼就幹什麼了嗎？

自己從工作中和常年泡酒吧練出來的酒量可是很厲害的，一定能輕易把阿直灌醉。這麼想著的他，又下意識的灌了一口酒。

阿直疑惑地看著他滿臉開心的樣子，覺得這人也不像是在藉酒澆愁的，倒像是想藉酒幹些什麼見不得人的事情。

不過，他早就習慣了這傢伙喜怒無常的模樣，甚至覺得有點期待，看看這渣男還能鬧什麼么蛾子，給他的生活帶來多少樂趣。

阿渣喝完了一罐啤酒讓自己勉強冷靜下來，眼睛不自覺地望向了阿直。那個死直男也正在喝啤酒，酒水經過喉嚨能看到喉結一動一動的，格外誘人。

不行不行，滿腦子只有那些不可言說的事情了。阿渣胡亂揉了揉頭髮，又打開了一罐啤酒：還是趕緊找點話題轉移注意力吧……那個死直男是別指望了……找什麼話題比較好呢。

想起白天面對自己的前任時，那個死直男的反應，似

乎是有點刻意。難不成當時他是吃醋了？

　　這麼想著的阿渣，開始試探性的詢問起來：「白天的時候，你怎麼知道我認識旁邊那個人？」

　　阿直掃了他一眼，漫不經心地回答：「從那個人進來的時候你就一直在盯著他看，全程又坐立不安……只有傻子看不出來。」

　　這是在旁敲側擊說自己傻嗎？阿渣忍住沒把罐子捏扁，咬牙切齒地回：「你當時一直在看菜單，我還以為你對螃蟹之外的東西不感興趣。原來還眼觀六路耳聽八方，看起來很在意我嘛？」

　　阿直若無其事地移開了目光，又順其自然的岔開了話題：「我只是在做產品調研而已……說起來，那位前任有什麼魅力，能讓你念念不忘？」

　　要是別人說出這句話，阿渣就已經很確定對方是喜歡自己了。但這話是阿直問出來的，憑那個死直男的性格，絕對只是在做調研。所以他也沒有多想，本想隨口回答。但阿渣很快就反應過來，這個時候提點悲慘的過去，說不定會激起對方的同情心或者興趣，只要對方對自己感到好奇，那麼將死直男追到手的計畫就可以順利地進行下去。

　　於是他故技重施，裝做悵然若失的樣子回答：「也說不上是念念不忘……只是他當時被喜歡的人騙得一無所有，差點死在路邊的時候，被我撿回了家。正好我當時也是空窗期，所以就順理成章的在一起了。」

　　「那傢伙大概是有了感情創傷，對我一直小心翼翼的，是個溫柔，膽小又善良的人。」他慢慢晃動著啤酒罐，抱著膝蓋瞇起眼睛看向阿直：「只是希望他別像我一樣……能得到稍微一點暖意吧。」

　　阿直非常明顯地愣了一下，但不知道爲什麼，又裝做不在意的樣子移開了目光。

　　他不知道阿直那一瞬間的反應是因爲什麼，倒也並不在意，只是順著剛才的話說了下去：「唉，不提了。只是不甘心啊，那傢伙都得到眞愛了，爲什麼我還得不到呢？」

　　話說到這裡，阿渣又感到自滿起來。他話語中的意思再明顯不過，就是爲了引導阿直走進他的圈套。就算阿直對他沒興趣，出於人情也會安慰他幾句。這樣他就可以半開玩笑的讓對方當自己的男朋友，當對方在自己的潛移默化中有了這樣的概念，就會對自己越來越在意。

　　他滿心期待的等著對方的安慰，阿直也果然沒讓他失望，稍微思索了一下，便煞有介事的點了點頭：「嗯，可能是濫情的報應吧。」

　　「你這個死直男！」也許是酒壯慫人膽，阿渣連裝都懶得裝了，直接怒氣沖沖地拍了桌子：「怎麼一點同情心都沒有？」

　　「因爲你沒有值得同情的地方啊。」阿直回答得理所當然。

　　「我怎麼沒有了，啊？」阿渣又開了一罐啤酒，變得情緒激動起來：「你就不想問問我是爲什麼變成這樣的嗎？」

　　「無論你爲什麼變成這樣，都和你後來遇到的人沒有關係。」阿直饒有興趣地看著他怒氣沖沖的樣子，平靜地說：「你要恨的，報復的，也只是那個讓你變成這樣的人而已。」

　　阿渣還沒來得及反駁，他就繼續冷言冷語了下去：

「而藉著自己受過的傷，要求別人理解你，遷就你，將壞人對你做的事情付諸到別人身上，不過是為了減輕自己薄情的罪惡感，給自己的濫情找的藉口，要別人承擔你感情受傷的後果，那就是渣。」

「你個死直男，竟然敢說我渣？」阿渣猛地站起身，結果頭一暈腳下一晃，不小心後仰，腰撞在了書桌的邊角上。

他疼得齜牙咧嘴，但也稍微清醒了一些，隱隱覺得自己現在的狀態不太對：這才兩瓶啤酒，怎麼有點上頭呢？

他看了看自己的酒罐，又看了看阿直的酒罐，覺得兩人的啤酒包裝看起來不太一樣；因為視線有些分散，他看不太清楚自己的啤酒罐上面寫了些什麼，便口齒不清地問道：「你給我喝的什麼？」

阿直皺了皺眉，但還是耐心地回答：「啤酒，snakevenom。」

「哦——」阿渣瞇起眼睛又看了看自己的酒罐，繼續問道：「那你喝的什麼？」

阿直把罐子舉起來稍微展示了一下：「雪花純生。」

「哦。」阿渣憮然地點了點頭，很快又反應過來，警惕地問：「你喝的怎麼不一樣？」

阿直揚了揚眉：「招待客人當然要用好的酒了。」

「哦——」阿渣的意識已經不是很清醒了，聽到阿直這麼說，他又灌了一口酒，還吧唧了幾下嘴，覺得這個酒確實和普通的啤酒不一樣，有一點點焦糖的味道，越喝越上頭。

阿直見他喝得津津有味的樣子，覺得有趣，便一直打量著他。大概他毫不避諱的視線讓阿渣心裡不滿，阿渣

再度警惕起來，搖搖晃晃地站起身指著他：「我、我才不信，你肯定有什麼企圖。」

「企圖啊……」對方稍微思索了一下，下意識地喝了口酒，之後輕聲低語：「大概有吧。」

「說，你的企圖是不是和我一樣？」阿渣七扭八歪地走向他，結果腳下一絆直接撲到了阿直的懷裡。

因為慣性作用大了點，阿渣直接把阿直撲倒在床上。阿直早就習慣了，一臉淡定地想：還來啊……再來我就不客氣了。

阿渣忽然用手撐起身，一臉認真地望著阿直。阿直不知道他在打什麼主意，總之敵不動我不動，兩個人互相對視著沉默下來。

沉默維持了不久，阿渣便微微俯下身，用手勾起了阿直的下巴，瞇起眼睛問：「你——就沒什麼想說的嗎？」

阿直愣了愣，看到他眼中的迷濛醉意，又稍微思索了一下，才點了點頭：「有。」

「嗯？」阿渣像是想要看清他似的，又向前貼近了一點，蠱惑地笑著問：「是什麼？」

「你剛才撲過來的樣子，很像一隻狗熊。」

「我就知道，你這個死直男說不出什麼好話！」阿渣像是真的醉了，拽住他的衣領不停地搖晃，然後就開始哭：「你知道嗎？嗚嗚嗚……我有多想睡你……」

「……哦。」阿直怕被碰瓷似的，張開的雙手擺出投降的姿勢，絲毫沒有情緒波動的樣子：「這我還真不知道。」

「那你現在知道了，倒是激動一下啊！」阿渣繼續揪著他的衣領亂晃。

「我爲什麼要激動？」阿直皺了皺眉，以非常理所當然的口吻問道：「我又不想被你睡。」

「啊啊啊，這個死直男，死直男！」晃了一會兒，阿渣大概是累了，一下子又撲向阿直，緊緊抱住了他：「爲什麼別的男人都那麼輕易上鉤，只有你這麼難泡？」

阿直很認眞地想了想，繼而回答道：「我從小不缺錢不缺愛，你能給的一切我都不感興趣，也就沒有必須喜歡你的理由。」

「誰要讓你喜歡了？」阿渣不甘心的往他身上蹭了蹭，嘀嘀咕咕地說：「和我上床就行了啊……成年人的世界哪有那麼多認眞……」

「別把你的小圈子當成整個成年人的世界啊……你就不能多出去走一走嗎？」阿直嘆了一口氣，很快又覺得自己諄諄教誨的樣子很像個老頭子，就恢復了平常漠然的語氣：「還有，我不隨便和人上床只是因爲我很惜命，怕得病。」

「你這是什麼意思，覺得我有病？」酒壯慫人膽，阿渣怒氣沖沖地揪起了對方的領帶，作勢要吻上去：「我就是要上了你——」

阿直像剛才一樣反手就把對方壓在了身下。阿渣因爲醉酒虛弱無力，但還是不甘心地掙扎起來。阿直覺得這樣反覆進行的場景再玩也不會有進展，頓時覺得沒意思，索性就把他丟在床上，坐到一旁看他瞎撲騰。

等對方撲騰夠了，半夢半醒之間開始嘀咕的時候，阿直才嘆了一口氣：「你隨隨便便能做的這件事，對我來說，是和喜歡的人結婚之後才能做的事情。」

「嗯？」原本快睡過去的阿渣一下來了精神，迷迷糊

糊地爬了起來，瞇著惺忪的眼睛口齒不清地說：「那我現在就要和你結婚。」

「……」阿直皺著眉盯了他許久，但很快又像是想到了什麼，眉頭慢慢舒展開來：「也可以。」

「那你答應了。」已經醉了的阿渣並沒有覺得哪裡不對，又開始對著阿直隔空撲騰：「結婚申請書呢？」

阿直淡定的從公事包裡，拿出公司的從屬合同。合同的內容是從阿渣的手裡要了更多的權利，當時阿渣婉拒了這個要求，他們並沒有談攏；晚上他把阿渣喊來，本來是想和他繼續談這件事的。現在看起來……似乎並不需要再談了。

反正對方也只是想趁醉行凶，沒抱什麼好心思，自己也就不用有什麼罪惡感了。

這麼想著的阿直，把合同簽名的那頁遞給了阿渣，順便把筆塞進了他手裡：「這個就是結婚申請書，你在這裡簽上名就行了。」

「哪呢？哪呢？」阿渣瞇著眼睛找簽名的地方，看到阿直手指的位置，他握著筆愣了愣，忽然笑了：「哼哼，你想騙我？」

阿直內心一驚，以為他是裝醉，但面上還是很淡定的揉了揉拳頭，準備如果對方暴露裝醉，他就一拳打過去。

「結婚申請書可沒有三頁的……」阿渣打了個酒嗝，順便自滿地抖了抖紙，好像在炫耀自己很聰明的樣子。

阿直舒了一口氣，看了看紙，隨口回答道：「你眼花了，那是一張紙。」

「哦……」阿渣撓了撓頭，晃晃悠悠地盯了紙半天，還是大筆一揮在落款處簽了字：「現在……嗝，你就是我

的人了……嗝……來親親……」

他把嘴噘起來湊了過去，阿直嫌棄的別開臉，並毫不客氣的用手掌糊住了他的嘴，皺著眉說：「這種事，我還是希望你清醒的時候再做。」

「嗯？」阿渣揉了揉眼睛，傻笑了起來：「我清醒了之後再說你就會答應了嗎？」

「不是。」阿直搖了搖頭，一本正經地回答：「到時候我就可以往死裡打你，讓你記住調戲我的下場了。」

「你——」阿渣看起來馬上要生氣了，但拳頭在阿直的面前晃了晃，就又縮了回去。大概阿直的武力震懾已經刻進了他的DNA，他才放棄了動手這最不明智的選項。

於是他又在床上胡亂地撲騰起來：「啊——我不服氣——」

阿直怕他撒酒瘋打到自己，便退到了窗戶旁，依靠在窗邊看著他在床上自己玩蝶泳。

下意識地望向窗外，樓下那家商店還開著，從屋裡透出橘黃色溫暖的光。他像是想到了什麼，盯著那家商店不知不覺的走了神。

「別以為你不斷打擊我我就會放棄。」突然撲過來的阿渣打亂了他的思緒，因為被偷襲了，他腳下一晃，險些順著窗戶掉下去。

還好他反應快，把住了窗沿，一下子坐在了陽臺上。

「喂！」他剛要發怒，已經因醉酒而思緒混亂的阿渣就開始扒他的褲腰帶，一邊扒一邊嘀咕：「就算你再怎麼直，你的小丁丁也是彎的……給我看——」

這傢伙真是太危險了，早知道不灌醉他了。阿直無奈地嘆了一口氣，而阿渣突然停下了扒他褲子的動作，睜大

眼睛直勾勾地盯著他。

如果說平時的阿渣行為還在可預料範圍的話，那麼此時醉酒之人的行為完全是不可預料的。讓阿直後悔的正是這一點。

他討厭無法掌控局面的感覺。

阿渣目光呆然地盯著他，他便也盯著對方，敵不動我不動。

這樣的沉默不知持續了多久，阿渣忽然整個人撲進了他的懷裡，緊緊地抱住了他。一邊摟著他還一邊傻笑著在他懷裡蹭來蹭去：「哎嘿嘿……死直男……」

阿直愣了愣，又默默收回了準備劈他後頸的手，無奈的嘆息：「唉——你啊……」

無視了緊緊抱著自己不撒手的人，阿直將目光轉向那家小店，自言自語般的喃喃：「你知道嗎？夏天的時候，我常常看見一個男人騎著自行車來這裡買冰棒。那個人總是穿著寬鬆的T恤，戴著鴨舌帽，渾身都散發出陽光的氣息。笑起來的時候，能讓人覺得，周圍的一切都變得很明亮。」

停頓了一下，他轉過頭來，注視著阿渣醉醺醺的樣子，失神地說：「我啊，一直都是個無趣的人。所以總是能被那樣開朗、樂觀的人吸引。我不自覺的想要去接近那個人，想知道他是否如我想像一般有趣——」

阿渣醉得厲害，大概也沒聽清他在說什麼，只是晃動著腦袋茫然地看著他。他扳正了阿渣的頭，狠狠地彈了一下他的額頭，語氣略帶不滿：「不過那傢伙身邊總是跟著不同的男伴，讓我找不到接觸的時機。」

「嗚嗚嗚……痛……你做什麼啦……」阿渣摀住額

頭抱怨了幾句，又再度摟住了他的腰，把頭埋進了他的懷裡。

「……不過，機緣巧合之下，我還是和那個人相識了。」阿直面無表情得觀察著他的反應，看到對方依然這麼耍無賴，他也只能繼續無奈嘆氣：「而且那個人也如我所料般的有趣。」

阿渣已經開啟了睡眠模式，迷迷糊糊地吧唧了幾下嘴。

「如果哪天我感覺到你的真心實意。」阿直知道他並沒有聽進自己的話，也不打算讓他聽到，只是下意識的，輕輕摸了摸他的頭：「就在你清醒的時候，將這些話告訴你。」

他低下頭去，輕嗅對方的頭髮。空氣變得很安靜，阿渣的頭髮柔軟而順滑，散發著清香的味道。

氛圍正好的時候，阿渣突然抬起頭來，狠狠地撞了他的下巴。

阿直按住在那個瞬間充滿了洪荒之力的右手，面無表情地望向眼前的人。阿渣的眼神卻變得格外清明，用一種略帶得意和挑釁的目光盯著他。

難道自己被算計了？阿直內心一驚，再度冷靜的與他對峙起來。

他試圖從對方的眼神中讀到自己想要的信息，可是對方就是那樣毫不避諱地盯著他，乾淨的眼裡看不出任何感情。

良久之後，阿渣忽然摟住了他的脖子，在他以為對方要報復性的過肩摔的時候，對方卻仰頭，直接吻上了他的唇。

阿直發誓，他平生第一次有了被打亂步驟的恐慌，以

至於忘記享受這突然送上來的吻。

阿渣還在忘我的輕啃他的唇，舌頭熟稔的劃過他的唇瓣，又略帶侵略性的劃開他的牙齒。然後在猛烈進攻的時候，又突然撤退，整個人懶懶的掛在阿直的身上，發出呢喃的低語：「豬嘴不好吃……」

眼見著他又睡了過去，阿直摀住自己已然發燙的臉，皺著眉憤憤地想：這個死醉鬼！

本想給這個胡亂撩人的傢伙一點教訓，但他睡著的樣子，又格外的溫和無害。

阿直無奈的嘆氣，拖著他把他扔上了床，趴在床沿邊，盯著他熟睡的臉。

他像是作了什麼好夢似的，「呵呵」的笑了起來。

這傢伙平時勾心鬥角的樣子雖然有點可惡，但醉酒後的傻樣還有點可愛。

阿直以光速脫完了衣服，覺得阿渣穿著衣服睡覺大概不會很舒服，便很貼心幫他脫掉了上衣。

給阿渣脫褲子的時候，對方不耐煩的翻了個身，將又圓又光滑的屁股面向他。

阿直盯了那屁股好一會兒，又裝做若無其事的樣子移開目光，繼續往下扒他的褲子。

但阿渣把褲子壓得太死，只有屁股的那一部分能脫下來。阿直無奈，只好把他的褲腰帶整個抽出來，以防硌到他。

結果抽出褲腰帶的時候用力過猛，因為慣力作用，腰帶狠狠的甩在了阿渣的屁股上，留下了紅紅的印子。

「……」阿直非常糾結的摀住了額頭。

沉默良久，他依然維持著面無表情的樣子，有條不紊

的將腰帶放好，慢慢給阿渣蓋上被子，然後站起身，衝出房門，直奔浴室。

在浴室裡洗冷水澡冷靜，直到凌晨一點，他才回到房間裡。

剛打開門，就看到阿渣整個人趴在床上，露出光滑的屁股，白皙的皮膚上有著淺淺的淡紅色印痕，本人還「嗯嗯啊啊」的哼唧些什麼。

他捏了捏還在滴水的髮簾，平靜地想：……再去洗一次吧。

反覆沖了幾次澡，睏倦慢慢模糊了一切感覺。畢竟平時的工作已經很累了，這一番折騰下來又身心俱疲。

即使知道現在和阿渣睡同一張床很危險，但他也沒貼心到要把自己的床拱手讓人。所以他稍微思索了一下，便和阿渣鑽進了同一個被窩裡。

對方的身上還殘留著淡淡的香水氣息，他將鼻子貼在阿渣的脖子上輕輕摩挲。那溫柔的香氣與溫柔的觸感，漸漸淡化了他的焦慮，意外的讓人安心。

第二天早上，阿渣恍恍惚惚的睜開眼，就看到了面向著自己的阿直。

兩個人貼得非常近，阿直睡得還很熟，身上一絲不掛。

這場景以前有過，但他還是非常驚慌的，猛的坐起了身。

腰部瞬間抽痛了一下，他連忙扶住了腰，下意識地嘀咕：「奇怪……腰怎麼這麼疼……」

他看了看自己，上衣已經被脫了，褲子被脫了一半又是什麼鬼？他在腦海中快速思索著，回憶著昨晚發生的事

情。但喝酒之後的事，他已經完全沒有印象了。

這傢伙應該不會趁人之危吧⋯⋯還是我不小心趁人之危了？不然我腰怎麼這麼疼？

嗯，應該不會，畢竟是個無論怎麼引誘都無法掰彎的死直男⋯⋯而且自己清醒時想霸王硬上弓都打不過對方，何況是喝醉時了。

⋯⋯所以到底為什麼腰會這麼疼？

阿渣默默的梳理著思緒，但他很快想到，這個死直男已經知道他是GAY了，怎麼還會和自己睡一張床？一般正常人都會避個嫌吧？

他將目光落在阿直的身上，因為他起身的時候直接把被子掀開了，所以映入眼簾的是阿直依然沒有穿內褲的一絲不掛的身體。

哦，對，這傢伙不是正常人。他默默地想。

阿直睡得很死，他如此大幅度的動作也沒讓對方醒來。他稍微思索了一會兒，決定還是裝做發生過什麼的樣子，繼續躺在阿直的身邊，等對方醒來，一定要嚇他一跳。

褲子剛好卡在屁股下面有點難受，他本能的將褲子提上，猛然覺得不太對：

等等⋯⋯屁股⋯⋯怎麼也有點疼⋯⋯

不會吧不會吧。阿渣沒了調戲對方的心思，慌張得渾身冒出冷汗來，同時大腦飛速運轉：除了屁股和腰有點疼，別處沒有什麼異常⋯⋯不對，這倆地方疼已經很異常了。

仔細想想，這個死直男的行為很多地方一點也不像是個直男，自己難不成是掉入圈套被騙了？不僅沒攻成別人

還被睡了？

不行不行，越想越覺得不對勁。阿渣完全無法淡定下來，扶著腰慢慢從阿直的身上爬過去，決定還是離開這危險的地方再仔細梳理。

他首先去了洗手間，從鏡子裡看到了自己屁股上淡紅的印子，頓時驚得張大了嘴：這是什麼？那個混蛋趁我睡著的時候玩了什麼奇怪的play！那個變態死直男！

不對，還是先冷靜一點，到目前為止還不確定兩個人有沒有睡過，又到底是誰睡了誰。

他阿渣可是出了名的情場浪子，怎麼會因為一次酒後亂性就這麼慌張。要是自己真的醉後被……那個了，自己絕對要把阿直狠狠地按在床上先○後○，再○再○！

他怎麼能在毫不知情的情況下和那個死直男睡過了……就算睡過了他也不會對那個死直男負責的！他心裡只有不甘和慌張。

但是……為什麼鏡子裡自己的那張臉，是一副笑得嘴都要裂開的表情？

一切都太奇怪了！阿渣擰開水龍頭沖了沖腦袋，試圖讓自己冷靜下來。

以前他也和別人共度良宵過，但這麼慌張卻是第一次。他每次決定要A上去的時候，都莫名的被那死直男打亂步驟。

明明自己一開始的目的就是要睡到那個死直男，現在疑似被睡了，怎麼反而有點開心呢？

他懊惱地揉了揉頭髮，發誓這次絕不退縮，一定要掌握主動權，把「即使兩個人都睡過了他也完全不當回事」的心情傳達出去。

於是他又回到了臥室，掩飾心虛一般的用力推開房間門。阿直剛好醒了，正在穿內褲，見他突然闖進來，便茫然地盯著他。

阿渣本來打算氣勢凌人地質問對方一番，結果不小心就看見了滿目的春光。他的眼睛在對方某個不可明說的部位停留了幾秒，忽然用手摀住通紅的臉，順便張開了指縫露出兩隻眼睛：「你你你你在幹什麼啊？」

他的表現像隻炸了毛的貓，阿直不明所以，眼神更為茫然：「穿內褲？」

對對對，剛起床穿內褲沒什麼不對的。自己要冷靜，要像平時那樣若無其事。阿渣撫了撫胸口讓自己平靜下來，卻還是下意識的別開了目光，盯著門框虛張聲勢地說：「昨天晚上喝醉了，不管發生了什麼，我們都當什麼都沒發生過好了。」

阿直看了看他，面無表情的繼續穿內褲：「哦。」

就這？就這？自己這個GAY都慌得胡言亂語了，那個死直男竟然是這麼淡定的反應？阿渣內心焦躁不已，但他很快就意識到，對方既然像平時那樣沒什麼反應，那就說明其實他們昨晚什麼都沒有做過。

阿渣本能地摀了摀胸口：奇怪，為什麼心裡竟然有些莫名的失落。

「沒關係，就算您不想承認——」阿直突然再度開口，望向阿渣的目光多了些玩味：「我們也已經有了既定事實。」

什麼？這志在必得的樣子，竟讓人該死的心動！阿渣摀著胸口，戰術後仰，臉更紅了幾分：「什……什麼既定事實？」

阿直笑了笑，從公事包裡掏出一個東西。阿渣緊張地看著他的手，心跳越來越快，直到看見對方的手指夾出來一個套子，他慌得屏住了呼吸：難、難道——

而阿直則若無其事的將套子從手指上彈掉，淡定地說：「拿錯了。」

阿渣：「……」

阿直再度從背包裡翻找起來，然後掏出了一張紙。他將阿渣壁咚在牆角，瞇著眼睛展示著那張紙，語調微妙的上揚：「當然你親手簽下的，這份附屬合同。」

阿渣愣了愣，不可思議地看了看他，又看了看那張紙。確認那張紙上的合約內容之後，他發出了土撥鼠般的尖叫：

「啊——你這個趁人之危的小人——」

他伸手便去搶那份合同，阿直故意拿著合同往腰後面藏，他就整個人扎進對方懷裡不停地撲騰。

見他慌張的樣子，阿直在內心評判道：這傢伙雖然是個渣，但至少還是公私分明的，不會在工作上放水。這也還算是個優點吧。

阿直冷靜地看著他咋咋呼呼的爭搶，覺得他簡直像某個動物。說他像隻貓吧，但貓沒有這麼大的個頭，也沒有這麼大的攻擊性。

……果然還是狗熊吧。阿直默默地想。

因為對方一直在摟著他摩擦摩擦，以至於某個不可言說的部位不小心有了感覺。在那不可言說的部位「站」起來之前，阿直用手推開了阿渣的頭，阿渣依然不甘心的，像陸地游泳一樣一直向他的位置撲打。

阿直面無表情的看了對方一會兒，才慢悠悠地開口：

「合同已經正式簽約並錄入公司系統了，就算你撕了這份，也還有電子合同在。你還是接受現實吧。」

「啊——可惡——你知道我們公司這樣要損失多少錢嗎？」阿渣揉著頭髮咆哮起來：「我好不容易得到的證明實力的機會——啊啊，氣死我了，你這個人渣！」

「我只是在索求自己應得的部分。」阿直把合同收了起來，再度望向阿渣的時候，目光中多了幾分玩味：「畢竟我付出了這麼多。」

停頓了一下，因為還想再吊著阿渣玩玩，所以他並沒有把後面那句：「也沒有睡到你，只能從工作上找到平衡了。」說出口。

阿渣剛想反駁，很快就意識到了這話聽起來頗有深意。

醉酒，兩個人睡在同一張床上，其中一個人全裸。這麼多關鍵字放在一起，很難不讓人想入非非。

那麼，問題來了，對方到底付出了什麼？

不應該啊，就算是睡了，自己多少也會有點印象。明明睡到心心念念許久的人了，卻完全沒有記憶，這不是太虧了嗎？

因為回想不起來，他只能在腦內想像阿直被這樣那樣時的表情。

思考到興奮處，阿渣的臀部忽然抽痛，瞬間把他拉回了現實：……怎麼感覺是自己付出了什麼？

「……我覺得有必要提醒一下您。」頭腦正混亂的時候，阿直的聲音恍恍惚惚地響起，阿渣頓時緊張起來，腦內風暴再度開啟：什麼？提醒什麼？是要我負責了嗎？我可是個睡過就不認帳的渣男，是不會對他負責的。但如果他哭著求我的話，我再睡他幾次也不是不可能……

阿渣眼冒金光滿眼期待的望著阿直，而阿直則不動聲色的看著他瞬息萬變的表情，平靜地說：「再不出門，上班就要遲到了。」

　　「……」

　　呵，不愧是你。阿渣已經習慣這突如其來的轉變，一臉即將開悟的表情，平靜地拍了拍他的肩膀。

　　世界上最遠的距離，不是生與死的距離。而是我想睡你，你卻只想工作。

　　這麼想著的阿渣，覺得自己再和這個死直男相處下去，馬上就能變成大文學家了。

　　兩人同行了一段路便分開，阿直看著阿渣腳步虛浮，心不在焉的樣子，像個孤獨的老年人一般，失落地走在前往公司的路上。他的內心突然莫名的歡愉起來。

　　阿直剛進公司，就看到有個染了黃色頭髮的，打著唇釘的年輕人，穿著一身品味極差的花裡胡哨的昂貴西裝。那副裝扮，就差把「富二代」三個字貼在臉上了。

　　阿直對他有印象，是老闆的兒子，掛著一個閒職，平時也不怎麼出現。不知道為什麼，今天會破天荒的來到公司裡。

　　老闆把阿直叫到了辦公室，老闆兒子也在。聽老闆的意思，是合作方對這一單生意十分重視，為了表示能深度合作的誠意，所以想和他們公司來個商業聚會。而這件事情，由簽下這單的阿直來對接最合適不過。

　　阿直平時最討厭這類麻煩事情，但聽說對方的負責人是阿渣，便也沒有拒絕。

　　老闆的兒子撚起合同晃了晃，看著上面簽的阿渣的名字，笑得得意：「哎呀，沒想到時隔這麼多年還能遇到這

傢伙啊，這次聚會我一定要再見見他。你們知道嗎？這傢伙是個同性戀唉，上學的時候哈我哈得要死，所以我就陪他玩玩咯。」

話說完，老闆面露尷尬之色。而阿直則一臉面無表情地盯著他。

「哈？」對方的視線讓這兒子非常不滿，他皺著眉問道：「你看我幹什麼？」

「哦，抱歉。」阿直推了推眼鏡，不動聲色的回答道：「我還以為一隻大黃狗在開口說人話，有點嚇到了。」

「什麼？你說誰是狗？」黃毛一下子跳起來，擺出一副要幹架的陣勢。老闆連忙上前攔住他安撫：「哎呀阿直說話就是直來直去的，沒有惡意。」

「老闆說得沒錯，我只是表達了我的直觀感受，並沒有惡意。」阿直揚了揚眉，難得耐心的做出解釋。望向黃毛的時候，他微微一笑，只是那笑意過於冰冷，甚至充滿了殺氣：「這次聚會我會好好籌備的，請你務必參加。」

那表情和語氣，彷彿是強迫讓黃毛參加什麼逃生遊戲一樣，令他背後一涼。

很快到了聚會當天，阿渣本來很高興的受邀到場地，結果剛和阿直沒聊兩句，黃毛便跳了出來，假裝很親昵地摟住了阿渣的肩膀：「哎喲，這不是阿渣嘛！」

第五章
煮熟的鴨子

　　阿渣一開始沒認出來黃毛，因為他的變化確實很大。早些年對方雖然也痞裡痞氣，但至少還是個乾淨清秀的少年，不似如今的這般……一言難盡。

　　就算是曾經深愛過的人，但過了這麼久，阿渣對他已經沒有了任何感覺，頂多覺得冤家路窄。好不容易找到了想泡的人，結果前任竟然和阿直是同一個公司的，還是阿直的上級。

　　也許受過的傷一直在心底埋得太深，才讓他成為一個對感情不走心的人。但阿渣其實很清楚，這個人只是一個契機，讓他打開了新的大門，成為一個花心的人。或許他天性如此，只是利用這段感情在為自己的花心找藉口罷了。

　　再見這人的時候，阿渣心裡出奇的平靜，出於禮貌他也打了招呼：「您好，好久不見。」

　　「哎呀，我們曾經是那麼親密的關係，怎麼現在這麼生疏呢？」似乎是不滿他平靜的反應，黃毛故意用力勾住了他的肩膀，大聲的說：「你那時候那麼努力的追求我，現在怎麼反而冷淡起來了？」

　　阿渣的嘴角抽了抽：不會真有人覺得喜歡他一時就會喜歡他一輩子吧？不會吧不會吧？自戀也要有限度啊！

　　周圍漸漸有視線投過來，讓他開始渾身不舒服。但畢竟對方是合作商的兒子，他只能忍住吐槽維持禮貌。正在此時，看了半天熱鬧的阿直突然慢悠悠的開口：「年輕時

候的事情不必現在還要提，誰沒個眼瞎的時候呢？」

周圍開始有人發出竊笑聲，黃毛偷雞不成蝕把米，臉氣得通紅。阿渣則第一次感受到死直男的暴擊用在別人身上是如此的解氣，忍不住默默在心裡給他點了個讚。

黃毛還沒來得及狡辯，阿直就繼續輸出：「還是說，您在他之後就沒被人喜歡過了，只能通過反覆提起這件事來證明曾被愛過？」

「混蛋！你算什麼東西！」周圍人的笑聲越來越強烈，黃毛氣得跳腳，不顧形象地破口大罵起來：「我在和他說話，干你屁事？」

阿渣雖然很樂於看黃毛吃癟的樣子，但畢竟阿直還是這裡的員工，萬一這個紈褲子弟看不慣阿直把他裁員了，那麼自己費盡力氣簽的合約就沒有意義了。於是他趕緊出來當和事佬：「哎呀，別生氣，我們這麼久沒見了，不如敘敘舊。」

停頓了一下，阿渣打量了黃毛一番，準備找個能稱讚的地方做話題的切入點，以緩和氛圍。

理所當然的，他沒有找到。

於是他尷尬地扯了扯嘴角，情急之下不小心把實話說了出來：「沒想到時隔多年，您的著裝品味變得這麼差。」

「……」

「……」

很明顯的，這句話一說出口，在黃毛看來，就是兩個人一搭一唱的給他難堪。

倒是阿直冷不防的笑出了聲，出於震驚阿渣連忙回頭看了他一眼，阿直則很快恢復了面無表情的樣子，在他耳

邊小聲說：「你還真是個拱火小能手。」

那事不關己的態度讓他格外火大，他額上青筋直冒：「彼此彼此。」

兩個人交頭接耳，你儂我儂的，完全無視了罵罵咧咧的黃毛。但黃毛依然不肯服輸，為了報剛才的一箭之仇，決定要讓阿直當眾難堪：「哎呀，今天可是你組織的聚會，身為代表人物，不如上臺表演個節目吧？如果你肯表演個節目討我歡心，我就原諒你的無禮。」

他的想法是，像阿直這種死宅男，一定很害怕被眾人的視線聚焦；阿直如果不去表演，自己就冷嘲熱諷一番，再以副總的身分開除他；若對方上臺了，他無論對方表演什麼節目，自己都在底下起鬨和嘲諷，讓他顏面盡失，恨不得找個地縫鑽進去。

「……可以啊。」阿直答應得意外痛快，抬步就要往臺上去。阿渣也猜出來黃毛是想給阿直難堪，下意識的拉了拉阿直的袖子，讓他不要上臺。阿直則輕輕拍了拍他的手背，一副淡定自若的樣子。

這該死的直男，竟該死的可靠啊。阿渣忍不住感慨。

「我來給大家即興表演一下。」阿直走上舞臺，順手把黃毛像拎小雞一樣拎了上去：「不過需要大黃……黃狗……副總先生一起配合演出。」

黃毛莫名其妙的被扔在了舞臺中間，第一次感受到被力量支配的恐懼。他顫顫巍巍地看著逐漸走近的，阿直高大的身影，逆光中看不見對方的表情，只覺得那陰影下的對方如惡魔一般，散發著可怖的氣息。

黃毛努力讓自己的雙腿止住顫抖，不服輸地掐腰，虛張聲勢地大喊：「要、要……要表演什麼？」

　　阿直用冷冰冰的眼神盯了他許久，在對方的牙齒開始打顫的時候，一巴掌就糊了上去。

　　清脆的響聲之後，黃毛因為慣力原地旋轉了一圈。即將倒下的瞬間，阿直拽住了對方的衣領，強迫他站直。

　　非常近的距離，讓黃毛切切實實的看到了阿直那愉悅而猙獰的笑容。阿直再次舉起了手，發出的聲音格外冷靜而清晰：

　　「抽陀螺。」

　　黃毛在完全懵住的情況下被連抽了三下，阿渣目瞪口呆地看著彷彿與他有深仇大恨的阿直，顫顫巍巍地問一旁的員工：「你們副總……得罪過阿直先生嗎？」

　　員工顯然也很吃驚的樣子，但驚訝中又帶著一絲「唯恐天下不亂」的興奮，眼冒金光的看著臺上兩人，漫不經心地回答：「沒……沒吧？」

　　看著對方興奮的表情，他本能地退後了兩步：……該說這家公司平時壓榨員工太厲害，以至於稍微有點娛樂活動都讓大家開心成這樣；還是該說這個黃毛平時確實不怎麼招人待見，所以被打了大家的反應才這麼興高采烈呢？

　　再看臺上的阿直，他隱約覺得那傢伙身上帶著些怒氣。但憑藉著他對阿直的了解，這傢伙也不是那麼記仇的人，平時這種情況，頂多用他絲毫不講情面的話語懟回去就是了，也不至於直接動手。

　　如果兩人平時沒有私仇……那阿直這麼生氣的原因，難不成是為了自己？

　　因為這黃毛是自己的前任，所以他吃醋了？想想那個平時只會冷言冷語的死直男，今天還幫自己說話來著……意識到這些的阿渣，難免激動起來：哎呀，想不到啊，這

個死直男還是個獨占欲強的傲嬌，死相～

　　無意間看到臺上阿直抽打黃毛時興奮到扭曲的臉，他立刻就把這個想法壓了下去，取而代之的是：這傢伙生氣起來真可怕，絕對不能招惹他！

　　直到老闆跳上臺，痛哭流涕地擋在黃毛的身前，一副要代替自己兒子去死的樣子，才阻止了阿直的繼續施暴。

　　阿直揚了揚眉，若無其事地走下臺，留下臺上的老闆抱著已經翻白眼的黃毛哭天搶地。

　　他徑直走到阿渣的身邊，面無表情地問道：「節目好看嗎？」

　　「唉？我倒是覺得滿解氣啦……」被突然這麼一問，阿渣本能地回覆：「但你沒關係吧……那傢伙可是你們老闆的兒子。」

　　阿直一愣，目光莫名的溫柔下來：「放心吧。」

　　阿渣並沒有意識到他細微的眼神變化，滿腦子在擔心：要是這傢伙被開除了我要怎麼泡他？畢竟憑這傢伙的宅度和無情度，沒了工作的聯繫怕是理都不會再理他。

　　思前想後，他有了個主意：既然這傢伙已經和現公司鬧崩了，不如把他挖到自己的公司去，近水樓臺先得月不說，還能賣給對方一個人情，讓對方感激自己。

　　於是他很快就將自己的想法說出了口：「不然你來我們公司吧，憑你的能力，在我們公司一定能得到更好的待遇。」

　　而且還方便我泡到你。

　　阿直瞇著眼睛打量了他一番，略感興趣地問：「哦？那你們能承諾給我什麼呢？」

　　「比現在更高的職位，薪資也可以翻倍。」

「你一個業務員，能幫我爭取到這些嗎？」

「唉……？這個嘛……」阿渣撓了撓頭，糾結了很久，才貼近他的耳邊小心翼翼地說：「其實我們公司老闆是我爸。」

「……」阿直皺著眉看著他，一副懷疑的表情。

「是真的啦。」阿渣知道他不會信，無奈的甩了甩手，繼續解釋：「但是我不想接下公司的重擔，所以只想自由自在地跑跑業務。」

其實這只是原因之一，原因之二是，如果他一開始就在公司裡暴露了這個身分，那麼大家都會自然而然地把他獲得的地位和成就，歸功於「老闆兒子」的身分上。

無論自己多麼努力，有了這樣的「偏見」，大家也都會無視他的付出，只會說「當富二代真好啊。」

他討厭那樣的感覺，所以平時都是盡力隱瞞這個身分的。但阿直不一樣，他是個一根筋，不會因為他的身分而區別待遇，也不會把他的祕密到處去說，所以他才敢把這個祕密祖露出來。

「這樣啊。」阿直果不其然沒有任何反應，淡淡的回了一句：「但是不必了。」

阿渣剛打算繼續勸，阿直便學著他的樣子，貼近他的耳邊，用極小的聲音說：「我是這家公司投資商的兒子。」

阿渣萬萬沒想到，努力了這麼長時間，他第一次找到了兩人的共同點。

……還是沒什麼用的共同點。

他知道死直男在這種事情上是不會說謊的，能把老闆和老闆兒子狂揍還可以留在此地，說明他的身分也確實不

一般，所以阿渣只是稍微驚訝了一下：「嗯？那你爲什麼不說出來？」

看到阿直再度皺起了眉，他故意貼過去，壞笑著說：「難道我倆心有靈犀……」

「不是。」阿直面無表情的一把推開他，嫌棄地回答：「只是單純覺得一旦身分暴露，就會招惹很多沒有眼力的人來巴結，很煩。」

嗯，不愧是你。阿渣揉了揉差點被推他的手摳瞎的眼睛，默默地想。

因爲剛才的騷動，會場陷入一片混亂。老闆拖著鬼哭狼嚎的兒子回了家，高管們則安撫員工們的情緒，畢竟本公司的人雖然已經習慣了，但阿渣那邊的員工還是被剛才的場景震撼到。

而當事人則像這件事和他完全無關一樣，留下這個爛攤子拍拍屁股走人。

阿渣也找不到更好的去他家的藉口，便也只好在宴會勉強留到結束。這公司裡的人對他都很友善，只是不知道爲什麼，看向他的目光充滿了敬畏。

晚上，阿渣一個人躺在床上，回想起來阿直對黃毛說的話，以及對黃毛那毫不掩飾的厭惡態度，越想越覺得，阿直其實是在爲自己出頭。

意識到這點的阿渣興奮得用被子裹住頭，開心地滿床打滾：那個死直男就是明明很在意卻假裝不在意這點格外的迷人啊——明天一定要想辦法套出對方的眞心話！

第二天阿渣起了個大早，屁顛屁顛的跑去了阿直的公司。結果前臺小姐姐告訴他，今天阿直請假了。

那個工作狂死直男竟然會請假？這世上對他來說竟然

還有比工作更重要的事情？阿渣大為震驚，好奇之下詢問對方請假的原因，卻被前臺告知，他今天是去相親了。

相親？那個死直男？阿渣震驚地後退了幾步，擺出了十分誇張的驚訝姿勢：堂堂投資商的兒子，竟然墮落到要去相親才能找到對象？

不⋯⋯冷靜下來想想，其實這個方式挺適合那個古板的死直男的。畢竟憑他那張嘴，除了相親基本上也不會有女孩子和他深聊。

而且說不定這是大企業之間的聯姻，兩個人門當戶對為了利益不得不在一起⋯⋯

阿渣越想越覺得焦慮：自己本來就希望渺茫了，萬一那死直男真的和妹子看對眼了，他不是更沒機會了嗎？

看他石化在原地，以為他受了多大打擊的前臺小姐姐於心不忍，勸慰道：「啊，不過聽說他只是應付一下父親安排的人⋯⋯」

話音未落，阿渣便絕塵而去。掃地的阿姨看著被他衝撞得飛速旋轉的轉門，感慨地說：「年輕真好啊。」

通過阿直在朋友圈發的照片，阿渣定位到了兩個人約會的地點，飛速趕了過去。

說來也奇怪，平時這個死直男神祕得很，很少在社交平臺發照片和動態，偏偏今天卻發了，正好給了他查到對方位置的機會。

仔細想來，大概是為了應付差事，向父親證明他來相親過了吧。

來到照片地點的附近，他果然看見，阿直和一個女孩子走在一起。

女孩子看起來是很文靜的類型，長得溫婉又漂亮，兩

個人相處得似乎很和諧。阿渣一下子警覺起來：這個死直男竟然把到妹了？憑他那張嘴？不可能啊！

正思索著，另外兩人停下了腳步，女孩原地張望了一會兒，然後指了指旁邊的一家店。阿直點了點頭，便和她一起走進了店裡。

這個傢伙，竟然會翹掉工作和女孩一起去吃飯！明明我約就那麼難的！阿渣躲在樹後咬牙切齒，憤憤地把樹摳掉了一層皮。

阿渣從包裡翻出了一頂帽子和一副口罩，決定變裝後跟進去查看一下情況，也好排除危機。

時間很早，店裡沒有什麼人，阿渣選了和兩人背靠的座位，偷偷聽兩個人在說什麼。

阿渣把這份就算拋下工作偷偷摸摸也要來跟蹤的心情，稱之為不甘心。畢竟努力了這麼久，眼看著馬上就能有進展，煮熟的鴨子可不能飛了。

阿直還是和往常一樣，不善言辭……不，根本就是一直用死直男的對話方式把天聊死。這傢伙的嘴多少還是讓他放心，絕對是會注孤生的人，不過女孩子脾氣似乎非常好，不怎麼在意的樣子，一直客客氣氣，語調溫柔。

他縮在座位後面，壓低了帽檐，看起來大概是有點可疑，店員走過來，小心翼翼地問道：「請問您想吃什麼？」

阿渣的心思全在身後兩人的身上，隨口回答：「呃……一份漢堡。」

店員的嘴角抽了抽：「先生，這裡沒有漢堡。」

與此同時，後面竊竊窣窣談話的聲音停了下來。阿渣一下子緊張起來：難道是那個死直男聽出自己的聲音了？

他屏住了呼吸，身後的女子顯然也對突然暫停的話題感到疑惑：「怎麼了？」

「沒什麼。」阿直回答的聲音格外冷漠且清晰：「只是有點好奇哪個傻子來中餐店點漢堡。」

女生「噗哧」的笑出聲來，阿渣本來就是偷偷摸摸跟蹤過來的，又不敢發作，只得憤憤地咬了咬牙，在心裡默默罵道：死！直！男！

隨便點了餐，打發走了店員。他環視店面，覺得有些疑惑：和聯姻的大小姐相親，不會來這麼普通的店吧？至少也要找個環境優雅的高級餐廳，送個玫瑰花之類的吧？

正思索著，身後傳來阿直難得溫柔的聲音：「我推薦這裡的蟹肉包，非常好吃。」

阿渣太清楚這份突如其來的溫柔的含義了，嘴角忍不住抽搐起來：根本就是你想吃吧？

又是螃蟹！你到底有多喜歡螃蟹啊！阿渣憤憤地握拳：但是……竟然會向別人推薦自己喜歡的食物，也讓人很嫉妒啊！倒是也邀請我一起吃啊！

偷聽的過程中，阿渣還發現了奇怪的一點，就是這個女人，一直在提自己的初戀男友。

她描述中的前男友是非常溫柔體貼的人，兩個人的感情非常好，只可惜男友車禍去世了。

說到這裡的時候，女人還輕輕抽泣起來。想必她現在的樣子，分外的惹人憐愛吧。阿渣酸酸的想。

正在此時，阿直冷淡的聲音響起：「沒關係，說不定他轉生到異世界變成史萊姆了，現在正準備統治異世界。」

「啊……嗯？」女生完全不懂他在說什麼，但出於禮

貌還是笑著回應：「雖然聽不太懂，但是謝……謝謝你？」

　　阿渣冷靜地喝著果汁，畢竟這種話從阿直嘴裡說出來，也沒什麼好驚訝的。

　　女生繼續談論著前任的話題：「我啊，眞的非常喜歡他。但我一開始就知道，他不會是屬於我的。他的眼神總是很飄渺，越過我望向更遠的地方。」

　　「可能他有散光吧。」阿直一邊吃著蟹肉包一邊漫不經心地應付。

　　「……」女人的笑容變得有些尷尬，但還是不甘心的將話題繼續了下去：「在他去世之後，我也遇到過許多男生，但我一度以爲自己不會再有心動的感覺了，直到遇見了你。你……長得很像他。」

　　談話至此，阿渣才恍然大悟。原來這個女人不是因爲太喜歡初戀男友而來拒絕相親的，而只是想要借助這個或許根本不存在的「初戀男友」來套路阿直。

　　其實這是一種比較迂迴且低端的套路方法，其一是爲了給自己塑造一個深情的人設，其二是讓對方對她和初戀男友有著怎樣的過去而感到好奇。因爲好奇，對方就會有探索和了解她的欲望。而這套路一旦成功，那麼接下來她就可以順理成章的把阿直當作備胎，四處亂搞的同時還可以「自己沒安全感」爲藉口，引得對方的原諒和疼惜，也算是pua的一種手段。如果現場施展這種手段的那方的顏值過關的話，基本上成功的概率很大。

　　卑鄙的女人，竟然套路他的阿直。阿渣生氣地捏爛了果汁的杯子，甚至想乾脆忽然跳過去搗亂算了。

　　他已經完全忘了什麼甘心不甘心的事情，只是單純的不想讓阿直被壞女人騙走。現在的他對於套路這種東西十

分鄙夷且不屑，以至於忘了自己也是個用慣了套路的人。

正當他思索著如何搗亂的時候，阿直的聲音隱約的響起：「您這種做法就不太對了。如果您真的很愛前男友，不應該把我當成他的替身。」

吃完最後一口蟹肉包，阿直優雅的擦了擦嘴，然後直視著女人的眼睛，無比認真的說：「而是應該陪著前男友一起去世。」

阿渣沒忍住一口飲料噴了出去，嗆得直咳嗽。

「什……」女人因為太過震驚而全身顫抖起來，只可惜話還沒說完，阿直便繼續自言自語般地接了下去：「去世的方法有很多種，我就不詳細幫您介紹了。」

說著，阿直旁若無人地掏出了一大堆文件資料，展開擺在女人面前，以十分專業的商務口味說：「不過如果您沒有家人和子嗣的話，建議您去世之前把所有錢都投到我們的公益基金，為社會做貢獻……」

「夠了！你究竟是什麼奇葩的物種啊？」女人惱羞成怒，狠狠用包飛甩了他一下，之後撇著八字步罵罵咧咧地走了。

看著依然憑一己之力趕走妹子的死直男，阿渣覺得自己來得有點多餘。

他現在心裡百味摻雜，不知是該同情那個女人，還是應該鬆一口氣。

正糾結著，冷冰冰的聲音忽然從頭頂響起：「那麼，這位來中餐廳吃漢堡的先生——」

阿渣本能地順著聲音抬頭望去，看到阿直在座位後面冒出頭來，面無表情地盯著他：「你為什麼會出現在這裡？」

逆光中的阿直冰冷的眼，猶如猛獸的窺探，讓人感覺到一種莫名的危險，卻又難以逃離。

阿渣怔了怔，然後把帽子壓低了一下，拿腔捏調地說：「您認錯人了吧，哈哈哈……」

阿直皺了皺眉，順手把他的帽子拿了起來。阿渣翻身伸手去搶，正好與他面對面，差點撞上。

在阿直逼問的目光下，阿渣老臉一紅，重新坐了回去，慌亂中假裝鎮靜地回答：「呃……我覺得那個女人長得有點像我車禍去世的前女友，所以忍不住跟進來看看……」

阿直的眉頭皺得更深了，一把將他的帽子按了回去：「你一個GAY有什麼前女友？」

「痛痛痛痛……脖子要斷了要斷了！」阿渣摀住被怪力按得鈍痛的頭，情急之下虛張聲勢地反駁道：「還好意思說我，你你你一個工作狂為什麼不上班，跑來這種地方和美女約會啊？」

「約會？」阿直的眉頭舒展開來，意味不明地瞇起了眼睛：「誰告訴你我是來約會了？」

阿渣像是抓到了反駁的重點，氣呼呼地將話語脫口而出：「你們前臺小姐姐說，你今天是來相親的！」

阿直一愣，雖然他估摸著阿渣今天會來找自己，所以故意設置了僅他可見的照片發了朋友圈，給他留了定位。但可從來沒有告訴過前臺，在阿渣找來的時候要說自己去相親了。

回想起來，多半是自家老闆幹的好事，怕黃毛得罪了自己導致父親撤資，所以想要彌補撮合兩人。

那個垃圾老闆總算幹了點人事。阿直感慨著，看著阿

渣醋意外湧而不自知的樣子，內心莫名愉悅：「哦？那你知道我來相親，所以特地追到這裡是想幹什麼？」

「咦咦咦？我才不是……」意識到自己說漏了嘴，阿渣紅透了臉，連忙改口反駁：「我只是巧合路過！」

還在嘴硬啊。阿直不自覺地笑了笑。

見阿渣還在紅著臉維護最後的倔強，他也並不說破，只是意味深長的「哦～」了一聲。

被他的眼神盯得頭皮發麻，心虛之下他給自己壯膽一般的，大聲問道：「你盯著我幹什麼？」

這個時間餐廳沒有多少人，因為阿渣創造出的噪音，大家紛紛將目光集中了過來。

要知道，兩個大男人隔著座位深情對視，那樣的場面很難不讓人想入非非。加上大家從阿渣進來的時候就一直很關注他，圍觀群眾知道了事件全程，很多人都在名正言順的吃瓜。

終於意識到周圍視線的阿渣，發覺到自己可怕的高調，連忙想打哈哈糊弄過去。但好死不死的，阿直忽然用手卷起了他額前的一小撮頭髮，面無表情又理所當然地高聲回答：「覺得你好看。」

周圍頓時響起了一片倒抽冷氣的聲音，顯然都被這話酸到了牙齒。有的人還抖了抖身上的雞皮疙瘩。

唯有事主本人阿渣，因為這突如其來的撩撥，臉熱得快要燃燒起來，驚愕得手足無措：「什什什什……」

阿直卻忽然鬆開了手，露出了細微的，惡作劇得逞的笑容：「我開玩笑的。」

「你——」發覺到對方在戲弄他，阿渣惱羞成怒，揪住了對方的衣領。但他很快就意識到，自己肯定打不過這

個怪力直男，就又鬆開了手，回到自己的座位上生悶氣，不再理他。

與其說是生阿直的氣，倒不如說是在氣一直被耍得團團轉的自己。想當年自己也是遊刃有餘玩弄別人的那位，如今怎麼淪落到這種地步，因為這種低端的戲弄就失了分寸？

「……」阿直戳了戳他，看他一直沒反應，才發現他是真的生氣了。

阿直搔了搔頭，依然小心翼翼地用手指戳了戳他的肩膀：「要過來一起吃蟹肉包嗎？」

短暫的沉默，阿渣本來緊繃的身體，像洩了氣一般放鬆下來。他側過頭去，依然能看到微紅的耳根和那不甘心又帶著略微開心的表情：「好啊。」

阿渣的座位從背對換到了阿直的旁邊，阿直多點了幾份蟹肉包，看對方吃得開心，心情也莫名愉悅起來。

「對了，剛剛那姑娘是哪家的大小姐啊？」阿渣的嘴裡塞著包子，還不忘旁敲側擊的套阿直的話：「你相親就帶人來吃這？」

那語氣幾分嘲諷幾分委屈，宛若一副正妻吃醋的可憐模樣。阿直愣了一下，本來想戲耍他的心思瞬間全無。嘆了一口氣，他才無奈的開口：「我不是來相親的，只是來談公益基金的業務。」

「不是……」可吐槽的地方實在太多，阿渣思索了一會兒才找到吐槽的重點：「你們公司不是做遊戲項目的嗎？」

「這是我父親旗下的業務之一，偶爾會讓我幫忙。」

「噗——」阿渣忍不住笑出了聲：「就你這談話水

準，能拉到客戶才有鬼。」

阿直揚了揚眉，心裡不滿地嘀咕：也不想想我這麼費盡心思地趕那個女人走是為了誰！但表面還是雲淡風輕不為所動的模樣。

誤會徹底解除，阿渣吃著包子，愉悅無比地想：我就說嘛，哪個抖M會喜歡這個死直男？

「說起來……」見對方完全放下心來，美滋滋的將腮幫子撐鼓鼓的樣子，阿直忍不住又想要逗逗他：「你不是說想依靠自己的努力讓周圍人認可你的實力嗎？翹班跑來這裡……你就是這麼努力的嗎？」

阿渣嚥下去一半的包子瞬間噎住，連忙喝水往下壓一壓，又慌慌張張地回答：「我找你是有很重要的工作上的事情！」

「哦？什麼事情？」阿直支著下巴一臉淡定地看著他。

「呃……是有關合同的事情……」

「合同已經敲定了，我們雙方已經協商好，不會再有改動的餘地。」

「不是……是合同善後的事情……」

「善後的事情已經在宴會前做完了。」

「那是後續合作展開……」

「後續已經沒有什麼需要商談的地方了，只要按照流程各自繼續往下走就行了。」

還真是說一句堵一句，絲毫不留情面。阿渣氣得咬了咬牙：死直男，你非要把天聊死嗎？

與此同時，他猛然發現，自己確實沒有什麼每天必須再跑來找阿直的正當理由。

他從一開始單純的想要睡對方，到現在變成單純的想要每天都看見對方。彷彿兩個人總是在一起已經變成了習慣，變成了理所當然的事情。

知道阿直相親的時候，他的腦袋「嗡」的一聲，什麼都沒來得及思考，便從蛛絲馬跡裡跟著對方跑了過來。

直到剛才他明白一切都是誤會，那放鬆和欣喜的心情……

阿渣好像意識到什麼不得了的事情，額上開始滲出層層冷汗：等等……我好像就是那個抖M啊！

「……你怎麼了？」本來還期待著對方的反擊，但見他忽然冷著臉沉默下來，阿直貼近他擔憂的問道：「又噎住了？」

「沒，沒有……」阿渣下意識的別過臉去，與他拉開一段距離。為了不讓對方發現自己的小心思，他故意岔開了話題：「那個，我有點好奇，那女孩子長得漂亮，性格也溫柔，你為什麼要拒絕她呢？」

他自亂陣腳的樣子阿直全都看在眼裡，但阿直並沒有挑破，只是嚴肅地回答道：「如果她真的喜歡我，我希望她能真誠以待，而不是要心思和套路。」

這話聽起來像是某種暗示，一直在要套路但從來沒有成功的阿渣，有了種莫名的心虛感，視線更加游移：「這、這樣啊……」

這該死的直男，竟該死的有個性。阿渣紅著臉摀住自己亂跳的小心臟，完全不明白他在臉紅心跳個什麼勁。

他堅信自己閱人無數，是絕不可能喜歡這種毫無情趣的死直男的，他一直追著對方，只是饞對方的身子而已。

對，所以就算他會因為對方和異性約會而慌張，會因

爲對方維護自己而高興，會撇下所有工作趕到對方身邊，會想方設法的讓對方注意自己，這一切都只是……

…………

阿渣努力的在給自己洗腦，但是越想越覺得哪裡不太對。

回想起從開始到現在所做的種種，他懊惱的用頭狠狠的撞向了桌子：

這TM不就是喜歡嗎啊啊啊啊啊！

就算是一向波瀾不驚的阿直，也被他突然又莫名的舉動嚇了一跳：「你……幹什麼？」

「沒事沒事。」嘴上心不在焉地回答著，阿渣腦海裡已經亂成一團。他深吸了一口氣，嘗試著讓自己冷靜下來，然後才定睛望向眼前的人。

愛情濾鏡下的阿直顯得更爲英俊，讓他好不容易冷靜下來的心，又開始瘋狂跳動。那些解釋的說辭瞬間忘得一乾二淨，他通紅著臉，怔怔地望著眼前的人。

「幹什麼這麼看著我？」那眼神透出的信息太過直白，阿直故意貼近了他的耳邊，卻還是裝做什麼都不懂的樣子，發出了疑問：「難道——」

特意拉長的語調，以增加阿渣的慌張之感。而越來越慌亂的阿渣，正拚命給自己洗腦：沒關係，別緊張。這個沒情趣的傢伙肯定說不出什麼好話，接下來一定是說「我臉上有東西」或者「看我不順眼」之類的吧。

出乎意料的，阿直的嘴角揚了揚，磁性的聲音清晰的傳入了他的耳內：「你是喜歡我？」

要是平時面對別人，阿渣早就直接順勢a上去，捏起對方的下巴，輕浮地回答：「我就是喜歡你怎樣？」

而現在，被戳中心事的阿渣感覺熱得頭頂上已經冒出蒸氣，不明白這個平時遲鈍又沒品的死直男，爲什麼偏偏這種時候這麼靈敏。

　　「才沒有！」慌張之下，阿渣猛得站起身來，大聲否認：「我又不喜歡男人！」

　　「你不是GAY嗎？」阿直面露疑惑，以漫不經心的方式毫不留情地戳破了他的謊言。

　　「呃……」阿渣的臉漲得通紅，顯然已經陷入混亂。情急之下，他指著阿直不假思索的喊：「我騙你的！其實我有女朋友！」

　　看那虛張聲勢的模樣就知道他在撒謊。阿直揚了揚眉，一臉懷疑的樣子。

　　「怎麼？你不相信嗎？」阿渣明顯被盯得心虛了，但爲了挽尊，還是指著他信誓旦旦地說：「明天……後天……休息日我帶你去見她！」

　　阿直本想順勢而爲讓這傢伙意識到他喜歡自己的事情，好順理成章的和自己在一起。沒想到這傢伙槓得要死，不但不肯承認，還整了這麼一齣么蛾子。

　　不過他有女性朋友啊……既然他以前一直是1，那麼女性朋友也確實是需要排除的對象。

　　這麼思索著的阿直，不經意間露出了危險的笑容：「好啊。」

　　阿渣沒想到自己慌亂之下撒了這麼扯淡的謊，更沒想到那個死直男竟然信了！

　　他本以爲對方會像以前那樣，興趣缺缺地說一句「免了」之後帶過話題，卻沒想到這次會毫不猶豫的答應。

　　難道是他以前GAY的身分讓人印象太深了，以至於突然

有了女朋友引起了對方的強烈好奇？

但是回到家後冷靜想一想，阿直會如此痛快的答應見他的女朋友，一定是因爲開始在意他了。

不然那個對萬事都不感興趣的死直男，爲什麼會答應他這麼無聊的要求？

想到這裡，他多少有點開心。只是這開心沒有持續多久，他就想起了一個很嚴肅的問題：這女朋友到底讓誰來幫忙裝呢？

他從小到大身邊就沒幾個女性朋友，因爲流連情場，前男友倒是一抓一大把。

公司雖然有不少漂亮妹子，但大家都是同事，也不是很熟悉，讓人來裝女朋友太突兀了。

思前想後，能求助的女性似乎只有一個，那就是自己的髮小——阿曉。

不過那個人……性格自小就很彪悍。自己小時候和對方的親近，也是因爲一直以爲她是男的。後來長大結婚之後，就變得很小女人了，兩人也漸行漸遠。

再後來阿曉的渣男老公出軌的事情鬧得滿城風雨，那傢伙果斷的離了婚，不知道是失憶了還是不想裝了，又變回了小時候彪悍的性格。兩個人也因爲工作上的事情再度有了往來。

雖然平時兩人的關係還可以，但自己的生活作風……那傢伙一直看不慣，畢竟她以前的老公就是渣男。

所以這次要是知道自己求她扮女朋友是爲了把男人，阿曉一定不會同意的。

難過的是，除了她自己也實在是沒人求助了。

思前想後，他還是給阿曉嘗試著打了電話。

電話響了一陣才被接起來，手機另一端傳來了阿曉懶洋洋的聲音：『有事？』

兩個人畢竟很熟悉了，阿渣也就鼓起勇氣開門見山：「裝一下我女朋友怎麼樣？」

「滾。」扔下這個字，對方俐落地掛了電話。

阿渣嘴角抽了抽……這絕情聊天方式……跟某個人很像啊。她跟那個死直男該不會是兄妹吧？

但畢竟有求於人，他也只好拉下臉，低聲下氣地給對方發微信：「拜託了，我的異性朋友只有妳，這件事妳一定要幫我。」

那邊很快給了回覆：「別以為我不知道，你又想藉我裝女朋友引發對方醋意，去套路哪個看上的男人吧？」

這人還真是了解他啊……阿渣嘆了一口氣，接著回道：「拜託了，這次是真愛。」

「扯淡，上次的你也說真愛。」

「這次的不一樣啊，這次的我追了半年了，連工作都差點搭出去。」

「哦？你不是一直吹噓一追一個準兒嗎？怎麼還有你追不到的人？」

「怎麼說呢……對方是個直男……雖然是在同性交友網站上釣到的。」

「你個人渣！竟然連直男也不放過？老娘是個有原則的人，絕對不會幫你做這種傷天害理的事情！」

阿渣失笑：他就追個男人怎麼就傷天害理了呢？

沉思了一陣，他又低頭打起字來：「妳要是幫忙的話，送妳LV新款的鐘形袖束腰連衣裙怎麼樣？」

那邊火速回覆了兩個字：

「成交。」

阿渣的嘴角抽了抽：妳丫的原則呢？

事情總算搞定了，阿渣開始期待著自己帶著阿曉去時，阿直會有什麼反應。

會不會因為吃醋全程冷臉，火藥味瀰漫，一直和對方唇槍舌劍呢？阿渣想像著當時的場面，忍不住傻笑出來。

懷著一點期待一點不安，很快就到了約定日當天。

阿直雖然很直男，但是個很有時間觀念的人，約定的時間絕不會遲到，所以早早的等在了餐廳。

而阿曉那個大小姐磨磨蹭蹭的，在阿渣地催促下，總算是按時到達。

兩個人假裝親昵地走進了餐廳，阿渣指了指坐在角落裡的阿直，小聲說：「一會表現得恩愛點，別露餡了啊。」

阿曉瞟了一眼阿直的方向，心不在焉地點了點頭。

兩人走近才發現，阿直正在拿著一摞資料辦公。阿渣忍著沒讓那句「死直男」罵出來，勉強扯起嘴角，故作得意地說：「不好意思啊，我女朋友化妝太慢，差點來晚了。」

阿直循著聲音看過去，剛好與正要打招呼的阿曉對視。阿曉忽然一愣，半天才吐出兩個字來：「哥哥？」

阿直也隨之愣住，面露茫然，很快又像是反應過來似的，疑惑地開口：「妹妹？」

聽到兩人之間的稱呼，阿渣的腦袋「嗡」的一聲，只剩下了兩個字：臥槽？

「哥哥啊，你怎麼會在這裡？」

「妹妹啊，我正想問妳呢，沒聽說過妳交了男朋友。」

「這……我也不必事事向你彙報吧？」

「但我們住在同一屋簷下，妳若戀愛了，總會留下蛛絲馬跡。」

兩人你一言我一語，像唱戲一般的對峙起來。阿渣一瞬間的表情精彩紛呈，大腦混亂許久之後終於當機，但還是苟住笑容顫顫巍巍地問：「你……你們是兄妹？」

兩人聽到他這麼問，忽然同時恢復了面無表情的樣子，異口同聲的回答：「不是。」

「啊？」這兩人回答的口吻太理所當然了，以至於阿渣的大腦再次當機：這兩人玩啥呢？

阿曉瞇起眼睛盯著他，唇角揚起的笑容意味深長：「不要介意，只是突然戲精附體，想看看對方接不接得住戲。經過剛才的試探，只覺得我倆一拍即合，彼此吸引，惺惺相惜。」

一旁的阿直贊同的點了點頭：「同類型的人互相有的默契。」

阿渣反應了半天，才知道自己被要了。他把罵人的話嚥回肚子裡，咬牙切齒的扯了扯嘴角：果然這兩個人很相像，都喜歡做些讓人摸不著頭腦的事情，簡直是臭味相投！

眼看著兩人把他晾在一邊，越聊越投機。他每次想湊過去和阿曉假裝恩愛，阿曉都嫌棄他非常礙事似的，毫不客氣的一掌懟走他的臉，將他推到旁邊去。

而阿直的目光更是一次也沒落在他的身上，那個惜字如金的死直男，竟然像個普通人一樣和阿曉進行著正常的聊天，興致勃勃地討論腐向的話題。

說實話，阿渣雖然是個GAY，但二次元作品看得並不

多。他哪知道兩個行業精英湊在一起，竟然變成了志同道合的死宅，聊漫畫聊動畫聊遊戲，就是不聊感情問題。

看著聊得熱火朝天的兩人，阿渣恨得牙癢癢：都說同類型的人互相吸引，這兩人不會搞一起吧……？

阿曉先不談，但阿直可是個死直男啊！他們這麼有共同語言，別不是親兄妹了，就算是親的，也有可能骨科。

畢竟阿直是萬物皆可上的死直男啊！

於是他突然起身，橫擋在聊得火熱的兩人中間，面向阿直非常強硬的岔開了話題：「那個……要喝點什麼嗎？」

因為他是直接撲在桌子上的，以至於一向波瀾不驚的阿直也不小心怔住。發覺到對方疑惑的視線，他連忙擺出一個做作的姿勢，用手掌托著臉頰，手肘支住桌子，假裝什麼都沒發生一樣傻笑。

阿渣為了擋住他們占了大半張的桌子，反應過來的阿直揚了揚眉，對著他勾了勾手指。

他本能的貼過去，以為對方要說些什麼讓人害臊的話。正暗自開心著，就聽到對方毫無波瀾的聲音劃過耳邊：「你好礙事。」

阿渣怎麼也沒想到，一個對萬事不上心的死直男，竟然和初次見面的女人聊得這麼開心，竟然開心到嫌棄自己礙事的程度。

他簡直要氣炸了，自己都表現得這麼明顯了，這個人竟然還是如往常一般冷言冷語，不懂得看氛圍，他到底是有多遲鈍啊！

他憤怒地站起身，揪住對方的衣領想要狠狠的吻上去。阿直抬起頭來看他，眼神充滿疑惑卻毫無畏懼。

直視著他的眼睛微微眯起，迷人又帶著某種危險性。短暫的對視，阿渣原本寫滿憤怒的臉漸漸變得通紅，他猛地鬆開了手，畏畏縮縮的掩飾：「我……去個洗手間！」

扔下這句話，他便同手同腳地走開了。阿直淡定地望著他搖搖晃晃的背影，嘴角莫名地勾起一絲笑意：哦～慫了。

等到阿渣走遠，阿曉才慢悠悠地開了口：「跟你實話實說了，我是個Les。」

「嗯？」阿直顯然沒明白她為什麼忽然提這個，露出一臉茫然的神情。雖然他用了點技術手段監控了阿渣的手機，知道這個女人是來撐場面的，但是沒想到是個對男人沒興趣的傢伙啊。

「今天是這傢伙讓我來裝他女朋友的，目的是為了泡你。」阿曉指了指離去的阿渣，一邊喝著飲料一邊毫不客氣的出賣了他：「那傢伙除了渣這一點，人品還是可以的；加上我是女的，不在他渣的範圍內，所以一直都安心的和他當朋友。沒想到那傢伙竟然從渣男升級成了人渣，竟然連直男也不放過。」

嘆息了一聲，阿曉放下手中的杯子，望向對面的阿直，認真的說：「聽說你是因為不小心進了同性交友的APP才被他盯上的，但我奉勸你，如果對他沒意思的話還是直接拒絕，這樣對你們兩個都好。」

「……」見對方是很認真的在勸說，阿直也下意識的端正了態度，直起身以公事公辦的嚴肅語氣回答：「您放心，我是個嚴謹認真的人。」

看見對方疑惑的神情，他的唇角微微揚起了一絲得意：「所以是不可能『誤入』同性交友APP的。」

第六章
一物剋一物

阿曉一怔，很快就明白了什麼似的，露出一副恍然大悟的表情。

哎呀呀，都說一物降一物，那個死渣男也遇到剋星了啊。有趣，有趣。她默默地想。

等到阿渣重振旗鼓從廁所回來的時候，就看到那一男一女其樂融融的約會氛圍，自己倒彷彿像牽線的媒人一般，存在十分多餘。

他咬了咬牙，大踏步地走了過去，直接挽住阿曉的手臂把她拽了起來：「時間差不多了，我們走吧。」

阿曉的飲料正喝到一半，一臉懵逼地看著他。見到對方那副勉強堆笑到近乎猙獰的臉，她馬上就意識到對方在吃醋，露出了高深莫測的笑容之後，便順從地跟著他走了。

阿直淡定地看著因為吃醋連招呼都不和他打的某人，不慌不忙地開口：「請等一下。」

這個死直男果然還是在意他們的關係的，剛剛那冷淡的表現果然都是裝的吧？正戲是不是剛要開始？阿渣興奮地想：打起來，快為了我打起來！

他瞬間回過頭去，裝出一臉不耐煩的樣子，嘴角的笑容卻完全暴露了他內心的興奮：「幹什麼？」

阿直慢悠悠地喝了一口茶，以平靜的口吻說道：「這一餐誰結帳？」

「……」本就在氣頭上的阿渣，被火上澆油後再也

忍不住，憤憤罵道：「結帳結帳，你順便去結紮吧，白痴！」

阿渣拽著阿曉黑黑咧咧地走遠，留下阿直淡定地坐在原地，微微揚起了唇角：這傢伙，眞是太好懂了。

等到出了餐廳大門，阿曉才疑惑開口道：「這就完事了？」

「不然呢？」想到兩人剛才親昵的樣子，他咬了咬牙：「我還得把你們送進洞房？」

阿曉抬腿直擊其襠部：「說他媽什麼呢？」

被痛擊弱點，阿渣的火氣頓時消散，齜牙咧嘴地蹲下身求饒：「姑奶奶，您輕點，我還指著它過幸福生活呢！」

「沒所謂吧，我看你以後也用不上了。」阿曉翻了個白眼。

「嗯？」阿渣疼得喘不過氣，一時沒反應過來，眼睛泛淚地問：「這是什麼意思？」

「沒什麼，我是說——」阿曉很熟悉阿渣的性格，所以她並不想將阿直和她剛才的對話透露出去，畢竟兩個人爭攻受的時候在床上打起來也挺不錯的。所以她話鋒一轉，意味深長地拍了拍對方的肩膀，語重心長地說：「那男人不錯。你要加油。」

這下阿渣再度愣住，之前這女人還反對自己搞直男，怎麼稍微聊了一會又支持自己了？阿曉讓自己追阿直不會是有什麼私心，想藉自己靠近阿直吧？難道這死直男魅力大到把彎的都掰直了嗎？

當然他也只是想想，不敢再問出口。不然這女人眞的會跟對待她前夫一樣，讓自己後半生幸福生活也無望。

「那裙子我就不要了，太考驗臉和身材，我穿著估計

像賣菜的老太太。」阿曉低著頭玩手機，漫不經心地來了這麼一句。阿渣還沒來得及感慨她怎麼變得這麼有良心，她就直接露出了手機屏幕上的銀行卡號，擺在他的眼前：「直接折現吧。」

阿渣的嘴角抽了抽：這傢伙明明也是個富家小姐，怎麼這麼貪財呢？

在阿曉的逼迫下，他只好當即把錢轉給了對方。看著消失的六萬塊，阿渣內心默默哭訴：這頓飯也夠貴的。不僅如此，還有了潛在情敵，自己實在得不償失啊！

隔著玻璃窗，他看到那個讓自己消失了六萬塊的罪魁禍首，像沒事人一樣悠閒的吃吃喝喝，頓時恨得牙癢癢。

關於這個地獄難度的死直男，他真的不知道該怎麼去攻略了。

明明看似一點希望都沒有，卻總是在某些時刻給了他一些盼頭；明明冷漠又毒舌，卻也會在某些時刻露出溫柔又吸引人的一面，讓他欲罷不能。

等等……阿渣思考著，忽然意識到了什麼：這怎麼這麼像以前我泡男人的套路呢？

捏著下巴思索了一會兒，他又抬頭看了看餐廳裡的阿直，服務員剛好放了一盤螃蟹在阿直的桌子上，那總是冷漠的眼中，有了幾分興奮的光芒。

大概是因為一直觀察著他，阿渣總是能輕易讀到他微表情裡透露出的信息。

會露出那樣的眼神，竟然是為了螃蟹！阿渣咬了咬牙，很快就打消了自己剛才的猜測。

他可不覺得一個會對著螃蟹興奮的男人，能懂什麼套路。

　　回家的路上，阿渣一直回想著，這些日子裡和阿直相處的過程，還時不時的露出傻笑。

　　他忽然發現，自己還是第一次知道「喜歡」的滋味。

　　怎麼說呢，雖然心中不願承認，但被對方的一舉一動牽扯住心情的感覺，也並沒有哪裡不好。

　　只是感情上「走腎」太久，他不知道該如何去應對這樣的心情。

　　深夜他在床上輾轉反側，實在睡不著，他還是試探著給阿直發了信息：「睡了沒？」

　　手機屏幕亮起，對方很快給了回覆：「沒。」

　　阿渣看了看手機上顯示的時間，下意識地問：「在加班？」

　　「沒。」

　　雖然這回覆簡潔了點，但至少是秒回的，比第一次聊天的隔日回不知好了多少。所以即使阿渣氣得磨了磨牙，依然還是耐著性子發了消息：「你在做什麼？」

　　「結紮。」

　　「……」

　　阿渣這才想起來白天自己一時氣憤對阿直說的話，沒想到這個死直男還挺記仇的。

　　正想著該如何打圓場，那邊又接著發過來一條消息：「有什麼事嗎？」

　　明顯已經想要結束話題的不耐煩的語氣，阿渣覺得自己簡直是自討沒趣。他抿了抿嘴，略有些委屈的回覆：「沒……」

　　省略號裡想寫的其實是「就是忽然想和你聊聊天」，但他覺得發出來太矯情了，熱臉貼冷屁股又很沒面子，便

直接用省略號代替。

本以爲談話就此結束，隔了不久之後，阿直突然又發來了消息：「明天有時間嗎？」

嗯？這是什麼意思，想約他？阿渣猛地坐起身來，但想到畢竟是那個死直男，就算是約他估計也是爲了工作的事情。

熱情很快被澆滅，他又躺了回去，謹愼的反問道：「什麼事？」

「如果有時間的話，希望你明天來一趟愛麗絲酒店。」

那個酒店阿渣是知道的，是當地有名的酒店，很多名流的聚會和婚禮都在那裡舉辦，是出了名的約會地點。

一個毫無情趣的死直男約自己去那種地方幹什麼？終於忍不住要告白了？阿渣抱著手機興奮的在床上打滾，因爲太過高興以至於忘了詢問去那裡做什麼。

爲了顯得矜持一點，他把手機上打出的「去去去」三個字逐一刪掉，回復的話變成了「好的」。

阿渣抱著手機從床上滾到地上，很快又覺得爲這點小事興奮的自己實在是很沒出息。畢竟死直男的路數他還是知道幾分的，以前沒少栽跟頭，這次也不要太抱希望才好。

就算是這麼想，內心的歡愉還是按捺不住。但爲了第二天能展現出最好的狀態，他還是強迫自己冷靜下來睡覺。

而手機另一端的阿直，被微弱光芒映亮的唇角，揚起了謎一樣的笑容。

第二天，阿渣早早的起床打扮，挑了最合身的一件西

裝，整理好心態出發。

他雖然做好了「死直男不會邀請他約會」的準備，但嘴角還是止不住的上揚。

剛到酒店門口，他就看見了等在門外的阿直。那個從來一身西裝穿到底的阿直，此刻竟然穿著燕尾禮服，禮服很貼身，將他的身形顯得更加挺拔與修長。站在外形與城堡相似的酒店外，看起來與童話中的王子別無二致。

這該死的直男，竟該死的讓人心動啊！阿渣握緊了拳，眼淚不自覺地順著嘴角流了下來。

見阿直向著他的方向看過來，阿渣連忙抬起袖子擦了擦嘴，然後若無其事的和阿直打招呼：「喲，你怎麼在外面？」

「在等你。」阿直揚了揚眉，回答的語氣十分理所當然：「你沒有邀請函，進不去的。」

在、在、在等我嗎？阿渣被這一句話暴擊，搗住狂跳的胸口，獨自感動中。以至於沒看到阿直在自己的登記人員名單上，「關係」一欄的後面，寫下的「家屬」二字。

這是為了自己特地包了場嗎？是要直接跨過戀愛求婚了嗎？阿渣沉浸在粉紅色的幻想裡，飄飄然地跟著他進了場，剛進去就看見了一群或熟悉或陌生的面孔。

仔細辨認的話，能看出來裡面都是阿直所在公司的工作人員。阿渣以為他是想讓這些同事當見證，便咧著那張樂得合不上的嘴興奮地問：「為什麼你公司的人都在這啊？」

「他們當然會在這了。」漫不經心地回答了一句，阿直將目光轉向他的時候，才看見他酷似變態的表情，又本能地退後了一步：「這是我們公司年會。」

阿渣的嘴總算能合上了，眼角也抽搐起來，咬著牙問：「你們公司年會你喊我來幹嘛？」

阿直指了指他的身後，面無表情地回答：「老闆要我叫你來的，畢竟你們開出的條件很好，他想款待你。」

阿渣順著他手指的方向回過頭去，因為太過憤怒眼神變得有些凶狠。老闆本想過來和他打個招呼，結果被他的表情嚇得愣了一下，然後隔著老遠非常謹慎地打了個招呼，沒有再接近。

可惡啊！對這個死直男有所期待的自己真是個白痴。阿渣現在恨不得狠狠甩自己一個巴掌，讓自己清醒一點：每次都被耍得團團轉，都吃過那麼多次虧了，怎麼就不長記性呢？

阿直在一旁默默欣賞他變幻莫測的表情，直到他的臉色開始發綠，才倒了一杯香檳遞給他：「你最近便祕嗎？臉色很差。」

阿渣一把搶過酒灌下，然後抹了抹嘴惡狠狠地回：「多關心關心你自己的便祕臉吧！」

他把酒杯塞回到阿直的手裡，轉頭便走。阿直喚住了他，疑惑地問：「你要去哪？」

他打算找個清靜的地方緩解一下情緒，防止自己被這死直男氣死，便不耐煩地回答道：「洗手間。」

「……真的便祕了？」阿直在他身後冷不防地問了一句。

阿渣被氣得面部管理失控，轉頭就對他比了個中指：「老子去小便！」

「哦……」阿直應了一聲，皺著眉低頭思索，然後非常嚴肅地說：「我有朋友是開藥店的，要不要幫你推薦一

些治療腎虛的藥……」

阿渣差點背過氣去，齜牙咧嘴面目猙獰地回道：「你還是留著自己用吧！」

扔下這句話，他便邁著六親不認的步伐走人了。

這會場裡沒幾個他很熟的人，大家似乎也總是對著他竊竊私語，卻不敢上前搭話。阿渣想著可能自己畢竟是別的公司的人，在這裡確實很突兀，便獨自躲去陽臺抽菸。

阿渣一邊在陽臺唉聲嘆氣，一邊思索：那個死直男叫他過來，其實心裡是不是也在打他的主意呢？

但仔細想想，那傢伙就是個工作機器，喊自己過來也只是因為老闆的命令。自己還是別自作多情了，免得希望越大，失望越大。

他把菸扔在地上碾滅，感覺像在踩踏阿直一樣舒爽，心裡卻依然憤憤：媽的，自己怎麼就看上這麼個不解風情的玩意兒呢？

一根菸抽完，總算平復了情緒。他本著屢敗屢戰的精神，重新振作起來。畢竟這種宴會場所，正是體現個人魅力的時候，他要讓那個直男見識到自己是多麼的優雅睿智受歡迎，進而折服在自己的魅力之下。

重新回到宴會場，他一眼就看到了背對著自己，倚在欄杆旁的阿直。那傢伙似乎在思索著什麼，微皺的眉頭更添了幾分憂鬱的氣質。

即使在這麼多人當中，阿直都是那麼引人注目的一個。阿渣不甘心的握了握拳，剛打算走過去，便看到有個漂亮的女人端著酒杯站到了阿直旁邊。

他像個偷窺狂一樣本能地躲在了柱子後面觀察，剛平息下去的火氣又冒了上來：媽的，這死直男就長了一張招

蜂引蝶的會騙人的臉。

按照常理來說，身邊站了個人就算出於本能也要看一眼。阿直卻像完全沒有意識到她的存在似的，根本不為所動，平靜得像個雕像。

女人安靜地站了一會兒，大概是覺得一直這樣有點尷尬，便輕咳了一聲試圖打開話題：「在想什麼呢？」

阿直並沒有看向她，皺著眉自言自語地嘀咕了一聲：「腳氣……」

女人不知是沒聽清還是不敢相信自己的耳朵，試探性的又問了一下：「什麼？」

「啊，沒什麼。」阿直像是總算意識到她存在的樣子，但還是皺著眉一本正經地回復：「只是覺得一到了夏天，腳氣就會變得很困擾。」

「…………」女人的臉色稍微有些不好看了，不過還是勉強接下話題：「哦呵呵呵，那確實很困擾。」

阿直的眼睛瞬間亮了起來：「妳也有這樣的困擾嗎？是怎麼解決的呢？」

「不，沒有……」女人被他莫名的認真態度嚇到，一邊後退一邊尷尬的笑了幾聲之後，便翻著白眼走了。

躲在柱子後的阿渣十分無語：這傢伙真是幹啥啥不行，破壞氣氛第一名。竟然在這種場合和來搭訕的妹子談腳氣……沒救了。

阿直回頭的時候剛好看到了他，他索性也不躲了，走出來站到了阿直的身邊，盯著他的臉良久才嘆了一口氣：「你啊……」

阿直顯然不知道他在感慨什麼，迷惑了稍許之後，又變回了平時一本正經冷冰冰的樣子：「你去廁所的時間似

乎有點長，我有一個朋友……」

「打住。」阿渣早知道他狗嘴裡吐不出象牙，連忙打手勢制止他繼續說下去。畢竟這個話題再不打住，阿渣就要動手打他了。

成功的阻止了對方的挑釁，阿渣輕咳了一聲，忽然面對著他，露出了從容優雅的笑容：「說起來，難得能參加這種宴會，一直在這裡發呆不是太可惜了嗎？」

見阿直還是目光疑惑，他在心裡大罵了一句「情商真低」，但臉上還是維持著溫柔的笑容。他故意貼近阿直的臉，笑容中稍有了些蠱惑的意味：「不如我們找個人少的地方，去做些浪漫的事情吧？」

阿直少見地盯著他的臉愣住，短暫的寂靜之後，突然響起了一陣悅耳的鐘聲。

清脆悠揚的聲音，緩慢的迴盪在會場的上空，如同為灰姑娘敲響的十二點的鐘聲，預示著某種階段的結束，也預示著幸福的開始。

阿渣本能地望向聲音的來源，阿直卻毫無徵兆的，握住了他的手。

他一怔，疑惑地對視上身邊之人的視線。阿直的眸子冷淡又深邃，讓人看不出他到底在想什麼，只是那微揚的嘴角，莫名透出某些危險的信息：

「我們還是去人多的地方做吧。」

還沒來得及反應，阿直就拉著他的手腕走到了大鐘的下面。他環視周圍，發現人們都慢慢聚集在了這裡。

他剛想問些什麼，廣播裡便發出了老闆渾厚的聲音：「大家期待已久的舞會正式開始！」

非常有年代感的悠揚旋律響起，每個人都兩人自動

分組貼在了一起，有男女搭配的，男男搭配的，女女搭配的。還沒明白怎麼回事的阿渣就直接被阿直摟住了腰，牽住了手，邁開了步伐。

「等等等等……」本能的配合著他的步伐，阿渣混亂中還是發出了疑問：「這是什麼情況？」

「跳舞啊。」阿直一臉理所當然的樣子：「你這夜店小王子應該會的吧？」

「我當然知道這是在跳舞！」身體貼得太近了，對方的體溫都透過衣料傳達過來，灼熱了阿渣的耳朵。他別過頭去努力遮掩自己通紅的臉，以至於沒有注意到對方的話中帶刺：「我是想知道為什麼忽然跳起來了啊？」

「因為到舞會環節了啊。」阿直稍微歪過頭注視著他，一臉在看白痴的表情。

「開什麼玩笑……」聽起來這傢伙根本就不想好好解釋，慌張中的阿渣還在試圖掙扎著得到一個答案：「你發消息的時候也沒有說……」

話未說完，他忽然像是想起了什麼，那些臉紅心跳的感覺頓時煙消雲散。他扯了扯嘴角，望向阿直的表情多了些鄙夷：「你這傢伙難不成是因為找不到舞伴所以才喊我過來的？」

阿直揚了揚眉，不置可否。

這個死直男啊……阿渣嘆息了一聲，卻反而因為現在的場景太浪漫而生不起氣來。想想現在正是大好的泡漢子氛圍，他卻挑明說了這麼破壞氣氛的話，該不會被這個死直男傳染了吧？

他深吸了一口氣，故意換上一副壞壞的笑容，貼近了阿直的臉：「你啊——如果我不來的話，你要怎麼辦？」

　　阿直並沒有因此後退，而是身體用力將輕輕壓上來的阿渣重新壓了回去。兩個人鼻尖貼著鼻尖，臉貼得實在太近了，以至於阿渣能清晰的看到阿直嘴角那副得意的笑：「你不會不來的。」

　　那盲目且傲慢的自信，不知道為什麼，反而擊中了阿渣的心，讓他猛得心動了一下。

　　回想起來，自己似乎從來沒有拒絕過阿直的要求，每次都由著他胡來。不知不覺間，自己已經被他吃得死死的了。

　　撩撥也好，套路也好，阿渣在與阿直的戀愛戰爭中一次也沒有贏過。這讓他不免沮喪起來，要不是在跳舞，他現在真想咬著手絹躲在角落裡不甘心的哭了。

　　因為太過心不在焉，他腳下一滑向後倒去。阿直則迅速反應，用力攬住他的腰順勢輕輕下壓，而自己則貼近了他的臉，目光迷離地注視著他，似乎馬上就要親上去的樣子。

　　時間有了短暫的停頓，周圍的尖叫聲此起彼伏。阿渣卻像是什麼都聽不見了似的，只怔怔地望著阿直的臉。氤氳的燈光散落在他們的身上，停滯的時間裡，王子深情地注視著他，彷彿想要在十二點的鐘聲裡，吻醒正在沉睡的公主。

　　等等……幻想到此處的阿渣忽然意識到了哪裡不太對：為什麼在想像裡老子是公主？

　　不對，為什麼從一開始老子跳的就是女步？

　　「專心一點。」阿直低沉的聲音自耳邊響起，像是故意將唇曖昧地貼在他的耳邊，不經意間輕微地碰觸與摩擦。淡漠的聲音中，夾雜著一絲命令的意味。

阿渣似乎是被那聲音蠱惑了一般，有了短暫的失神。他的身體再度被阿直帶動起來，不由自主地跟著對方的腳步行動。

　　但他很快就意識到，現在不是沉迷跳女步的時候。他一個渣男鐵1，可不能在這種公共場合被比下去，不然大家站反了攻受怎麼辦？

　　於是他試圖用力量牽引阿直，強迫讓對方變成女步。然而阿直的力量占了絕對的優勢，他根本沒有任何反擊的餘地。

　　阿渣情急之下忘記了跳舞，用盡全力對付阿直。可惜平時對萬事不掛心的阿直在奇怪的地方總是很執拗，與他懟著手掌互相比起力量來，兩個人從跳舞變成了相撲。

　　「哎呀，阿直先生，不好好跳舞您這是在幹什麼啊？」阿渣見力量上懟不過，就開啟了嘴炮模式。

　　「這句話我還想問您呢。」阿直看起來則更輕鬆一點，以蔑視的眼神注視著他：「不在跳舞的時候突然改變舞步，這是基本的禮貌吧？」

　　「明明我是被你這傢伙莫名帶起來跳舞的！」阿渣見他一臉淡定的樣子就覺得生氣，頂上他的腦門露出面目猙獰的樣子：「我才不要跳女步！」

　　「跳舞只要優美就好了，何必在乎是哪種性別的舞步呢？」

　　「那你倒是給老子去跳女步啊！」

　　「我不會跳。」

　　「鬼才信你！」

　　兩個人僵持不下，跳舞的人們都停下來看熱鬧。舞池頓時變成了決鬥場，所有人圍成一圈為各自支持的陣營加

油打氣。

　　老闆本來受阿直的威逼利誘所以故意辦了這場舞會，想幫他營造曖昧的氛圍追愛；結果從廣播室剛出來就看到了這一幕，他一臉茫然地看著舞池會場變成了決鬥場，實在是懷疑阿直對「浪漫」這個詞有什麼誤解。

　　僵持了許久，阿渣體力不支，整個人向後仰去；而阿直大概是還沒反應過來，直接被順帶著撲倒在地，整個人壓在了他的身上。

　　短暫的寂靜之後，看熱鬧的人都非常有眼力的，尷笑著聊著別的話題背過身去，四散走開了。

　　阿直身體的熱量迅速傳過來，身體緊貼著，兩個人又是這樣的姿勢，讓阿渣不可避免的有了情欲。

　　對方像是還沒明白怎麼回事，直起身來略帶疑惑和不滿地盯著他。此刻的阿渣卻瘋狂的想要扒下他王子的外套，在他那原本赤裸堅實的身體上肆意的狂歡。

　　但想像歸想像，他可不想在公共場合以猥瑣罪被警察叔叔帶走。為了避免讓對方發現他突然硬起來的某個部位，他急需要換一下姿勢，所以彆扭地推搡起阿直來。

　　阿直卻猛得握住了他的手，眉頭緊緊地皺了起來：「別動！」

　　阿渣被這一聲低喝嚇得怔住，畢竟這個雷打不動的人難得會露出這樣緊張的表情。慌張之下，他小心翼翼地問：「怎麼了？骨折了？」

　　詢問的時候，他本能地想要直起身，因此感覺到了某個硬硬的東西抵住了自己。

　　他疑惑地向著硬物看過去，阿直卻放開了他的手，默不作聲地站了起來，轉過身直接走上了樓。

阿直的頭微微低著，髮簾擋住了眼睛，看不到表情。阿渣看著他同手同腳走開的動作，更覺得疑惑：這傢伙不會腦子撞壞了吧……

　　很快他就意識到了什麼：不對，在下面的是我啊，他怎麼可能撞到頭？

　　思索中，他猛然意識到剛才瞬間的觸碰硬物的感覺，那個……難道是……

　　阿渣的臉頓時紅得透澈，但他怎麼也不相信那個死直男會對自己產生情欲，便摀著臉自言自語道：「是鑰匙吧……嗯，一定是鑰匙……」

　　但他很快就意識到，那個尺寸……應該不會有那麼大的鑰匙，況且那東西還精準地戳中了自己。

　　看對方鐵青著臉……那是逃走了吧……阿渣越想越覺得害羞，臉也越來越紅。他狠狠拍自己的臉，試圖讓自己冷靜下來：你臉紅個毛啊！這不就是你所期待的嗎？趁熱打鐵趕緊上啊！

　　給自己加油打氣之後，阿渣重振旗鼓，制定了下一步計畫，決定趁勢直接把對方辦了。不過在那之前，他還是要先確認一下阿直的想法，以防自己又又又又是自作多情。

　　他估摸著對方多半是去了洗手間，便走上二樓，準備去洗手間門口堵人。結果剛上樓就看見阿直從洗手間走了出來，還未來得及打招呼，對方便徑直走進了旁邊的廣播室，並順手帶上了門。

　　這是去幹嘛了？阿渣心裡懷著疑惑，走到廣播室的門口，猶豫了一會兒便裝做若無其事地推開了門。

　　阿直似乎正趴在桌臺上，聽到門響聲便抬起頭來看

他，兩個人四目相對。

　　阿直像是剛洗過頭，髮簾的水珠滴下來，在臉上一閃一閃的，襯著那雙凌厲的眼。

　　「你怎麼過來了？」沉默片刻之後，還是阿直先開了口。

　　他的樣子和平時沒有什麼兩樣，彷彿起身時那片刻的慌張，只是阿渣的一時眼花。

　　「呃……」稍微愣了一下，阿渣撓了撓臉頰，不自覺的錯開了他直視的目光：「有點事想要問你。」

　　「什麼事？」

　　「就是……那個……」阿渣本來已經整理過了要套話的措辭，可是見到他此時的樣子，腦海中忽然變得一片空白。

　　結結巴巴了許久，他才下定決心般地問道：「你剛才是不是硬了？」

　　話剛出口，他連忙摀住了嘴，臉熱得簡直要爆炸了。自己真的是一時腦抽，怎麼就不小心直接把話就問出口了呢。

　　阿直緊皺著眉頭，慢慢站了起來，一臉要殺人的樣子。阿渣以為他是因自己的調戲在生氣，連忙後退，慌慌張張地想要改口：「不是，我是說……」

　　話還沒說完，阿直就不耐煩的打斷了他，以漠然的口氣回應：「那你不如來確認一下。」

　　「唉？」顯然是沒有預料到的發展，阿渣以為自己的耳朵出了毛病，下意識地問：「什麼？」

　　「我說。」阿直向前走近了一步，卻沒有緊逼的意思，若無其事的指了指自己褲子上的拉鍊，面無表情的將

剛才的話重複了一遍：「你自己來確認一下。」

平時沒有情趣的死直男，突然撩撥起來總讓他覺得事情有點反常，況且阿直現在的臉色確實不善。

這屋裡是不是有攝像頭？他不會是想讓自己實施了性騷擾之後突然給自己一刀，好證實自己是正當防衛吧？畢竟自己惹了這個死直男好幾次，他肯定心裡對自己很不爽吧？

阿渣緊張的思索著，腦海內的黃色廢料頓時被嚇得煙消雲散。雖然機會難得，但還是保命最重要。

於是他訕訕地笑著，扔下句「小人不敢！」，然後撒腿就跑。

可惜沒跑出幾步，他就被一股巨大的力量拉了回去。顫顫巍巍地回過頭，他看見阿直正緊抓著他的肩膀，指甲似乎都要嵌進肉裡去。那張冷漠的臉上，依然沒有任何情緒波動：「不，你敢。」

看著如此主動的死直男，阿渣頓時就懵住了：這究竟是什麼情況？難道這傢伙真的討厭自己到想找藉口宰了自己？

阿直沒有下一步的動作，見他不跑了，便收回手靜靜地看著他。

他在內心裡進行了非常劇烈的思想鬥爭，不明白這個死直男是真的開竅了，還是在算計自己。

不過既然對方主動邀請了，也不必推脫，畢竟阿渣從來不走正人君子的風格，都被誘惑到這種地步了還不上，顯得自己好像是性無能似的。

他瞇著眼睛，小心翼翼地試探：「這可是你說的。」

阿直面無表情地點了點頭。

阿渣向前走近了一步，依舊一臉警惕的樣子：「不許反悔！」

阿直繼續點頭。

阿渣的笑容逐漸猥瑣，上去拽住他的褲子就往下扒拉。阿直顯然沒想到他這麼大膽，還以為這個一直被自己玩弄於股掌之間的傢伙，一定會慌張逃走。

所以在被扒褲子的時候，阿直本能的反手握住了他的手臂，瞬間制服了他，將他整個人按在了桌子上。

被按在桌子上摩擦的阿渣愣了幾秒，便憤怒地大喊：「你這個混蛋要幹什麼？不是你讓我確認的嗎？」

「確認就確認，你扒我褲子幹什麼？」阿直皺起了眉。

「廢話，我不扒了你褲子怎麼確認？」阿渣不滿的反駁。

「看一眼不就能看出來了？」

「那光看能確認得了嗎？怎麼也得摸一下才行吧？」

「摸歸摸，你扒我褲子幹什麼？」

「我不扒了你怎麼摸？」

「隔著褲子就摸不出來了嗎？」

「那沒準，萬一很小隔著褲子摸不出來呢？」

話音剛落，阿渣就感覺到壓制住自己的力量明顯增加。哪怕不去看對方的臉，他也從阿直冷冰冰的聲音中察覺到了騰騰怒火：「你說誰小？」

「不是，我是說……」阿渣知道自己不小心踢到了馬蹄子，連忙解釋：「得確認一下才能知道大小」

「確認就確認，你扒我褲子幹什麼？」

「…………」

話題又被成功繞回了原點，阿渣只得先放棄了這個無

聊的爭論：「那個……我不碰你了，你先放開我行不行，胳膊有點疼。」

阿直猶豫了一會兒，但還是鬆開了手。

阿渣揉了揉發疼的肩膀，一邊瞪著阿直一邊在心裡憤憤的嘀咕：正事沒問出來，便宜沒占上，明明是這個死直男先撩的自己，自己還要被這麼對待！

但是鬧了這麼一場，下面到底是硬還是不硬的，他現在也不好開口問了。

正想著要不要找藉口開溜，阿直倒是先開了口：「你為什麼想確認那件事呢？」

「為什麼……」這傢伙竟然平心靜氣的和自己談這件事，讓阿渣再度警惕他是不是又要搞什麼么蛾子，便一邊思索一邊小心翼翼地回答：「因為很在意啊……」

「在意什麼？」

「你不是直男麼……對我有感覺什麼的……我當然會在意。」

「如果你確認是真的，又想怎麼樣呢？」

怎麼樣……總不能直接說想把你按在那裡啪啪啪吧？阿渣忍住翻白眼的衝動，在心裡默默吐槽。

但他很快就意識到，阿直對自己詢問他如此私密的事情沒有表現出厭惡，反而在認真的和他談論，加上剛才在跳舞時觸碰到的……很難不讓他覺得，阿直其實是對他有感覺的。

至少能表示，對方對自己的已經越過界限的言行並不反感。

而問出這種話，就表示對方已經察覺到他的心思，在認真地思索他們之間的關係了。

如果是平時，阿渣早就巧舌如簧，輸出一堆假情假意肉麻的話，把對方征服。

但現在站在眼前的人，可是那個思維縝密，異於常人的死直男。如果自己回答得很隨便，肯定會降低自己在對方心中的好感度。

可是，他也不想承認自己的內心裡是喜歡這個死直男，想要和他好好交往的。所以現在這個問題對於阿渣來說，不太好回答。

沉默了良久，阿渣才猶豫著開了口：「現在不是談這些事情的時候，我腦子也有些亂。」

停頓了一下，他抬起頭來觀察了一下阿直的反應，發現對方並沒有不滿或生氣的情緒，才繼續說：「你給我一點時間，我會好好想清楚，整理好語言告訴你的。」

這個回答可以顯示出來，他很重視這段感情，為後續的告白做出鋪墊。阿渣在心裡暗暗讚嘆自己的機智：怎麼樣死直男，沒被人喜歡過的你這麼被重視，一定感動得要死吧？

收斂起自己的洋洋得意，他故作深沉地望向阿直，期待著對方的反應。阿直也沉吟了稍許，之後揚了揚眉，平靜地說：「哦。」

就這？就這？看見阿直如此冷淡地反應，阿渣甚至開始覺得那一瞬間的觸感肯定是錯覺。

這個×冷淡死直男，怎麼可能會對自己有感覺？

他是實在看不清這個男人的思想，對方每次都在他失望至極的時候給他一絲希望，而當他有了希望的時候，就又迅速將這段關係打回原形。

難以掌控，不接受任何套路，卻也讓他欲罷不能。

只是阿直這和平常一樣的冷漠反應，讓阿渣徹底回憶起自己從剛才開始，就在幹些什麼羞恥的事情。憤怒與羞恥感雙重積壓之下，他忍不住咆哮出聲：「哦你個鬼啦哦，給老子表現得感動一點啊！」

　　緊接著，廣播室的話筒裡忽然發出了非常綿長且刺耳的電流音。

　　看樣子是無法承受阿渣巨大的聲音而導致的反應，也就是說……

　　「啊。」兩人同時愣了一下，還是阿直先反應過來，淡定地說：「廣播沒關。」

　　空氣沉寂了幾秒，堆在廣播室門口看熱鬧的眾人，再度聽見了夾雜著刺耳電流音的崩潰咆哮：「啊啊啊啊——你這個死直男——」

　　他嚎叫著衝出廣播室，突破人群。現在他只想離開這個讓自己丟臉丟到家的地方。

　　不知道跑了多久，他終於疲憊不堪，脫力地在河堤旁坐了下來，抱著膝蓋放空大腦，一臉惆悵地望向遠方。

　　身後傳來了細微的腳步聲，他卻已經沒有力氣回頭去看。天空是那麼的藍，陽光是那麼的明媚，芳草在風中翻湧成綠色的波浪，一切都如此靜謐和美好。

　　那人在他的身邊坐下，低沉的話語隨著喧囂的風兒湧入了他的耳朵：「……沒事吧？」

　　這個害他當眾出醜的罪魁禍首，竟然若無其事地在他身邊坐下。阿渣本不想理他，但看他大老遠追著自己來到這裡的份上，還是勉強給了個憤怒的眼神：「你不要和我說話！」

　　「……」阿直也知道他是在氣頭上，便沒有火上澆

油，老實地解釋：「這次我眞不是故意的。」

「我管你是不是故意的！」阿渣惱怒地大喊，想到廣播室裡的所作所爲，又把臉埋回膝蓋裡，懊惱地嘀咕：「那麼丟臉的話傳出去了，我以後還怎麼去你們公司？」

「？」阿直一臉困惑的樣子，用理所當然的口吻說：「像平常那樣開車去就行了啊。」

「……」雖然早知道這傢伙在做人方面少了點常識，但沒想到會遲鈍到這種程度。他在膝蓋中抬起半張臉來，惱怒地說：「你以爲誰都像你那麼沒心沒肺嗎？」

阿直搔了搔頭，也不知道該說些什麼，也學著他的樣子抱著膝蓋發呆。

「啊——好不容易隱瞞性向熬到現在！」阿渣崩潰地揉亂了頭髮：「要是傳出去我的平靜生活就玩完了！」

「……你四處瞎搞的時候怎麼不怕被傳出去……」

阿直本能的吐槽了一句，見到阿渣狠狠瞪過來的眼神，又識趣的閉了嘴。

「那能一樣嗎？」阿渣不甘心地回懟：「那些出來玩的人，生活圈子裡也是隱瞞著性向的！他們才不會冒著自己也暴露的風險四處亂說！」

「……都已經這個年代了，被發現了也不是什麼不得了的事情。」

「你這個死直男是不會懂的。」阿渣重新把臉埋回膝蓋裡，掩飾眼中的失落，自言自語般地嘀咕：「從小因爲性向不一樣被孤立，被欺負……被死直男欺騙感情，被所有人當作笑話，被好朋友嘲笑……那種感覺你不會懂的。」

「我確實不懂。」阿直低下頭去，沉吟了許久。就在阿渣以爲他要安慰自己的時候，他卻一邊思索著一邊自

顧自地說了下去：「因為從小就在練自由搏擊，加上年紀小又不用付法律責任，所以來找茬的人基本上見一個打一個，都被我打住院了。後來也沒人來找茬了。」

見他一臉認眞的樣子，阿渣下意識的與他挪開了一點距離，嘴上卻不甘示弱：「暴力！你這個原始人！」

「對付思維和行爲都返祖的人，原始的方法最有效。」阿直若無其事地聳了聳肩。

阿渣愣了幾秒，才意識到他是在爲自己說話，心中的不滿稍微消失了一些。

沉默了一會兒，他從膝蓋中抬起頭來，繼續問道：「那你現在長大了，遇見找茬的人怎麼辦？」

「打啊。」阿直直視著他，以非常認眞又理所當然的態度回應：「反正我有錢，打壞了再治就好了。」

「…………」

這死直男眞是一丁點的浪漫情懷都沒有，安慰人的方式都這麼別致。阿渣撇了撇嘴，卻也羨慕起阿直天不怕地不怕的性格：要是自己這麼目中無人唯我獨尊的話，人生大概會過得更舒服一點吧。

不過……他轉頭將身邊的阿直打量了一番，又默默地嘆氣，不禁發出感慨：「我到底是爲什麼喜歡上這目中無人唯我獨尊的傢伙啊？」

「嗯？」阿直捕捉到了他自言自語的微小聲音，疑惑地問：「你說什麼？」

「……沒什麼。」阿渣這才意識到自己險些說漏了嘴，連忙糊弄了過去。

阿直也不打算追問，從公事包裡悠閒的掏出兩瓶飲料，將其中一瓶遞給了他：「來。」

阿渣下意識地舔了舔乾裂的嘴唇，心中不禁一動：這傢伙難得有這麼體貼的時候啊。

接過飲料，毫不客氣地打開，他咕咚咕咚狠狠灌了幾口，才壞笑著說：「你這傢伙還隨身帶飲料啊，準備挺充分的嘛！」

阿直拉開拉環，也喝了一小口，之後若無其事地說：「從宴會上順的。看你吼了那麼半天，估計你也該渴了。」

「……」阿渣才燃起的心動火苗瞬間又被澆熄，忍不住抱怨道：「真沒情趣。」

阿直倒是也沒反駁，兩個人並肩坐在河堤的草地上。微風拂過，草地翻湧起綠色的波浪，發出細微的「沙沙」聲。

阿渣下意識地望向阿直，看著他被風微微撩起的頭髮。這片刻的靜謐，竟然讓人覺得如此溫柔與安心。

「在看什麼？」察覺到他的視線，阿直轉過頭來詢問。

「沒什麼，只是想問……」阿渣有了一些小心思被發現的慌張，沉默了些許，又下意識地問出口：「你為什麼一直不談戀愛呢？」

阿直揚了揚眉，一臉匪夷所思的樣子：「你為什麼一直問我這個問題？」

「不是……那個啊……」被這麼一提醒，阿渣才意識到，自己不止一次的這樣問了他。緊張的同時，他想到對方之前規避問題的敷衍態度，又莫名的生起氣來：「因為你一直都沒有認真回答過我啊！」

「我回答得很認真了。」不知道為什麼，阿直的話語聽起來有點怨念：「只是你不相信而已。」

阿渣愣了一下，然後向著他所在的位置挪了挪，與他貼在一起，又輕輕碰了碰他的肩膀：「那你再回答一次，這次我信。」

　　阿直蔑視地瞪了他一眼，漫不經心地回答道：「因為覺得談戀愛浪費時間。」

　　阿渣忍住大喊「這還不是糊弄嗎？」的衝動，耐著性子繼續問道：「那為什麼會覺得浪費時間呢？只有工作的人生多麼無趣啊，談戀愛才能讓枯燥的生活多點色彩。」

　　「我說過了，時間和金錢是對等的。對我來說，工作和賺錢才是有意義的事情。感情牽扯到的東西，會消耗我大量的時間與精力，是件得不償失的事情。」阿直將目光投向遠方，神色有些恍惚：「讓我願意放棄這些去維繫的感情，一生只有一次就夠了。而既然一生只有一次，我當然要慎之又慎。」

　　阿渣一邊聽著，一邊臉紅心跳地想：一生只要一個人，這是什麼絕世好男人？

　　和這個死直男過一生啊……他想都沒想過。以前只是想把這死直男騙到手，睡過之後瀟灑走人。等反應過來的時候，自己的心力和財力都已經付出得太多了。他漸漸覺得，努力了這麼久就為了睡一次這死直男，有點不值得了。所以想一定要從他身上討回來，多睡幾次。

　　一輩子啊……他把頭枕在膝蓋上，小心翼翼地觀察著阿直。阿直安靜望向遠方的樣子，格外的歲月靜好，讓他不禁怦然心動：如果是和這個死直男一起的話，好像也不錯……

　　但他很快就猛烈搖頭，試圖把這個想法甩出腦袋。再又一次忍不住盯著對方的臉心動的時候，他無奈的把頭埋

回膝蓋裡，自暴自棄地想：自己果然是個抖M吧……

阿直看著他像傻子般一臉呆然的搖頭，一臉淡漠地開口問道：「你這是什麼解壓的新方式嗎？」

「呃，不是。」阿渣這才意識到自己的反常行為，連忙隨口掩飾：「脖子疼，我活動一下。」

阿直揚了揚眉，倒是也沒有拆穿他，又默默地喝起飲料。

「那……」短暫的思索之後，阿渣將話題引回了正軌：「如果要過一生的話，你覺得什麼樣的人最合適？」

「我是個比較現實的人，所以一定要勢均力敵才行。」阿直也沒有拐彎抹角，直接說出了內心的想法：「至少不能拖我的後腿。」

阿渣因為這略微傲慢的回答，在心裡默默翻了個白眼：這傢伙情商很低的哎。要是相親時妹子聽到這麼說，就算他再優秀也早就把他排除在外了。畢竟傲慢又不懂掩飾的人不怎麼討人喜歡。

不過勢均力敵這點上，自己還ok。看起來有希望。

興奮之餘，他不自覺地露出了猥瑣的笑容，繼續追問：「還有嗎？」

阿直瞥了他一眼，冷冷地回答：「一定要專情，以免多角關係給我帶來麻煩；為人真誠，不要套路。這個我上次說過了。」

聽到這裡，阿渣又心虛地把頭縮回了膝蓋裡：「不用套路哪能吸引想泡的人啊？還不得跟你一樣，單身到現在。」

阿直皺了皺眉，難得沒有懟他，而是耐心解釋：「套路讓人感覺不到真誠，而只能感覺到，對方地接近是抱著

某種不好的目的。」

　　看著阿渣一臉被戳穿的心虛樣子，他冷冷勾了勾唇角：「而眞正的喜歡，是能即時察覺並關照到對方需求，哪怕非常細節的情緒變化。能讓對方清晰的感覺到是被喜歡的，重要的。」

　　沒想到這個單身多年的死直男竟然對愛情理解得這麼透澈，阿渣這個向來走腎不走心的傢伙感覺被上了一課。他一直以爲對方是個戀愛白痴，從沒被人喜歡過，所以稍微給點甜頭，就會屁顚屁顚的被自己牽著走。而現在他忽然明白，阿直沒有戀愛並不是沒人喜歡，而是他有非常堅定而又現實的基準。想打動阿直這種清醒又現實的傢伙，套路是不可能產生作用的。

　　自己在他身上付出了那麼多的時間和心思，結果全都沒抓到重點，還損失了六萬塊錢……阿渣失望地嘆了口氣，只得自我安慰道：算了，就當交學費了。

　　不過以前這個死直男一被自己問到感情問題，要麼岔開話題，要麼就是開始言語攻擊自己。今天竟然會好好回答啊……難道是因爲廣播室的事情心生愧疚了？

　　一想到廣播室，他就回想起自己的所作所爲，頓時通紅了一張臉：我到底在幹嘛啊啊啊啊——

　　不過說到底，都是因爲碰到了這個死直男的——阿渣思索著，下意識地望向讓自己做出詭異舉動的，阿直的某些部位。

　　阿直正玩味地盯著對方隨著腦內所想精彩的變化表情，就看見對方把目光放在了自己的隱祕部位上，頓時起了捉弄他的興致，故意低聲問道：「你在看什麼？」

　　「沒什麼！什麼也沒看！我在想事情！」阿渣連忙

收回視線，慌張了一會兒，爲了防止對方發現自己的小心思，又試圖岔開話題：「呃……那你遇見過眞誠的能打動你的人嗎？」

不知爲什麼，阿直突然瞪了他一眼，冷冷地回：「沒有。」

阿渣以爲自己戳到了他的痛點，忽然有點出了一口氣的感覺，以至於想都沒想就大笑著撫掌：「我就知道你這個性冷淡死直男肯定沒人愛！」

「……你是想吵架嗎？」阿直的臉更冷了。

「不是的，我是說……」被惡狠狠的威脅了，阿渣才意識到自己不小心說出了心聲，連忙補救：「雖然你性格有點討人厭，又沒情趣又不會好好說話，死工作狂不講誠信做人又沒底線，但至少臉還是好看的。就算是爲了你的色相，也會有人願意喜歡你……的……吧？」

第七章
豐富的經驗

眼看著阿直臉色越來越陰暗，他的話語也變得底氣不足，繼續試圖改口：「那個⋯⋯我的意思是，如果你有喜歡的人，或者想變得受歡迎，我可以幫你出出主意嘛！你也知道我感情經驗很豐富，可以給你提供不少幫助！」

說著說著，他越發得意忘形起來：「不過我也沒有特別努力的追求過別人，基本上只要稍微示好，就會有人願意和我在一起。沒辦法，或許是我個人魅力太大了吧⋯⋯」

阿直斜著眼睛看了看他，面無表情地回應：「受歡迎未必是因為鮮花招蜂引蝶，也有可能是屎糞容易招蒼蠅。」

阿渣愣了幾秒才反應過來他在損自己，瞬間氣得跳腳：「唉——你——」

阿直卻猛然站起身，直挺挺地立在他面前，冷冷地盯著他。兩人的身高雖然差不多，但莫名的就有一種很強的威懾感。

那點怒氣頓時煙消雲散，阿渣本能的後退了一步，用手臂護住自己，警惕的問：「你要幹嘛？」

「酒醒了嗎？」阿直不答反問。

他在宴會上本來也沒喝多少，受了驚嚇後又在岸邊吹了很久的風，那點酒氣早就煙消雲散了。他不知道阿直為什麼突然問這句話，但還是下意識地回答道：「醒、醒了！」

「哦。」阿直面無表情地應了一聲，之後將一串車鑰匙放在了他手裡，若無其事的岔開了話題：「廣播室裡是我疏忽了，如果你很在意的話，我給你賠罪。」

他看了看那畫著路虎圖示的車鑰匙，驚訝的瞪大了眼睛：「這麼大方？」

「想什麼呢？」阿直皺了皺眉，露出了看傻子的眼神：「我只是請你吃飯。」

還沒等對方詢問，他就又補了一句：「你來開車。」

「……」

說完，也不等阿渣回答，他便逕自向著車停的方位走了過去。

這傢伙賠罪都一副不可一世的傲慢態度啊，竟然還讓受害人開車載他去，臉皮實在是太厚了！

不對，那不是重點。難怪這傢伙這麼快追著自己過來，跑了那麼久還面不改色氣不喘，原來是開車跟來的啊！

這個死直男！

阿渣憤憤地咬了咬牙，不甘心地想：給爺等著，以後爺受的委屈，一定要在床上討回來！

阿直已經走遠，哪怕再不情不願，他還是認命地跟了上去。

阿直坐在了後座，他在前面開車，越發覺得自己像個司機。看著對方已經翹起二郎腿閉目養神，他皮笑肉不笑地問：「我們去哪吃啊？阿直先生？」

「隨便。」後座的人回答得也很漫不經心，大概是發覺到了自己的態度很敷衍，就又補了一句：「挑你喜歡的就行。」

聽到這句話的阿渣心裡總算舒服了點，打開手機開始搜索附近最貴的飯店，然後開始導航。他一邊開車一邊咬牙切齒地想：小爺我今天無論如何也要吃夠六萬塊！

和自己的小轎車不一樣，SUV開起來並不怎麼順手。不

過這車的空間很大，後排很寬敞，適合做點什麼色色的事情。

腦海中開始出現不可描述的畫面，他險些與迎面而來的卡車撞上。

心驚肉跳的與卡車擦肩而過，他連忙撫了撫胸口：行車不規範，親人兩行淚。

車子大幅度的晃動引發了阿直的不滿，後座上的他皺著眉提醒：「麻煩你開車時專心些。」

「是，是，阿直先生！」阿渣嘴上應著，笑容卻越來越扭曲：這個死直男，真把老子當司機了？

為了不讓阿直坐得舒服，他故意把車晃來晃去，開得七扭八歪，還故意挑了正在修路的路段。後座的阿直似乎意識到了他在賭氣，也不再出言抱怨。

一路顛簸的來到飯店前，阿渣滿意的回頭看了看阿直，想知道對方被折磨成了什麼樣子。

沒想到對方面不改色的下了車，還順便整理了一下衣領。他不禁敬佩起這個死直男來：車都晃成這樣了還能不為所動，不愧是死直男。要不是自己開車，他早就暈車暈到失去神智了。

很不巧的，兩人竟然在飯店門口遇見了黃毛和他的一眾狐朋狗友。

黃毛看見他們二人，也不自覺的一愣。

這種情況，誰不感慨一下冤家路窄呢？

「哎呀，這不是那個同性戀二人組嗎？」大概是覺得自己這邊人更多，平時見到阿直能躲則躲的黃毛也大膽起來，出言譏諷。

阿渣在內心狠狠地啐了他一口，心想這個紈褲子弟不

好好待在自己爹舉辦的公司宴會上，到處瞎跑什麼？

但畢竟是合作方的兒子，無論如何表面上也要過得去。阿渣堆起虛偽的笑臉，公事公辦地打招呼：「您好啊，大黃狗……黃毛……呃，大黃先生。」

和黃毛在一起的人裡開始有人竊笑，黃毛以為他故意找茬，惱羞成怒地大喊：「叫特麼誰大黃呢？老子叫阿新！」

阿渣對燈發誓，他真不是故意的。只是大概剛才在車上晃得腦袋懵了，才一時不小心喊出了口。

黃毛見他不說話，以為他害怕了，剛想說些什麼，就忽然覺得有人狠狠掐住了他的肩膀。

真的是狠狠掐住，那力氣大得像殭屍一樣，恨不得把指甲都嵌進他的肉裡。瘆人的殺氣從背後升騰而起，黃毛顫顫巍巍地回過頭去，果不其然看見了阿直那張羅剎般的臉。

然而阿直什麼也沒說，只是一直面無表情的，惡狠狠地瞪著他。殺氣不斷地聚斂過來，周圍的人都不禁瑟瑟發抖。連阿渣也被他的氣勢嚇到了。

就在黃毛被嚇得馬上跪地求饒的時候，阿直又用力扳過了他的肩膀，低著頭湊了過去，然後——

「哇」的一聲，全吐在了他的鞋上。

「啊，不好意思。」吐完之後，阿直的臉色好了很多。他擦了擦嘴角，敷衍的道歉，又自言自語般說了一句「舒服了」，便無視了呆住的黃毛，示意阿渣趕快進到餐廳去。

阿渣拚命抑制著不讓自己的嘴角上揚，小心翼翼地繞過站在一堆穢物中，已經因為太過震驚而傻掉的黃毛，走進了餐廳裡。

他忍不住感慨，原來這個死直男暈車都是如此面不改

色的⋯⋯不對，重點是吐得好啊！

　　兩人在服務生的指引下落座，他們很快就忘了黃毛的事情。阿渣接過菜單，果不其然挑了最貴的挨個點，以至於服務生打單子的時候都很猶豫，害怕他只是念一念單子而已。

　　阿直坐在他對面，像是完全不在意似的，對他的浪費行為不為所動。阿渣一邊點菜一邊偷偷觀察他的反應，甚至懷疑他會不會中途以接電話之名跑掉，最後讓自己買單。

　　等餐的時間，從餐廳外走進來了一個看起來很白淨的男人。男人大概是趕時間來約會，還穿著交警的工作服沒來得及換，氣喘吁吁又一臉歉意的和對面坐著的人道歉。因為那人的長相很符合阿渣的審美，他就多看了幾眼。

　　阿直似乎察覺到了他的失神，冷冷地勾了勾唇角：「怎麼，又有新獵物了？」

　　阿渣回過神，將視線轉回了阿直身上。不知為什麼，雖然覺得那小哥不錯，但和阿直比起來，簡直差遠了。那差距就像一個是簡筆畫，一個是精修p圖。

　　他本來想拿捏一下，故意說「是」來掩蓋自己的不甘心，順便看看對方的反應。然而阿直那看似毫無波瀾的冷淡表情，卻帶來了難以躲避的壓迫感。就彷彿如果他回答「是」的話，對方就會一刀捅過來的樣子。

　　「沒有，沒有！」他打了個冷顫，無論是突如其來的危機感還是爆發的求生欲，都讓他連忙將否認的話說出口：「那個、我們這種人很容易分辨同類，嗅到同類的氣息所以多看兩眼。」

　　「同類？」阿直的殺氣迅速散去，恢復如常。稍微思索了一會兒，他便一臉認真地問：「都是渣男？」

「是啊是啊，都是渣……」阿渣也隨之放鬆下來，打著哈哈敷衍。又猛然察覺出這句話哪裡不對，怒而拍桌而起：「渣你個頭啦，都是GAY啦！」

因為太過激動，聲音難免大了些，吸引了周圍的視線。阿渣很快意識到了，連忙紅著臉坐了回去，底氣不足的為自己解釋：「再說了，我可不是什麼渣男。只是自己太過受歡迎，沒辦法而已。」

他無奈聳肩的樣子格外欠揍，以至於讓阿直忍不住想要繼續懟他：「我懂了，就是平時沒人喜歡，所以用很多床伴來營造自己受歡迎的假象。但依然是彼此提了褲子就不被認帳的悲哀的存在。」

「什麼？誰說我沒人喜歡了？我也是真心談過戀愛的好不好？而且平時約幾個怎麼了？都是成年人，我就不能有生理需求嗎？」

阿直忽然別過臉去看著窗外，用極小的聲音嘀咕了一句：「公用按摩棒……」

阿渣簡直要被氣炸了，所以並沒有反應過來，他現在的樣子像極了在給戀人拚命解釋自己沒有出軌的老婆：「才不是啊，都是兩廂情願的你幹嘛說得那麼難聽？再說約一約已經是以前的事情了！」

也許是情緒太過於激動，加上阿直不停的進攻，讓他短暫的喪失神智，不小心將心裡話說出了口：「我最近想上的只有你啊，就算是剛才開著車，也想在你的越野車裡和你顛鸞倒鳳不知天地為何物啊！」

「……」

「……」

整個餐廳頓時陷入了一片寂靜。

察覺到周圍視線的阿渣下意識地看過去，周圍那些客人就連忙移回了目光，紅著臉低下頭竊竊私語。

　　終於發覺到自己說了些什麼的阿渣，臉瞬間紅透，甚至冒出了蒸氣。

　　阿直似乎也沒有想到他會突然說漏嘴，愣了一下，很快又恢復如常，皺著眉抱怨：「你在公共場合說些什麼沒羞沒臊的話呢？」

　　「呃……」阿渣思維混亂之下，自以為機智的隨便找了個藉口：「不小心喝醉了哈哈哈哈。」

　　阿直的眉頭皺得更深了：「酒還沒上呢？你喝了個寂寞？」

　　「呃……之前在舞會上喝多了，那酒後勁挺大，哈哈哈……」

　　「但你是開車過來的。」

　　一旁的交警小哥聽到這句話，警惕地看了過來。

　　阿渣憋了半天也想不出來解釋的話，阿直倒是一臉平靜地看著他急得抓耳撓腮，一副很享受的樣子。

　　阿直冷淡的反應讓他莫名的窩火，極度羞愧和憤怒之下，他也完全拋棄了掩飾，再度大喊大叫起來：「你這個死直男……就不能裝個傻嗎？」

　　「不能。」阿直一臉淡漠又理所當然地回應。

　　「還、還說我是渣男！」反正那層紙都已經撕破了，阿渣也不打算再掩飾，乾脆就將近些日子的委屈全部發洩出來：「你對我忽冷忽熱的又是什麼意思？」

　　「哦？」阿直露出一個困惑的表情：「我對你熱過嗎？」

　　「少不承認了！」阿渣面子上掛不住，不依不饒地追

究起來：「在舞會上你那個不是硌到我了嗎？」

　　阿直故意裝傻：「哪個？」

　　「那個，就是那個啦！」

　　「哦——」意味深長地應了一聲，阿直若無其事地指了指桌邊放著的車鑰匙：「我的車鑰匙硌到你了，不好意思啊。」

　　「車、車、車鑰匙？」阿渣猶如遭遇當頭一棒，一臉不可置信的表情，臉更紅了：「那你突然慌張跑到廁所去幹什麼？」

　　「褲子內兜壞掉了，鑰匙滑到了內褲裡，所以我去廁所拿出來。」阿直無辜攤了攤手：「不然怎樣？我當眾掏出來？」

　　「……」原來之前的事情是誤會，害他還跑去播音室自爆。知道了真相的阿渣恨不得想找個地縫鑽進去，但還是竭盡全力的想要挽尊：「那在播音室的時候你為什麼不說清楚？你直接告訴我不就行了，為什麼還要調戲我？」

　　原本巧舌如簧的阿直，忽然間低下頭，沉默了下來。

　　這突如其來的詭異沉默，讓原本就混亂不已的阿渣更加不安，卻又莫名的多了幾分期待。

　　他不知這沉默代表的是什麼，是對方自知理虧了？是在掩飾？還是在憋什麼大招，想要讓他被一擊倒地？

　　阿渣不知不覺間做出了防禦的姿勢；阿直卻忽然抬起頭來，迎視著他的目光，眼中閃爍著光芒：「那麼你呢？你發覺到了我的戲弄，不喜歡我的強人所難，但還是陪著我胡鬧；你努力向我傳達心意，卻又從不肯輕易說出口，是為什麼呢？」

　　這確實是個大招，轟得阿渣的防禦壁壘，碎得連渣都

不剩。

　　他早就隱隱感覺到，對方是知道自己的心意的，甚至偶爾會對他的心意有所回應。但阿直的表現太穩太平淡了，以至於他一直不敢相信這個猜測。

　　他更沒想到的是，那個看起來一直不動如山的死直男，竟然抓住了他最無法防禦的時機，如此順其自然地將攤牌的話語說了出來。

　　本以為可以循序發展的事情，突然就必須得出一個結果，走出一個結局。

　　而阿渣竟然因此而惶惶不安起來。

　　他恍然想起，自己曾經對感情是看得那麼淡的一個人，總是隨隨便便的和人告白，和人上床。失敗了也無所謂，對方對他置之不理了也無所謂。

　　但面對阿直的時候，別說真的告白了，就算是玩笑，他也不敢說出口。

　　到底是為什麼呢？他以為自己也不明白。

　　阿直似乎看穿了他內心的想法，不動聲色的繼續引導他：「你知不知道，感情之中，人只有一種情況，才會從漫不經心到小心翼翼？」

　　「什，什麼時候？」

　　阿直看著他慌張又迷茫的模樣，微微勾起了唇角：「真心喜歡一個人的時候。」

　　阿渣沒想到，這個從來沒有過感情生活的死直男，會把他看得這麼透澈。

　　是啊，他怎麼會不明白呢？他從不肯輕易告白，是因為他害怕對方知道後，他們就不能這樣在一起，平心靜氣的聊天了。

他只是在情場裡放蕩慣了，被捧得高了，放不下自尊，不想承認而已。

就算是現在，他也看不慣對方那已經掌控了全域一般，悠然自得的樣子。於是他違心的否認：「你這死直男太自戀了吧？我這情場花蝴蝶才不會……」

話還沒說完，阿直忽然站起身來，像跳舞那樣，非常紳士地抓住了他的手。

阿渣頓時慌得紅透了臉，餘下的話也被噎住，忘了說下去。

「你的身體會對我產生欲望，或許是你的本能反應。」阿直看著他紅著臉呆住的樣子，微微揚起唇角：「但你紅透了的臉，是你真心的反應。」

阿渣感覺渾身的血液都湧上了頭頂，他徹底僵在了原地，反駁的話早就忘到九霄雲外去了，滿眼只剩下阿直那認真又略帶得意的表情。

這該死的直男，竟該死的會撩！

很滿意他的反應似的，阿直扔下一句「看樣子這頓飯不用吃了」，便牽著他的手往餐廳外走。

「等等！」阿渣一邊被拽著往前，一邊下意識地掙扎了兩下：「去哪？」

「我家。」對方回答得簡潔。

阿渣的腦子一片混亂，一時沒反應過來：「去你家做什麼？」

「你說呢？」阿直回頭用看傻子的目光看了他一眼：「已經互相表明心跡了，這個時候去一方的家裡，還能做什麼？」

一切發生得太快，沒想到對方會這麼直白的說出來，

更沒想到這個死直男的行動力這麼強。他不明白,之前自己套路了這麼久,還對自己忽冷忽熱的人,怎麼突然就這麼迫不及待起來?

阿渣心動的同時,也依然要維持自己的自尊心:「誰、誰、誰跟你表明心跡了?我、我我只是想睡你……」

「那就睡。」阿直面不改色心不跳,繼續拉著他往外走。

夢寐以求的機會就在眼前,阿渣卻莫名的有些慌張:「等等等等等等,你這太突然了,我沒有心理準備!」

「放心吧。」阿直意味深長的一笑:「我不會嫌棄你的。」

「……你這是什麼意思?」那笑容裡包含了太多的信息,像是阿渣一度的拒絕引起了阿直對他身體狀況的懷疑,甚至還有幾絲嘲諷的意味。那些慌張頓時被丟到了九霄雲外,被憤怒所取代:「懷疑我的尺寸還是技術?」

「嗯……」阿直居然很認真的思索了一下,之後才若無其事地回答:「對我來說應該都沒什麼用。」

阿渣簡直要被氣炸了,他感覺他身為男人的自尊在此刻被踐踏,因為那個從來沒有性生活的阿直竟然如此看不起身經百戰的他。他發誓今晚一定要讓對方哭著求饒!

他甩掉阿直的手,氣勢洶洶地走到了對方前面。阿直意味不明的笑了笑,走到餐廳門口的時候,忽然又開了口:「等一下。」

阿渣回頭看著他,笑容裡有幾分得意:「怎麼,你怕了?」

「不是。」阿直搖了搖頭,然後指了指依然呆立在門口的黃毛,對著門前的服務生說:「我們那一桌的餐費,

由這個黃毛來結。」

「⋯⋯」

稀裡糊塗的跟著阿直回了他家，冷靜下來的阿渣，意識到自己似乎被用了激將法。不止這一次，以前的許多次都是這樣，好像對方已經早就摸透了他的性格，等著他一步步落入圈套。

他清楚的聽到了門被反鎖的聲音，「咔嚓」一聲，極其細微，卻又牽動著他緊繃的神經。

屋內的光線有些昏暗，阿直並不打算開燈，他扯開領帶，看起來只想直奔目的，不想做多餘的事情。

「先去洗澡吧。」他說。聲音是冷靜平淡的，陰影中的阿直也讓人看不清表情。

阿渣再度變得不安起來。但自尊告訴他，這個時候不能退縮，不然愧對自己情場花蝴蝶的稱號。

「哦，哦。」他敷衍地應著，想用若無其事的態度掩飾自己的心虛。

他努力讓自己恢復情場老手時的狀態，毫不猶豫地走進了浴室。但他對阿直那冷淡的態度莫名有些失落，他覺得自己還是需要一些情趣的，比如軟綿的情話，開瓶的香檳，滿床的玫瑰花或者一頓燭光晚餐。

雖然這些，他在上床之前從來沒和自己的那些炮友做過。以前的他和阿直的態度一樣，只是像完成任務似的，冷淡的做著準備工作，想要盡快釋放內心的野獸。

但對一向直男思維的人來說，他如果說出自己的想法，對方一定會覺得矯情。就好像⋯⋯他滾床是真的喜歡對方，想談戀愛似的。

他想，他是在害怕。害怕這一次的床戲之後，阿直像

以前的自己一樣，只把他當成嘗鮮的炮友。像阿直那樣的人，就算有了既成事實，也不一定會和他在一起。

他連忙甩了甩頭，想把那些無聊的東西甩出腦袋。他站在鏡子前，給自己打氣一般，用力握了握拳：管那麼多呢？反正他是攻的一方，能讓對方舒服就行了。

打開浴室的門，門外的阿直已經褪去了上衣，露出那誘人的腹肌和優雅的人魚線，讓他恨不得現在就撲上去。

一想到這個身體的滋味他馬上就要嘗到了，阿渣就興奮不已。

大概是他表情裡透出的興奮太過明顯，阿直皺了皺眉頭，向著他走了過來。

他的心臟狂跳不已，期待著對方面無表情的臉上揚起得意的笑容，以挑逗的語氣邀請他；或者握住他的手，撫上自己赤裸熾熱的皮膚。

結果並沒有讓他失望，阿直果然目不轉睛的與他擦肩而過，直接進了浴室，並關上了門。

阿渣看著緊閉的浴室門，不滿的嘀咕了一句：「死直男。」

因為浴室門透出的剪影太過讓人想入非非，阿渣覺得還是先控制一下自己，等稍後再好好發揮。他毫不客氣地跑到阿直的臥室裡去等待，坐在阿直的床上，他能想像得到對方在這張床上熟睡的樣子，擺出各種各樣姿勢的樣子，遠處隱隱傳來的水聲也讓他焦躁不安。

他抱住阿直的枕頭，上面有著阿直常用的洗髮水的香味。那香味沁人心脾，讓人興奮，他忍不住一邊吸著香味一邊在床上打起滾來。

阿直洗完澡來到臥室，剛好看到這一幕。兩個人同

時怔住，阿直本能地後退了一步，露出一臉嫌棄的表情：「變態……」

「咳！」阿渣連忙扔掉枕頭，紅著臉卻還是裝做若無其事的樣子，牽強的解釋：「你不懂……這是正常反應。」

阿直揚了揚眉，沒有說話，而是直接坐在了他身邊。

身邊人的溫度慢慢傳遞過來，阿渣腦海中不知演繹了多少次那黃色的一幕，但現在卻緊繃著身體，緊張得不敢進行下一步。

阿直也沒有什麼動作，只是呆呆地坐著，不說話也不看他，完全不知道在想什麼。

兩人沉默地坐了許久，阿渣有些忍不住了。他以為阿直是第一次有些緊張，加上畢竟是個死直男，不知道該怎麼做，所以鼓足了勇氣打算主動出擊。

緊張歸緊張，這麼好的機會如果錯過了，他腸子一定會悔青。

於是他輕咳了一聲，努力做出平時約炮時那副輕浮的態度，用力把阿直壓在床上，邪笑著說：「我知道你是第一次，我會溫柔一點的。」

阿直沒想到他突然出手，被輕易壓得躺倒。對方已經開始低下頭親吻他的脖子，他沉默了一下，然後握住了對方的手臂，翻身把他壓在身下。

阿渣愣了幾秒，看著突然互換位置的阿直，心生無奈：又來？

這傢伙不會是有什麼應激反應吧？每次都動手。阿渣剛想說些什麼，對方卻加大了手上鉗制的力度，微微下壓，貼近他的臉：「我也知道你是第一次，我盡量溫柔一點。」

等等，這是什麼意思？阿渣怔了怔，直到感覺到某個

硬物越來越接近自己的屁股……他忽然意識到了什麼，本能地掙扎起來：「等等，我是1，我是1！」

那掙扎對阿直來說，跟一直撒歡的貓沒什麼區別。他不為所動，臉上卻不自覺地浮現出了得意的笑容：「你現在不是了。」

難怪這個死直男會這麼痛快的接受這種事，原來打的是這個主意嗎？這個死直男啊啊啊啊啊——

感覺到有什麼東西慢慢推進了自己的身體裡，他驚慌失措的再度掙扎起來，試圖為自己尋找一個反攻的機會：「等……你等一下……我、我、我還沒做好心理準備！」

阿直的動作頓了頓，微微皺了皺眉：「剛才不是給你時間了嗎？」

「剛才？」阿渣仔細思索了一下，才意識到原來阿直剛進來的時候一直坐在那裡，不是在等他主動，而是給他做心理準備的時間。

然而阿直並不給他繼續思索的機會，依然進行深入推進的動作。阿渣掙脫不開，焦急之下只得破口大罵：「你大爺的，啊——」

未罵出口的話語因為阿直稍顯粗魯的動作而打斷，變成了疼痛的哀號。未經擴張的穴口緊緊咬住那昂揚的巨物，阿直顯然也發覺到了這樣硬來是不可能進去了，便放緩了動作：「別緊張，我會慢慢來的。」

自己平時的臺詞被搶走，現在又馬上失去貞潔，加上這個死直男根本不懂得溫柔，阿渣頓時氣不打一處來：「來你個頭啊！疼死了，你這個強姦犯死直男！」

但他罵完就後悔了，畢竟對方有著絕對的力量優勢。現在這傢伙正在興頭上，他十分害怕這個死直男會真的強

來。那他明天可就不一定能下床了。

還好阿直並沒有生氣，只是歪著頭面無表情地問：「很疼嗎？」

這無辜的樣子再一次點燃了阿渣的憤怒之火：「廢話！要不你試試！」

「⋯⋯抱歉，是我太心急了。」這一次阿直竟然老實的道歉後，把自己的巨物慢慢抽了出去。然後俯下身，親吻他的耳朵，臉頰，脖子。他的唇輕擦過阿渣的皮膚，帶來細微的熱度和輕微的癢。阿渣聽見他的聲音在耳邊纏綿，像是某種低吟的自語，夾雜著難以抑制的情欲：「你不會知道的，我多少次，多少次幻想過這樣場景，多少次想將你據為己有。」

「騙、騙人！」這種電視劇裡才會出現的臺詞，平時聽起來多少有點尷尬。但不知道為什麼，從這個死直男的嘴裡說出來，竟然如此的撩人。即便阿渣已經被撩得臉紅心跳，卻依然倔強的不肯承認：「你、你就是想騙我和你做那種事才才才這麼說的！」

阿直的手一寸一寸地撫摸過他的皮膚，呼吸間的熱氣噴吐在他的耳邊：「不會。我又不是你。」

他還沒來得及生氣，便被對方的手指撩撥得酥軟。雖然阿直在工作上為了利益不擇手段又下作，但在感情關係上確實比較可信，不然也不會這麼多年都是單身了。

他心裡是相信阿直的，只是突如其來的告白讓他略有些慌亂：「那你你你平時為什麼對我那種態度？」

阿直想了想，居然很認真的回答道：「因為你的反應很有趣。」

「死直男！」他憤憤地咬了咬牙。

阿直的手拂過他胸前，揪起他粉紅色的乳首，輕輕揉捏起來。阿渣感覺彷彿一股電流劃過，身體都變得酥麻瘓軟起來：「你、你幹什麼？唔……」

未說完的話被輕微的呻吟聲堵了回去，阿直一邊稍微加重手上的力度，另一邊則舔拭，輕輕啃咬他挺立起的乳首。被玩弄過的乳首如同櫻桃般，粉嫩，飽滿而讓人垂涎欲滴。酥麻感不斷向著阿渣襲來，讓他想要沉溺其中，卻又莫名感到羞恥，他求饒一般地推揉起阿直：「別、別、別弄了！」

「……說得也是。」阿直也及時收手，轉而倒了一些液體在手指上。阿渣還沒來得及喘口氣，就感覺有冰冰涼涼的液體，隨著手指進入了自己的後庭。他慌張地掙扎起來：「你你在幹什麼？」

「在為進入做準備。」阿直回答得理所當然，另一隻手將阿渣按躺了回去，言語中頗有些威脅的意味：「還是說……你喜歡我強來？」

從阿直急促的呼吸和那已經脹大到血管突起的巨物上，阿渣相信他一直在克制忍耐。若是自己不配合，對方是有很大概率會真的強上的。

他能怎麼辦呢？他又打不過阿直，只能躺平任調戲。畢竟對方看起來克制得已經很勉強了，他可不想知道這個單身了幾十年的死直男，做起來的時候會有多瘋。

見他終於老實下來，阿直慢慢舒了一口氣，將潤滑液塗進了他的內壁。每一次觸碰，他都能感覺到對方的內壁緊縮起來，包裹住他的手指。

每一次對內壁的觸碰，都讓阿渣的身體輕輕顫抖起來。他的腦海已經越發的混亂，甚至因為對方的小心翼翼

而覺得焦躁。但身為鐵1的自尊讓他無法接受這樣的自己，所以他輕咬著唇，拚命讓自己維持著神智，不因這快感而屈服。

然而在阿直看來，他神色迷離的，輕咬下唇的樣子，像極了某種邀約。

「只是手指而已，這麼有感覺嗎？」他伸入第二根手指，略有些惡意的向更深處探索。手指慢慢試探著，擴張著，直到緊縮的甬道完全打開。

察覺到阿渣的身體猛得一顫，他確認一般的再次向內壁輕按：「敏感點在這裡嗎？」

「唔……不要……碰……」阿渣下意識地縮了縮身體，本能地抗拒著。阿直笑著抽出自己的手指，將自己早已昂揚起來的分身塞了進去。

這一次進入要順利得多了，阿渣因為異物入侵了敏感處而再度顫抖起來。然而他已經沒有了反抗的力氣，只能任憑阿直一點點的深入。

內壁將分身包裹得緊緊的，每一下摩擦都帶來劇烈的快感。阿直一開始還能控制自己慢慢進出，但那襲來的快感讓他開始遵循本能，快速的在阿渣的體內撞擊起來。

「等、等等，太快了……」他的每一下都撞擊在敏感點，快感一波又一波地衝擊著阿渣的神智。那些破碎的乞求的話語，最終都化為了呻吟：「啊──啊──不……」

那呻吟聲加深了阿直的欲望，他一邊啃咬著阿渣的乳首，一邊在對方的後穴裡迅速抽插。被情欲反覆填滿的後穴濺起水花，每撞擊一下都發出淫靡的「啪啪」聲。阿渣被撞得腰一下一下的彈起，只是胡亂地推揉著阿直，抓撓著他的後背。莫名的恥辱感讓阿渣不敢睜開眼睛，不敢看

到對方的臉。阿直卻放慢了自己的動作，雙手輕輕捧住他的臉，輕聲說：「別怕，睜開眼睛，看著我。」

那是很少能從阿直那裡聽到的，溫柔又磁性無比的聲音，像是有著某種魔力一般，誘導蠱惑著他。阿渣慢慢睜開眼睛。

他看見阿直正注視著自己，臉上是以前從未見到過的表情。那表情有著認真，有著疼惜，也有著說不出的情欲。他的額頭和頭髮上都掛著汗珠，燈光映照出他微紅的臉。

不知道為什麼，阿渣竟然慢慢放鬆下來。他不明白阿直為何如此執拗地讓他睜開眼，但他明白，眼前的阿直露出的，是只有注視著自己喜歡的人時，才會有的表情。

他下意識地伸手摟住阿直，後穴配合著阿直的進出而收縮。那些無聊的想法和自尊早就拋到了九霄雲外，他第一次知道，原來和喜歡的人結合是這麼舒適又歡愉的事情。像是在舉行某種神聖的儀式，交換著彼此的身體與真心。

阿直抽插的速度越來越快，伴隨著阿渣後穴猛地緊縮，黏稠的液體滿滿的灌進他的甬道裡，在體內盛開成濃烈灼熱的白色花束。

在到達了情欲頂端之後，阿渣慢慢瘓軟下來，也逐漸找回了被快感沖垮的意識。

感覺到阿直在身後一直抱著他，他羞恥得不敢回頭去看，只嘔氣一般的趴在床上，將臉埋進枕頭裡。

明明自己是個鐵1，被威逼利誘做了0，而且竟然還舒服了……他實在是不甘心。

阿直大概也能猜到他為什麼在嘔氣，貼在他耳邊輕聲說：「去洗澡吧，不然要鬧肚子了。」

平時那個待人冷淡的死直男，流露出了和人設完全不符的溫柔，意外的讓人臉紅心跳。阿渣又沉默了良久，才轉過頭來憤憤地質問：「你這傢伙，真是第一次嗎？」

「嗯……」阿直裝模作樣的思索了一下，回答得模稜兩可：「和男人是第一次。」

阿渣總覺得他有潛臺詞，但如果繼續追問，好像自己多在乎似的，那多沒面子啊。

可是他做0明明是第一次……這麼想著的阿渣，狠狠推開了阿直，一邊往浴室走一邊不滿地嘀咕：「可惡，總覺得虧了！」

阿直慢悠悠地跟在他身後，斜倚在浴室門前，看著他沖澡。水珠落在白皙的皮膚上，流過纖細的腰，微翹的臀，修長的腿，讓人移不開視線。

他被盯得渾身不自在，惡狠狠的對門前的阿直吼道：「你看什麼看？」

「怎麼了？」阿直不為所動，微微勾了一下唇角：「都已經有過實質關係了，還怕被看啊？」

這死直男以前西裝革履的像個正經人，沒想到本性暴露後，厚臉皮程度人讓人髮指。阿渣咬了咬牙，十分不滿地罵道：「……不要臉！」

氤氳的水氣遮擋住身體的輪廓，隱約透出那不知是生氣還是被水溫熱的，微紅的臉。阿渣那緊皺著的眉頭，微咬著唇的生氣表情，平時明明已經看到過許多次，但在此刻看來，竟有著難以言喻的誘惑。

阿直愣了愣，之後便徑直向著他走了過去。他摟住阿渣的腰，趁著對方還沒來得及連珠炮質問的時候，吻上了他的唇。

蓮蓬頭還沒有關，水嘩啦啦的流下來，像是一層薄薄的結界，將二人包裹起來。連纏綿的吻都帶上了潮溼的味道，柔軟而溫熱，讓人意亂情迷。

一吻終了，反應過來的阿渣才用力推開了他，紅著臉問：「你、你幹什麼？」

那微微的喘息，那欲拒還迎的模樣，再度打開了情欲的閘口。阿直再度將他摟回了懷裡，微微一笑：「做不要臉的事啊～」

阿直將他翻過去面對著牆壁，用已經昂揚起來的硬物抵住了他的穴口。阿渣察覺到事情不妙，下意識地反抗：「等等等等等等……剛剛才來過一次，我不行……唔……」

未說完的話語，被入侵體內的巨物打斷，淹沒在淫靡的「啪啪」聲裡。

還未完全放鬆的後穴，再度被擴張開來。阿直忘情的在他體內律動著，頂撞著，享受著摩擦和被包裹時的快感。他的手指捏住阿渣挺立的乳首，反覆的撥弄。那小小的一粒柔軟而有彈性，讓他愛不釋手。

每撥動一次，阿渣的後穴就會緊縮起來，將他的分身緊緊吸住。他似乎一邊努力維持著理智，一邊試探著阿渣的耐痛程度。當抽插的力度漸漸加大，速度越來越快，阿渣的呻吟聲也越發的清脆與悅耳。

分身摩挲著內壁，每一下都帶來讓人痙攣的快感。他的意識再度被快感沖走，以至於忘了反抗。

阿直越發大力的，在他的體內橫衝直撞，揉捏著乳頭的手也在不知不覺間用力。

「啊——不、不要——啊、啊——」疼痛帶給了阿渣更多的刺激，他不斷呻吟著，肉穴卻配合的一縮一縮。隨

著阿直再次用溫熱的液體塞滿了他的後穴，他的分身也不斷的湧出乳白色的液體。

阿直用手指按住他不停噴出液體的小孔，貼在他耳邊輕聲說：「積攢了很多嘛，淫蕩的花蝴蝶。」

看著氣息均勻神色自若，彷彿還能繼續大戰三百回合的阿直，精疲力盡的阿渣再也沒有力氣生氣，只得合掌求饒：「拜託你了，讓我好好洗個澡。」

阿直揚了揚眉，也不再折騰他，老實的從浴室裡退了出去。

等到浴室門關上了，阿渣連忙將門反鎖，一邊沖澡一邊小聲罵道：「死直男！不知羞恥！變態！不懂節制！」

終於洗完了澡，阿渣又在浴室裡歇了一會兒，便神清氣爽的回到了臥室。

阿直坐在床邊抽著菸，皺著眉頭不知在想些什麼。阿渣想到兩個人剛剛這樣那樣過，不知道為什麼，總覺得有點尷尬。

為了防止被阿直看出來並嘲諷他，阿渣若無其事的躺到了他的身邊。

阿直沒有說話，印象中阿渣從來沒有見過他抽菸的樣子，所以他一度以為，這個死直男平時是禁菸的。

沒想到這死直男不止會抽菸，抽菸的樣子還竟然該死的性感。

阿渣不甘心的「喊」了一聲，阿直聞聲回過頭來，疑惑地望著他。

兩個人大眼瞪小眼，阿渣是個從來不會讓氣氛冷掉的人，所以還是開口打破了沉默的氛圍：「……抽事後菸的多半是提上褲子不想負責的渣男哦。」

「……」阿直的眉頭皺得更深了，但很快又舒展開來：「你倒是很有經驗。」

「那當然，我這個情場……」阿渣剛要洋洋得意的自誇，才意識到對方是在損自己，怒而起身：「我可是個好男人，從來不會強迫別人的！」

「我也沒有強迫啊。」阿直支著腮望著他，一臉理所當然的樣子：「不是你先開口邀約的嗎？我們你情我願的。」

「你大爺的，少偷換概念了，我邀約是為了當0的嗎？那是為了攻你！」

「可以啊。」阿直回答得若無其事。

「嗯？」沒想到對方這麼痛快地答應了，阿渣大為驚訝。只是還沒來得及高興，對方便繼續說道：「如果你打得過我的話。」

阿渣瞪了他一眼，又躺了回去，心裡默默發誓以後要好好鍛鍊身體。

不過，無論是事後菸還是剛才阿直的話語，阿渣都嗅出了幾分渣男的味道。這次確實是自己主動邀約的，他也不知道對方順勢而為，到底是想嘗鮮，還是真的想和自己發展。

而他現在也因為由1變0而心情複雜。思前想後了許久，他才下意識地問道：「我們這是……算什麼呢？」

阿直持著菸的手頓了頓，回過頭來反問：「你覺得呢？」

被這樣一問，阿渣才意識到自己剛剛說了些什麼。他暗自罵自己矯情，裝做若無其事的樣子為自己挽尊：「當然是算約炮。」

看見阿直瞬間陰沉下來的臉，他莫名有種不好的預感。他轉過身去，背對著阿直，試圖轉移話題：「很晚了，睡覺吧。」

「……」短暫的沉默後，身後傳來阿直陰惻惻的聲音：「四次……」

阿渣沒聽清他的話，又轉回身來看著他，疑惑地問：「什麼四次？」

阿直的表情冷冷的，讓人看不清他在想什麼：「你剛剛在浴室裡，是不是罵了我四句？」

阿渣一驚，沒想到那麼小的聲音對方都能聽到。只是他還沒來得及開口解釋，對方忽然欺身上前，把他牢牢禁錮在床上，月光映照下的笑容，優雅而又危險：

「不要急，夜還很漫長。」

阿渣在第一次成為0的這天，度過了一個過於難忘的夜晚。

發洩完獸欲的阿直坐在床邊，一臉滿足的抽著事後菸；被榨乾的阿渣精疲力盡地掛在床沿上，目光空洞神志恍惚。

他想也沒想到，自己稀裡糊塗的就被糊弄上床，稀裡糊塗的被當成了0，還這麼倒楣遇到了傳說中的一夜五次郎。

明明是個死直男，在外面的時候對他毫不在意，在床上時卻又對他有著異常的渴求。

「你這傢伙……實在搞不懂你在想什麼……」現在想想，自己喜歡上這傢伙的過程也稀裡糊塗的，兩個人大概是半斤八兩。過度的疲憊讓阿渣的大腦放棄了思索，他閉著眼睛輕聲嘀咕：「算了，我也搞不懂自己在想什麼……」

話剛剛說完，他就因為太累而睡著了。阿直注視著他

熟睡的臉良久，之後俯身親吻他的額頭，輕聲說：「我喜歡你。」

阿渣似乎還保留著一絲神智，半夢半醒之間輕輕勾住他的小指：「我也……」

只是話還沒說完，他便再度進入了夢鄉。

阿直愣了一下，盯著對方熟睡的臉，不知不覺間露出了笑容。他躺在阿渣身邊，輕手輕腳地為他蓋好被子，擁著他滿足地閉上了眼睛。

大概是因為太累了，那一覺阿渣睡得很沉。昨晚的一切發生得太突然，以至於早上醒來的時候，他還處於茫然狀態，對被人從背後用雙臂摟住這件事表示震驚。

不過昨晚的事情是不可能忘得掉的，畢竟身體的記憶比較強烈。他試探性地轉過身去，阿直不知道什麼時候醒了，正睜著眼睛愣愣地看著他。

他莫名覺得有些尷尬，紅著臉不情不願地打了招呼：「早……」

「早。」阿直溫柔地回應一笑，順手揉了揉他的頭髮。

「幹、幹什麼？」這死直男溫柔起來還真是讓人臉紅心跳，阿渣害羞得不敢看他，嘴上卻依然不饒人：「這麼親昵……你不會是想對我負責吧？」

阿直將手縮回被子裡，又變回了平時面無表情的樣子：「那倒是沒有。」

好麼，昨天把自己折騰成那樣，今天還想不認帳了？阿渣頓時氣不打一出來，瞬間掀開被子坐起身，對著他大吼道：「給我負責啦，你個死直男！」

阿直眨了眨眼睛，一臉無辜的表情：「原來你希望我負責啊。」

這話一說出口，阿渣就意識到自己又被耍了，氣得咬牙切齒：「你——」

「別生氣。」阿直笑了笑，坐起身將他擁進懷裡，輕輕揉他的頭髮：「我開玩笑的。」

這個死直男什麼時候這麼會撩了？阿渣的臉更紅了，不甘心的從他的懷裡掙脫出來，一臉嫌棄的說：「真、真肉麻！」

阿直搔了搔頭，覺得這個口是心非的渣男還真是難辦⋯⋯不過這點他也很喜歡就是了。

看著遍布阿渣全身的紫紅色淤痕，他才意識到昨晚確實肆意妄為了些，略有些歉疚的問：「⋯⋯有哪裡痛嗎？」

「沒有。」阿渣下意識地秒答，畢竟這個死直男技術還不錯，讓自己很舒服⋯⋯意識到自己在想些什麼後，他迅速把這些想法甩出腦海，擺出一副驕傲的樣子以掩飾不甘和心虛：「小爺我還沒有那麼脆弱。」

「哦。」就算再怎麼掩飾，阿直還是一眼就看穿了他的想法，不鹹不淡地回應了一句：「那等下一起去上班吧。」

扔下這句話，他便下床去穿衣服。阿渣盯著他的背影，憤憤地罵了一句：「死直男，這種時候還想著上班。」

阿直一邊穿褲子一邊回頭看他：「那再來一次？」

第八章
惆悵的家長

「別別,還是上班吧!」阿渣連忙用被子蓋住自己,慌張拒絕:「我愛工作!」

阿直意味不明地看了他一眼,繼續去穿衣服。

他抓起隨意扔在床邊的襯衫迅速穿好,然後看著阿直不緊不慢地繫上衣服的鈕釦,猶豫了良久才問:「我說你啊……是從什麼時候,對、對我有非分之想的?」

阿直稍微思索了一下,之後回答:「第一次見面的時候吧。」

只是這第一次見面要追溯的時間,可是在更久更久之前了。

竟然是一見鍾情嗎?阿渣震驚之餘,也對自己的魅力自滿起來。他抑制著不讓自己笑出聲,若無其事又略帶譏諷地說:「那我可真是一點也沒看出來!你藏得很深嘛!」

「嗯。」阿直不知是沒聽出他話裡的意思,還是故意的,竟然老實的點了點頭:「因為你主動的樣子很有趣。」

這個死直男,分明就是想看他的笑話!阿渣忍住捶他一拳的衝動,勉強扯著嘴角繼續問:「那你昨晚怎麼又突然坦誠的接受了呢?」

阿直想了想,才面無表情地答道:「畢竟你都那麼說了,我怕不答應會傷你自尊。」

「搞什麼鬼,你這個自戀死直男!」阿渣忍無可忍,直接把枕頭丟了過去。阿直穩穩接住,看到他氣得張牙舞

爪的樣子，忍不住嗤笑。

「你笑什麼？」阿渣站起來剛打算破口大罵，被單便從他腿上落了下去。見到阿直的眼光驟變，他連忙抓起被單將自己重新蓋住，以免對方又獸性大發。

阿直緩緩走向他，在他身邊坐下。他警惕地往被子裡縮了縮，慌張地問：「你要幹什麼？」

「對不起，我並不想惹你生氣。」阿直嘆息了一聲，竟然老實地開口道歉。沉默了良久，他才低著頭，猶豫地回答：「我原本只是想讓你意識到自己的真心之後再和你……可是昨晚是個很好的時機，我……不想錯過這個時機，也不想錯過你。」

從來沒見過這死直男，會有如此認真和緊張的樣子。阿渣被突如其來的告白擊中，震驚了許久。例行的臉紅心跳之後，他忽然意識到，對方心裡其實是和自己的想法一致的。面對著喜歡的人，有些慌張不安，無法確定對方的想法，也不知道如何面對自己的內心。

對方歉疚的表情，似乎是依然在意昨晚的事情。他的心慢慢軟了下來，也不再對著阿直劍拔弩張，只是紅著臉不甘心地說：「我已經被你拒絕慣了，所以就算你昨晚也拒絕了我，我也不會放棄的啦……」

大概是他第一次表現得這麼坦誠，阿直稍微怔了怔，便微微笑了起來：「原來是這樣啊。」

那笑容在他看來，怎麼都有點得意的味道。阿渣知道自己又被套了話，氣惱之餘，又因那笑容而失了脾氣：這傢伙笑起來也太好看了吧？而且他最近笑得也太多了吧？

見他還是一副很警惕的樣子，阿直把褲子丟給了他，又恢復了平時的表情：「走吧，我送你去上班。」

「嗯？」阿渣莫名的紅了臉：這新婚生活的感覺是怎麼回事？

震驚之餘，他下意識的繼續確認：「去我公司？」

「是啊。」阿直一邊繫領帶，一邊漫不經心地回答。昨天在廣播室事情鬧得這麼大，兩家公司又有合作，估計阿渣那邊的人也知道了。這傢伙雖然有點傲嬌，但脾氣還算軟，要是他公司有恐同人士，估計他會被說些難聽的話。自己怎麼也要跟過去，稍微震懾一下那些會找茬的人。

而且，比起這個，還有一件更重要的事情：「我也要和岳父打個招呼。」

阿渣一邊穿褲子一邊漫不經心地點頭，在意識到對方說什麼的時候，震驚的張大了嘴：「等等，這進展太快了吧？」

「反正他早晚都會知道的。」

「不是，他連我是GAY的事情都不知道⋯⋯」

「沒事，他馬上就知道了。」

「⋯⋯」

以這個死直男的性格來說，他決定的事情是不可能改變的。但就算是確認了關係，也不至於這麼快就通知家長吧？他們可是同性情侶，說不定什麼時候就因為各種各樣的外力原因分開了。而且自己可沒打算被這一個人拴住⋯⋯

這麼想著的阿渣，偷偷瞄了一眼已經穿好衣服的阿直。不知道是不是有了情侶濾鏡，那一絲不苟的禁欲模樣，竟然格外的吸引人。

想到昨天晚上經歷的一切，阿渣忍不住打了個冷顫：

還是算了吧，以這傢伙的獨占欲，要是自己亂搞被知道了，指不定會被怎麼折騰。

阿直已經去浴室洗漱，阿渣連忙搖搖頭，把那些雜七雜八的想法甩出腦袋。現在的重點是，他不能讓自己的親爹知道自己是GAY的事情啊，那老傢伙催了自己好幾次讓自己趕緊結婚繼承公司了，要是知道了自己喜歡男人，被打擊得住院該怎麼辦？

想到這裡，他決定還是先逃脫這一次再說，至少要先去給他爹打個預防針。

他提著鞋輕手輕腳的走出臥室，打算先逃跑。經過浴室門口的時候，阿直剛好探出頭來，面無表情地說：「對了，忘了告訴你，我父親和岳父的業務上早有合作，所以我也要去打個招呼。」

看著偷偷摸摸準備跑路的阿渣，阿直揚了揚眉，慢悠悠地繼續開口：「以及，要是合作的地方有什麼不滿意，我也有撤資的權利。」

明晃晃的威脅啊！阿渣咬了咬牙，老實地坐回了沙發上，憋住眼淚默默罵道：這個混蛋……

在阿直的威逼下，他無奈只好和對方一起去了自己的公司。

公司裡一見到他們，果然竊竊私語起來。阿渣頓時意識到，昨天宴會上的事情可能已經傳出去了，這可完了，以後他還怎麼在公司裡待下去？

阿渣要先去自己的工位拿資料，走過去的時候，假裝平靜的和身邊的人打招呼：「早、早啊。」

「啊，抱歉，請別靠近我。」同事誇張的躲了一下，滿臉的警惕：「我對同性戀過敏。」

周圍有幾個人竊笑起來，其中一個還不忘火上澆油：「對啊，畢竟同性戀是精神疾病，你被傳染可就糟了。」

　　雖然這種話阿渣聽得多了早就習以爲常，但這麼明顯的找茬態度還是讓人生氣。阿渣剛打算反駁，阿直便走過來拍了拍他的肩膀，然後對著嘲諷他的兩人說：「如果同性戀是種病的話，看你們一眼就能治好了。」

　　幾個人同時愣住，火上澆油的那個人率先反應過來，氣勢洶洶地揪住了他的領子：「你誰啊？這話是什麼意思？」

　　阿直面無表情地掐住他的手腕，用力往後掰。他疼得差點翻白眼，大聲求饒。阿直推開了他，嫌棄的用阿渣的衣服擦了擦手，繼續說道：「麻煩離我遠一點，我對蛆也過敏。」

　　「蛆……蛆……」阿渣「噗哧」一下笑了出來，連忙又搗住了嘴。意識到阿直的行爲之後，馬上又很嫌棄地拍開他的手，誇張地大喊：「別拿我的衣服擦手，髒死了！」

　　周圍響起了哄笑聲，之前幾個打算欺負阿渣的人也被武力值驚人的阿直震懾住，敢怒不敢言。

　　氛圍正焦灼的時候，阿渣的父親從辦公室裡走了出來，看到這劍拔弩張的氣勢，頓時一愣：「啊，阿直先生，你怎麼去那裡了？我之前說過，你來了的話可以直接進我辦公室的。」

　　那明顯客氣而且討好的語氣，都在預示著阿直其實是個大人物。剛才還在找茬的兩人臉色更差了。

　　「聽你父親說過了，今天是你過來對接工作，請來我辦公室裡詳談。」父親做了個禮讓的姿勢，看到他身後的

阿渣時，稍微皺了皺眉：「阿渣你也一起。」

阿渣看著由糙漢忽然變成優雅總裁的父親，以及那十分僵硬而做作的走路姿勢，嘴角抽了抽：不至於為了錢低頭到這種地步吧，你這個死老頭！

阿直倒是也沒再說什麼，和阿渣跟在老闆的身後，走進了辦公室裡。

前兩個小時阿直和老闆都在談工作，阿渣因為緊張在一旁不發一語，一直在喝茶掩飾。見兩人絲毫沒有談起出櫃之事的樣子，他稍微放下心來。

只是還沒真正的放鬆，阿直就把話題拐到了這上面：「今天我來這裡除了公事，還有件私事。」

阿渣一下子緊張起來，緊繃著身體，低著頭不敢看他們。

「我和您兒子已經在一起了，今天來順便是來公布一下，以及約定一下婚期。」阿直倒是毫不忌諱的把話全都說了出去。

不是吧，直接都開始聊婚期了？阿渣緊攥著茶杯的手顫抖起來。今天可是他父親第一次知道他喜歡男人的事情，那個死直男這麼若無其事地說了出去，一點心理準備都不給那死老頭留。那死老頭怎麼可能承受得了啊！萬一他受打擊過大忽然暈過去然後被救護車拉走，自己得有多愧疚啊……

果不其然，阿直剛剛說完，辦公室內就陷入了詭異的沉默。

時間一分一秒的過去，阿渣的汗一滴一滴的砸在水杯上，緊繃的身體也開始顫抖。即使不用抬頭，他也能想像得到，老父親那憤怒且震驚的臉。

果不其然，過了不久，辦公室裡便響起了老頭震怒的聲音：「你這小子，怎麼回事？」

　　阿渣條件反射一般的連忙站起來，茶杯都摔在了地上，緊張地道歉：「對不起，爸，我……」

　　「我不是早就跟你說過，讓你早點結婚嗎？」父親毫不客氣地打斷了他的辯駁，不耐煩地吼道：「你怎麼還吊著阿直先生呢？」

　　屋子裡再度陷入了詭異的沉默。

　　阿渣：？？？

　　阿直看著老父親，老父親看著阿渣，阿渣看著阿直。

　　他好像明白過來什麼了。

　　難怪自己以前每天往阿直的公司跑，父親會那麼支持。他以為父親是看重這個業務，沒想到是兩邊都早有預謀啊！

　　阿渣有了種被欺騙的憤怒，瞪視著阿直的眼睛幾乎冒出火來；大概也察覺到了他的怒氣，阿直略為心虛地移開了目光。

　　他當然不甘心自己被這麼算計進去。自己費心費力地追了那死直男那麼久，而那傢伙早就看上自己了，還裝做對自己不感興趣的樣子。表面上對自己的追求不屑一顧，暗地裡卻連家長都串通好了。

　　真是好高的手段啊，這個死直男！

　　父親在屋裡，阿渣也不好發作，只好咬著後牙根一字一句地說：「這可冤枉啊，爸。是人家霸總大人吊著我，不是我吊著他啊！」

　　「說什麼呢，臭小子！我還不知道你！」父親猛拍桌子站了起來，指著他大喊道：「以前每天帶不同的男人回

家也就算了，馬桶裡的保險套還不沖下去！」

「⋯⋯⋯⋯⋯」原本湧上頭頂的怒氣，瞬間因這一句話而消失得無影無蹤。阿渣恨不得找個地縫鑽進去，羞得臉色通紅，說話也變得心虛起來：「我說，爸，能不能不要大庭廣眾的說這種事。」

「你也知道丟人啊！」老父親卻完全不給他面子，繼續拍著桌子大吼：「哼，以前發愁你總是不務正業，現在總算找到了一個能管得住你的人了！」

阿渣還沒來得及哭訴「你這老傢伙也從沒管過我啊」，就看見老父親熱情的握住了阿直的手。前一秒還滿臉怒容的人，在看向阿直的時候，立刻堆上了笑臉，變臉速度之快讓人髮指：「我家兒子就託付給你了。」

阿直像是非常得意似的，從鼻間「哼」了一聲，然後緊緊回握住那隻手，嘴角揚起一絲笑意：「當然，我尊敬的岳父大人。」

岳父和兒婿各自得利，和和美美，留下阿渣原地罵娘。

「對了，還有件事。」婚事進展得意料中的順利，所以他又把話題拐回了工作上：「還要麻煩您，把阿渣先生旁邊和斜對面的那兩個男人開除。」

「嗯？」畢竟是自己公司的人，就算是馬屁拍上天的老父親也要多問一句：「為什麼？」

「我看過你們全公司員工的業務報告，那兩個人是最差的。除此之外，還有偷業績，收回扣等問題。」阿直回答得頭頭是道。停頓了一下，他又望向阿渣，意味不明地挑了挑眉：「而且會對八卦瞭若指掌，並在上班時間嚼舌根的人，通常不會在工作上用心。我覺得您這裡不需要混吃等死的人。」

「是，您說得對。」平時威嚴的老父親，此刻露出一副舔狗的順從模樣，連忙附和：「我馬上就開了他們兩個。」

阿渣忍不住翻了個白眼：以前他跟老爹提過多少次了，讓他開了那兩個上班時間刷貼吧看番劇就是不工作的人，他從來都沒上心。這次阿直一說，他就痛快的答應了，真是唯利是圖的老傢伙。

正事談完了，阿渣被責令跟著阿直一起行動。走出辦公室的時候，本來因為被耍了心懷憤怒的阿渣，看在阿直提議開了那兩個討人厭的傢伙為自己出氣的份上，沒有就地發飆，而是陰陽怪氣地損他：「你這傢伙，剛來就濫用職權啊。」

阿直瞄了他一眼，一臉理所當然的樣子：「職權這種東西，既然拿在手上不濫用就太可惜了。」

「哇。」雖然早就知道這傢伙在工作上無所不用其極，但阿渣還是被他如此坦然的態度嚇到，警惕地退後了兩步。故意與他拉開了距離，阿渣露出一臉嫌棄的表情：「你這個人三觀果然有問題。」

「是你一直當大少爺當得太天真了，工作上被我坑了那麼多次，還沒有記性啊。」阿直不動聲色的將他懟了回去，挑著眉以蔑視的目光看著他：「難怪你父親要來請求外援。要是你來擔公司的重任，好不容易辦起來的家族產業就要被敗光了。」

眼見著阿渣馬上就要爆發，阿直還故意冷笑了一聲，繼續火上澆油：「果然戀愛腦無法挑大梁啊。」

「誰是戀愛腦，你這個死直男！」就算阿直說得很有道理，就算他清楚自己確實是不適合管理公司的人，但被

對方這麼雲淡風輕地說出來，他還是非常惱火。

他揪住阿直的衣領，想要將之前憋著的怒氣一起發洩出來。但阿直面無表情地豎起了一個手指，冷冷地說：「一拳一次。」

「哈？你以為小爺我怕你嗎？」意識到他在說什麼的阿渣不屑的大笑了一聲，之後訕訕地鬆開了手，非常生硬地轉移了話題：「竟然為了我連家族勢力都動用上了，你還真是為了達到目的不擇手段啊。」

「來找你父親的時候我也很忐忑。」阿直稍微整理了一下衣領，壓低了聲音自言自語般地嘀咕：「還好你父親是個更看重利益的混球，聯姻的事情才比想像中更順利。」

阿渣的眼角忍不住抽了抽：「喂，你剛剛是不是罵了你尊敬的岳父大人？」

「沒有，你聽錯了。」阿直若無其事的否認了自己剛才說的話，讓阿渣十分敬佩他臉皮之厚：這種撒謊都不眨眼的人，真是比他更有渣的天賦。

他對著阿直翻了個白眼，剛打算回工位，對方又一下子把他拽回了身邊：「接下來跟我走。」

「去哪？」阿渣下意識地問。

「我已經拜見岳父了，你也應該去拜訪一下公公。」

「公公？」阿渣一時沒反應過來，疑惑地眨了眨眼：「大清早就亡了，是哪個宮裡還有封建殘黨？」

「……」阿直也不知道他是故意還是無心，緊皺眉頭盯了他一會兒，便不由分說地拉著他往外走：「去見我爸。」

「哈？」阿渣愣了一下，很快又變得慌張起來：「這

也太突然了，你倒是給我點時間做心理準備啊！」

「走個過場而已，他不會不同意的。」阿直頭也沒回。

「難道你父親也早就知道了？」

阿直沒說話，直接把他塞進了車裡。

「死直男，挺有一手的嘛！」阿渣知道自己掙脫不開，倒是也不反抗了，坐在車裡咬牙切齒冷嘲熱諷起來。

阿直並不理他，他看了看窗外，覺得這路線有點眼熟，便問道：「你爸在哪啊？」

「我公司。」阿直回答得簡潔。

「不愧是死直男。」阿渣撇了撇嘴，不滿地抱怨道：「見雙方家長都安排在工作場合。」

阿直從車內後視鏡看了他一眼：「那應該在哪？」

「一般來說，不是找個環境優雅的餐廳互相正式的認識一下嗎？」

「如果你想的話，倒是也可以。」

「唉……？我也沒有覺得必須那樣啦……」沒想到對方答應得這麼痛快，阿渣還沒來得及害羞，就看到阿直那別有深意的眼神。他很快就意識到，對方在用話術套路他，連忙否認：「什麼叫我想？我才沒想呢！」

阿直又恢復了平時面無表情的樣子：「哦。」

阿渣覺得自己要被這個死直男氣死了，但馬上就要見到對方的家長，他決定還是先調整一下情緒，以免待會在長輩面前失態。

這一路阿渣都在做深呼吸平復心情，不再理對方。到了阿直的公司，兩人依舊直接進了辦公室。阿直的父親正在和老闆談事情，見到兩人走進來，先是皺了皺眉，之後才對著阿渣開口道：「你就是阿渣。」

「是的。」阿渣緊張的挺直了背，恭恭敬敬地回答：「您好，叔叔。」

阿直的父親打量了他幾眼，然後點了點頭：「嗯。」

之後就繼續和老闆談工作去了。

就這？就這？那平淡的態度就像是在看一個剛面試進公司的，無關緊要的員工。就在阿渣以為自己被嫌棄了的時候，阿直用手肘戳了戳他的背，貼在他耳邊輕聲說：「看來我父親很滿意你。」

阿渣看了看完全沒將心思放在自己身上的，面無表情的阿直的父親，疑惑極了：「你怎麼看出來的？」

「他點頭了。」

「……」

阿渣覺得這位老父親不愧是阿直的爸爸，兩個人從性格和外貌上都太像了，全都讓人不知道腦子裡在想什麼。

就在阿渣腹誹的時候，那位父親忽然又轉回頭來，以命令的語氣說：「阿渣你先出去吧，我們三個還有點工作的事情要談。」

那明顯就是把阿渣當作外人的態度。不過仔細想想，哪個普通父親又能接受自己兒子喜歡男人的事實呢？

當然自家那唯利是圖的老爹是個例外。

阿渣老實地從辦公室裡退了出去，想要找個沒人的地方先坐一會兒，等他們出來。

本以為這裡和自家公司一樣，自從宴會之後流言蜚語會傳得到處都是。沒想到這裡的人對他還和以前沒什麼區別，甚至還更熱情了幾分。

正在他和前臺小姐姐聊天的工夫，黃毛從公司外走了進來。兩個人四目相對，皆是一愣。

黃毛突然向著他衝了過來，不由分說地揪起他的衣領，面目猙獰地喊道：「死同性戀……把昨天的飯錢還給我！我那雙新買的皮鞋錢也賠償給我！」

阿渣別過頭去，小聲嘀咕：「你好歹也是個富二代，別那麼小氣吧……」

「說什麼呢臭小子？你知道那頓飯加那雙鞋有多少錢嗎？」

「你以前也花了我不少錢呢，抵一下不就行了嗎？」

「那是你自願給我花的！不算！」

「但鞋是阿直弄髒的，你去找他還嘛！」

「我又打不過他……不是，反正找你們誰都一樣。快點還錢，不然我揍扁你！」

難怪這傢伙不長記性，還敢來招惹自己。估計是看阿直不在，想故意找茬吧。阿渣剛想說些什麼，辦公室的門就被打開了，阿直從裡面探出頭來，一臉不滿的樣子：「什麼事這麼吵？」

黃毛的動作明顯一僵，看樣子是已經把對阿直的恐懼刻進了骨髓裡。

阿渣忽然想到，之前阿直告訴他的那套「有權利不用白不用」的理論。而在這公司裡，阿直就代表權利，不利用一下給自己解氣太可惜了。

於是他指了指還揪著自己衣領的黃毛，故作委屈地答：

「老攻，這個人扒我衣服。」

整個公司瞬間安靜下來，所有人的視線紛紛投向了兩人。

黃毛慌得不知所措：「我不是，我沒有，你別瞎說！」

　　阿直先是愣了一下，然後大踏步地走向黃毛，一把拍掉了他揪著阿渣衣領的手，對著他黑著臉摩拳擦掌：「你做好覺悟了吧？」

　　「不是，那個，你聽我解釋……」黃毛完全沒了剛才的氣勢，縮了縮脖子下意識地後退：「我生氣是因為，是因為……那雙鞋是我去世的母親留給我的！」

　　話音剛落，老闆就從辦公室裡走了出來，一臉震驚地看著他：「你媽剛才還給我打了電話，什麼時候去世的？」

　　被自己沒眼力的親爹坑了的黃毛無語問蒼天。

　　阿直顯然已經失去了耐心，一拳搡到了他的臉上，他在空中轉了一個圈，然後重重落地。

　　搡完了人，阿直掏出手帕擦了擦拳頭，之後轉過身為阿渣整理了一下敞開的衣領，皺著眉問：「沒事吧？」

　　「啊……嗯……」本來阿渣的臉皮挺厚的，只是想藉著這茬兒給黃毛一點教訓。但阿直難得的溫柔和刻意的秀恩愛，還是讓他稍微有點不好意思。

　　老闆被這突如其來的場面嚇了一跳，連忙跑過去扶起自家兒子，驚訝地問：「你怎麼還牽扯到他們的感情糾紛裡了？」

　　被一拳打懵的黃毛大哭著握住父親的手臂，驚慌失措地喊：「冤枉啊！我這是財務糾紛啊爸！」

　　在場面亂成一團的時候，阿直的父親適時的出現。他似乎天生帶著威嚴的氣場，只要站在那裡，大家就都不敢說話，等著他發號施令。

　　阿直的父親一直皺著眉盯著他們，公司內又恢復了寂靜無聲的緊張狀態。

時間一分一秒的過去，錶針指向了十二點，安靜的屋內響起了突兀又歡愉的手機鈴聲：「下班啦，下班啦。」

正當大家在默默質疑誰這麼不開眼手機鈴聲都不關的時候，阿直的父親從容的掏出手機，按掉了標誌著「下班時間」的鬧鐘提示，一臉嚴肅地對著阿直和阿渣說：「午休了，我們一起去吃個飯。」

餘下的眾人差點忍不住當場翻了白眼：這一動不動的，原來是盯著點下班呢？

阿直的父親說完，直接就出了公司。那不由分說的態度，完全不管別人的我行我素的感覺，和阿直簡直一模一樣啊！阿渣忍不住再次感慨。

但他很快就意識到，現在不是想這些無聊事的時候。馬上對方的家長就要和自己一起吃飯了！他會說什麼呢？難道會阻止自己和阿直在一起嗎？

到了餐廳裡，阿直和阿渣並肩坐在一起，而阿直的父親則坐在對面，一動不動地盯著阿渣。阿渣緊張得要命，冷汗涔涔。阿直大概看出了什麼，輕輕握住了他的手。

他下意識地望向阿直，阿直給了他一個眼神，讓他放心。那個平時總是欺負人不靠譜的傢伙，此刻卻莫名的給了他安定的力量。

阿直的父親嘆了口氣，終於收回了視線，把菜單扔給了二人：「點菜吧。」

阿渣覺得自己是小輩點菜不太好，剛想推脫一下，阿直的父親便斬釘截鐵地說道：「我不點，麻煩。」

阿渣無奈，只好求助於阿直：「要不你來點？」

阿直看了他一眼，露出了疑惑的表情：「上次挑著貴的點了那麼多，這次怎麼矜持起來了？」

這傢伙哪壺不開提哪壺。阿渣狠狠地剜了他一眼，看到對方微微揚起的嘴角和略帶得意的眼神，憤憤地咬牙：這個死直男肯定是故意的！

看出了他的憤怒，阿直只是笑了笑，倒是也沒有再多為難他，拿著菜單開始若無其事地點菜。

從菜上桌到開始吃，阿直的父親就一直沒說話。三個人默默的吃著飯，倒是莫名的有了一種一家三口的感覺。

沉默的氛圍讓阿渣有些難以下嚥。本來以為忍到吃飯結束就好了，阿直卻忽然起身，丟下一句「我去個洗手間」，便直接離開了。

阿渣還沒來得及挽留，對方便揚長而去，餐桌上只剩下了他和阿直父親兩個人。

氛圍更尷尬了，阿渣這下變得連筷子都不敢動，縮在那裡盯著飯菜瑟瑟發抖。

沉默了良久，阿直的父親也放下了筷子，正襟危坐，嚴肅地開口：「我有話就直說了。」

來了嗎來了嗎？老父親拒絕兒子搞同性戀，開始威逼利誘讓自己離開他兒子的戲碼就要上演了嗎？阿渣心裡直打鼓，握了握拳之後緊張地回復：「您說。」

阿直父親威嚴的聲音，在下一個瞬間，清晰地砸進了他的耳朵：

「你聘禮想要多少？」

對方說出的話語與想像中完全不一樣，阿渣太過震驚以至於沒聽懂他說什麼，下意識地問道：「啥？」

阿直的父親皺了皺眉，稍微露出一絲不耐煩的樣子：「我問你聘禮要多少？」

聘禮？原來他真的沒聽錯，這個大集團的BOSS，阿直

的父親，竟然要給他兒子的男朋友下聘禮？

「本來這件事應該和你父親談的，但是你父親說了，只要我們建立長期的投資合作關係就行。」並不留給他反應的時間，阿直的父親自顧自地繼續說了下去：「但這畢竟不是實質性的聘禮，而且僅是從你父親的利益出發索求的東西。我還是想問問你本人的意見。」

聽這位老父親的語氣，阿渣才確定他是認真的想要下聘。順便吐槽一下自己的親爹做生意不行，賣兒子倒是有一手。

不過兩邊的家庭狀況也算是門當戶對，他又是個及時享樂的人，沒什麼太大的欲望。剛想要回答，對方卻又迅速把他堵了回去。

「別說什麼不需要聘禮或形式之類的話，我這麼大的集團，兒子的婚姻大事不可能馬虎。除了聘禮，也要舉行盛大的婚禮，因為這不止是你們的婚事，也是我要擴展人脈，宣揚實力最好的時機。」

就算是結婚也和利益脫不開關係，阿渣忍不住感慨：這位父親真的是和阿直一樣滿腦子工作，表達想法時也真是完全不考慮別人心情的直白。

這話一出口，阿渣要再想推搡聘禮，就顯得很做作和不識抬舉。但他也真的想不出來自己要什麼，畢竟他也是個富二代，從小什麼都不缺。

阿直的父親一直盯著他，這讓他倍感壓力。思緒混亂中，他下意識的將內心的想法說了出來：「要不，讓……讓您兒子當受？」

兩人之間頓時陷入了尷尬的沉默。

正當阿渣恨不得抽自己一嘴巴的時候，阿直的父親倒

是淡定地喝了一口茶，若無其事地開口：「那你們要自己商量，我管不著。」

就算這位嚴肅的父親表現得很淡定，但是濺出去的茶湯和不小心嗆到的咳嗽，還是暴露了他內心一瞬的慌張。

他裝做若無其事的樣子抽出一張餐巾紙擦了擦嘴，之後看著臉已經紅到冒火的阿渣，突然低聲抱怨道：「現在的富二代，真是感情用事，不懂得抓住時機為自己謀求利益。難怪你父親捨得把你推給我們，你確實不是個能管理好公司的幫手。」

這話明顯是在對他不滿啊！阿渣嘴角抽了抽，覺得眼前之人的形象越發和那個毒舌的死直男連繫起來。

慌張不已的他在大腦裡迅速思考著該如何挽回形象，阿直的父親卻又自言自語般的，慢悠悠地開了口：「不過，作為家人來說，合格了。」

沒想到那嚴厲又不留情面的集團BOSS，竟然也會有如此感性的一面，阿渣一時愣住。

阿直的父親像是反應過來自己說了什麼，連忙輕咳了一聲，又恢復了平時嚴肅的表情，對著緊盯著自己的阿渣虛張聲勢般的屬聲問道：「你看我幹什麼？」

「沒，沒有。」阿渣連忙回應。說實話從一開始這位父親就對兩人的關係表露出贊同的態度，他總覺得有些不可思議：「我只是沒想到……您會這麼痛快地答應我們兩個人在一起的事情。」

「哼，都這個年代了，兩個男人在一起有什麼稀奇？」阿直父親不屑地冷哼了一聲，又像是突然想到什麼似的，兀自以抱怨的語氣嘀咕：「反正我家熊孩子從小到大也沒幹過什麼正常的事兒。對比起來，這很平常了。」

回想到之前阿直的所作所為，阿渣感同身受地點了點頭。

　　「談完了？」阿直的聲音突然從身後響起，阿渣沒防備，嚇得打了個冷顫。

　　回頭看去，阿直的表情冷冷的，看不出來是不是在生氣。阿渣也不知道他是從什麼時候開始聽到的。

　　反正希望不是自己說了讓他當受的時候。

　　阿直的父親已經表明了態度，接下來的飯局雖然依然是眾人一言不發，但也沒有那麼緊張了。

　　吃完了飯，阿直的父親因為有別的事情要做便先行離開，阿直和阿渣也打算分開各自回去工作。走出餐廳時，阿直還體貼的幫阿渣遞上外套：「我送你回去。」

　　阿渣本能的後退了一步，警惕地抱肩防護：「你要幹什麼？」

　　「……送你回公司而已，在你公司大庭廣眾的我能幹什麼？」

　　阿渣以警惕的眼神上下打量了他一番，確定他看起來沒有任何不良意圖之後，才訕訕地笑了笑：「那什麼，不太像平時的你，我這不是還沒適應麼？」

　　「……」阿直眉頭緊皺，但難得的沒有反駁他，而是老實的認錯：「你說得對，我以後會對你更好一些的。」

　　說著，阿直走到車門旁，為阿渣打開了車門，然後轉過頭來，對著他面無表情地說：「直到你打消讓我當受的念頭為止。」

　　「……」阿渣再度本能地退後了一步：「你確定是送我回公司，而不是把我帶到什麼奇怪的地方去？」

　　阿直瞪了他一眼，也懶得和他再鬧下去，直接把車鑰

匙丟給了他：「不相信我你就自己開車回去吧。」

阿渣掂了掂鑰匙，看著他那嘔氣的樣子，竟然還覺得挺可愛的。

但一想到在一起之前自己受的委屈，和從頭到尾被算計的仇恨，他就會覺得認為阿直可愛的自己一定是瘋了。

反正自己生氣的時候這個死直男除了火上澆油以外，也不會哄他。他眼珠一轉，便打算藉此報一箭之仇。

於是他又賤兮兮地貼了過去，嬉皮笑臉地問：「生氣了？」

阿直看了看他，沒說話。

阿渣以為他是在等著自己哄，便假意先安慰道：「好了好了，我知道你是真的在乎我。」

說著，他拍了拍阿直的肩膀，語氣中莫名的有了幾分得意：「要不是因為我魅力太大，你也不會為了追到我花了那麼多心思，還說服你父親舉辦盛大的婚禮。看你這麼迫切的想公開我們的關係，一定是對自己不自信，怕我因為魅力太大而被人搶走，而你這種死直男會因此孤獨終生吧？」

「……」阿直知道他又皮癢了，斜睨著他打量了一番，才冷冷道：「你說對了一部分，公開關係是對我們感情生活的保障，畢竟你有前科。」

停頓了一下，他抓住阿渣還放在自己肩膀上的手，看著對方明顯眼神開始游移的心虛樣子，嘴角揚起了迷之弧度：「公開之後，如果你還敢搞外遇的話，就要做好你和你父親在業界內混不下去的準備。」

「…………」

如果不是自己也是富二代的話，阿渣聽這臺詞，還以

為自己掉進了哪本「霸道總裁愛上♂我」的小說裡。

就算是他們在行業裡被阿直整了，父親積攢下的家底也夠他揮霍一輩子的。但即使如此，阿渣還是因這赤裸裸的威脅而背後發涼。

他本來就沒什麼事業心，所以怕的不是公司倒閉，而是眼前這個死直男會怎麼折騰他。

畢竟一夜五次郎的能力他真實的領教過。

想想那一個精疲力竭的晚上，阿渣忍不住打了個哆嗦。

但比起害怕，他更不想承認的是，和阿直正式在一起之後，他已經對別人完全失去勾搭的興趣了。

意識到這點的阿渣莫名覺得羞恥，但依然紅著臉嘴硬：「我、我才不會做婚內出軌那種道德敗壞的事。」

阿直揚了揚眉，像是看懂了他的心思一般，滿意地笑了。

那笑容讓阿渣格外窩火，所以他拒絕了阿直送自己回公司的提議，拿著車鑰匙惱羞成怒地說：「還有，我自己開車回公司了！」

「哦。」阿直恢復了面無表情的樣子，淡漠地點了點頭。

這死直男還是那麼不解風情，看人生氣了倒是哄兩句啊！阿渣發誓要把他這臭毛病改過來，咬牙切齒地問道：「你就沒什麼別的想說了嗎？」

阿直歪著頭想了想，之後嘗試著反問：「慢走不送？」

阿渣差點背過氣去，對著他翻了個白眼：「沒救了你。」

扔下這句話，他便氣呼呼的打算離開。剛背過身去，

阿直忽然從後面摟住了他的腰，將頭耷在他的肩膀上，聲音難得地溫柔：「對不起，我開玩笑的。」

阿渣被這突如其來地舉動嚇得僵在原地，臉瞬間熱得像燒開的辣椒油火鍋底：「大庭廣眾的你你你你幹什麼？」

「你不是讓我說些什麼嗎？」阿直一副理所當然的態度。

「我我我我是讓你說，不不不是讓你做，唔……」

在他緊張到咬到自己的舌頭之前，阿直適時的用唇堵住了他的嘴。

纏綿的一吻之後，阿渣已經臉紅得說不出話來了。

看著他氣息不勻，又慌慌張張的樣子，阿直忍不住想：這世上怎麼會有這麼有趣的人呢？有趣到想要一輩子看著他；有趣到他的一言一行，一舉一動都那麼的讓人著迷。忍不住想調戲他，逗弄他，看到他更多的表情，看他做出更多意想不到的事情。

可是阿直不會說出來的，因為這個傲嬌的傢伙，一旦知道了他內心的真實想法，一定會在大發雷霆之後，和自己唱反調，不讓自己再看到他那麼多有趣的樣子了。

「怎麼了？」阿直裝做關心的樣子，故意問臉已經紅透了的阿渣：「喘不過氣來了？要不要人工呼吸？」

終於意識到他在耍弄自己的阿渣，惱怒的一把推開他，用力擦了擦嘴：「我才不用！」

「是你讓我說些什麼的。」阿直佯裝無辜：「為什麼生氣？」

「我讓你說，沒讓你……」阿渣頓了一下，指了指自己的嘴唇，聲音稍微弱了下去：「親……」

阿直笑了笑，心想這情場浪子，怎麼就一副遇見初戀的清純樣子，卻也因此自滿。

　　阿渣一見他露出奸計得逞的笑容，便扔下一句「我要去上班了！」，之後憤怒又倉皇地逃走。

　　剛走到車門處，阿渣開車門的手停頓了一下，之後重重關上車門，忽然又折了回來。

　　他在阿直面前站定，氣惱地盯著對方。阿直不知道他又要做什麼，剛要開口詢問，他卻從衣兜裡翻出一個包裝精緻的盒子，不情不願地丟給了自己：「這個送你。」

　　這是第一次有人送自己禮物，還是那個傲嬌到死的阿渣親手送的，阿直當然很驚訝：「這是？」

　　「禮物啊！情侶之間送送禮物不是很正常的嗎？你這個死直男！」張牙舞爪的解釋完，阿渣似乎也意識到自己的反應有點刻意，輕咳了一聲，他別過目光小聲說：「你不是喜歡真誠的相處，不喜歡套路嗎？我就用普通戀人之間的方式和你相處了。」

　　像是害羞已經到了極點，阿渣不敢再去看阿直的表情，虛張聲勢地說了聲「給老子好好珍惜這份禮物啊！」，便驅車揚長而去。

　　阿直的驚喜在於，這曾經的花花公子純情起來，竟然會如此把他的話放在心上。

　　感動之餘，他也好奇對方會送他些什麼？

　　他回到辦公室裡，鎖上房門，像舉行某種儀式一般的，小心翼翼地拆開包裝。

　　那個向來會籠絡人心，又有點浪漫的傢伙，到底送了自己什麼禮物呢？是手錶？掛墜？領帶？

　　蝴蝶結已經被小心翼翼地解開，阿直的期待也更增加

了幾分：不管是什麼，那傢伙送自己的第一份禮物，一定要裝裱起來收藏。

盒子很輕，包裝盒也並不大。總不會是結婚戒指什麼的吧？

帶著這樣期待的阿直，終於在沒破壞包裝盒的情況下，完全打開了禮物盒子。

裡面擺放著的，是一瓶治療腳氣的藥。

阿直本能的想要捏碎這瓶藥，但他還是忍住了。短暫的沉默之後，他捏碎了放在藥瓶旁邊的水杯。

那一整個下午，公司的人都在阿直散發的濃濃殺氣中，惶惶不安地度過。

而還不知道即將發生什麼的阿渣，沉浸在送出禮物的害羞和期待感中。

他像個傻子一樣坐在座位上，笑得眼睛瞇成了一道縫，思索著阿直看到他禮物時會不會很感動，會不會很喜歡這份禮物。會不會因為覺得自己對他很用心，而把攻位的主動權讓給他。

整個辦公室都要被阿渣身上冒出的粉紅泡泡擠滿了，讓一眾單身狗感到非常不適。

詭異的氛圍持續到下班，阿渣本來想發訊息詢問一下阿直對禮物的感受，又覺得這樣不太矜持。思前想後，他還是決定開車去阿直的公司，約對方吃個飯，然後假裝無意的將事情問起來。

剛出了門，他便看見阿直黑著臉等在公司門口。只不過正被愛情沖昏頭腦而飄飄然的他，並沒有發覺到對方的異常。他還以為這個死直男是收到他的禮物後開竅了，想出其不意的浪漫一把，便興高采烈地迎了上去：「竟然主

動來接我啊，是要一起去燭光晚餐嗎？」

阿直看著他笑得天真無邪的樣子，皺了皺眉。還沒來得及說些什麼，阿渣便直接鑽進了他的車裡，坐在了副駕駛座上，對著他露出一臉讓人迷惑的傻笑：「我們快走吧。」

為了防止自己再次被當成司機，他故意占了副駕駛的位子，並為自己的機智洋洋得意。果不其然，阿直什麼也沒說，繞到了駕駛位上，直接開起了車。

一路上阿渣都在想像，阿直會不會帶他去個氛圍浪漫的餐廳裡，突然拿出一捧玫瑰花遞給他，玫瑰花裡藏著一個小盒子。盒子打開來，裡面是一枚閃亮亮的鑽戒。

這個時候，小提琴悠揚的聲音忽然響起。周圍的人們都圍過來，面帶微笑的鼓掌並給他們送上祝福。而阿直在眾人注視的目光中，單膝跪下，向他求婚。

沒過多久，車停下了。阿渣回過神來，帶著「讓我看看是哪個高檔餐廳」的想法興奮地望向車外，卻看見眼前是阿直的家門前。

沒情趣的死直男啊！阿渣還沉浸在幻想中，依然抱著一絲希望地撩了撩頭髮：算了，在家裡求婚雖然寒酸了點，但也別有一番情趣。比如香檳把對方的襯衫噴得溼溼的，緊緊貼在身上什麼的；屋子裡擺滿了紅玫瑰，還用玫瑰拼出了「I LOVE YOU」什麼的；死直男一本正經單膝跪下送鑽戒什麼的。

打開屋門，走進屋中。屋子裡還和往常一樣，乾淨整潔得像沒人居住過一樣。根本沒有一丁點浪漫氣息。

沒關係，或許這個死直男在臥室的床上鋪滿了玫瑰花瓣呢？阿渣這樣安慰著自己，迫不及待的跑進了臥室。

　　嗯，果然什麼都沒有。

　　死直男，太讓人失望了！阿渣憤憤地握了握拳，而聽到身後的鎖門聲，他才意識到一個更為嚴峻的問題。

　　沒有求婚準備，那麼這個死直男……帶他來自己家要做什麼？

第九章
婚前的準備

「喂，我說你……」阿渣剛回過頭，話還沒問出口，阿直便一下把他推倒在床上，狠狠按住了他。

他頓時愣住，反應過來時慌張地掙扎了起來：「你你你幹什麼？這是要幹什麼？」

「給你回禮啊。」阿直冷著臉開始扯他的領帶。

他很快就意識到，阿直是收到了禮物之後太激動控制不住自己，才做出這種行為的。慌張之下，他連忙推搡起來：「你大爺的，我送你的是腳氣藥，不是偉哥啊，你怎麼還發上情了？」

「哦，看樣子是故意送的那個，不是拿錯了啊。」阿直的臉埋在陰影裡，不知道為什麼，看起來更生氣了。

「對對對啊，是你自己說有腳氣的嘛！」阿渣邊掙扎邊解釋：「你不是喜歡實在的感情，不喜歡虛浮的東西嘛？這個禮物不是又實用又能表達我對你的關心麼？」

阿直本來以為他是故意送那種東西來氣自己的，聽他這麼一說，反而不知道是該因為他把自己無心說的話放在心上而感到欣喜，還是該為他如此沒有情趣又直男到失智而感到生氣。

雖然沒有了懲罰阿渣的理由，但是事情已經進展到這裡了，再停手也不太合適。阿直決定一不做二不休，將錯就錯繼續下去。

「啊——死直男，放手！」阿渣掙扎得更厲害了：「婚還沒結呢就總想著做這種事，你這個人渣！」

「……好像你以前做得少一樣。」阿直面無表情的，開始解他的襯衫釦子。

「那不一樣！」他依然做著垂死掙扎，一邊胡亂蹬腿一邊用帶著哭腔的聲音大吼：「你這死直男就是饞我身子，再這樣下去我不要和你結婚了！」

阿直見他好像是真的非常反感，猶豫了一下，便稍微鬆開了手，沒有繼續下去。

阿渣以為自己的控訴總算是有用了，慢慢坐了起來，委屈巴巴地把衣服釦子扣上。

阿直的心裡有點不是滋味，開始反省對方如此反感的理由，是自己的技術不行？還是太粗魯了讓他心裡不舒服？還是說這傢伙有了別的心思，根本就沒想過和自己結婚……

想到這裡，阿直的目光再度凌厲起來，死死地盯住了阿渣。

阿渣被盯得渾身發毛，下意識的用雙臂護住了自己：「你這麼看著我幹什麼？」

「……在思考你不想和我結婚的理由。」阿直回答得格外認真。

阿渣一愣，沒想到對方會把他因為一時慌張隨口說的話這麼當回事，一時有些哭笑不得。他倒是沒想過悔婚，再說就憑那個死直男的威逼利誘，他根本就沒有悔婚的餘地。

但說到結婚，一切發生得太突然，他竟然也在對方地推動下，稀裡糊塗地答應了。現在想來，連求婚儀式都沒有，確實有點虧。

唯一一個可以要到天價彩禮費的機會也被自己放走了，阿渣暗自咬牙罵自己不爭氣。雖然並不怎麼喜歡錢，

但也比讓那個死直男白占了便宜好啊！

想到這裡，他忍不住咬牙切齒地嘀咕：「真不甘心啊！」

阿直看他一副要吃人的樣子，不知道他為什麼忽然這麼大火氣，疑惑極了：「什麼不甘心？」

「啊，那個……」阿渣這才反應過來自己說了些什麼，又覺得因為沒有求婚儀式這種事生氣有點丟臉，慌張之下隨口抱怨道：「憑什麼你爸爸是公公，我爸爸就是岳父啊？」

阿直揚了揚眉，像看白痴一樣打量了幾眼氣呼呼的他，心想這傢伙真是不長記性，反攻的賊心不死。思索了一會兒，又順手把他按躺了回去。

阿渣被他突如其來的舉動嚇了一跳，本能地推搡起他：「幹什麼幹什麼？」

「我用行動告訴你。」阿直面無表情地回。

等到衣鈕再度被扯開的時候，阿渣才意識到自己說了多麼不得了的話，連忙求饒：「好了好了，我知道了！你快住手！」

感覺到鉗制自己的力量稍微放鬆了一些，阿渣才敢不滿地嘀咕：「真是的，總是這麼粗魯，難怪沒人喜歡。」

阿直上下打量了他幾眼，目光玩味：「我看你挺喜歡的。」

「我才沒有！」

「沒有為什麼二話不說跟著我回家？」

「我還以為你要……」阿渣憤怒之下差一點被套路出真心話，還好他及時發覺到了，沒有把「求婚」二字說出口。

否則好像他多期待對方會求婚似的，多丟人。

阿直慢慢貼了過來，眼中閃著好奇的光芒：「我要做什麼？」

一看見他那張貼近的臉，阿渣不由得又心動起來。他最沒辦法拒絕一臉認真的死直男了，只好別過目光猶猶豫豫地回答：「求……求……」

可惜那個「婚」字，礙於自尊他怎麼也說不出口。阿直看著他通紅的臉和那欲拒還迎的表情，覺得一直緊繃的理智弦，咔嚓就斷了。

「我知道了。」剛剛繫好的領帶再度被扯開，阿直整個人壓在阿渣的身上，陰影中的笑容看起來邪魅而危險：

「幹到你求饒是吧？」

「不是不是不是……」阿渣瘋狂掙扎的動作以及響徹整棟樓的哀號聲，最終也沒能阻止阿直的無恥行為。

一番雲雨之後，阿渣精疲力竭的掛在床邊。他簡直要被氣死了，又沒有力氣起床發火。

阿直大概也知道自己太衝動了，見他生悶氣的樣子，伸手輕輕揉了揉他的頭髮，猶豫著問：「今晚留下來過夜吧？」

阿渣怒瞪了他一眼，拍掉了他的手，別過頭去憤憤地說：「我才不要！」

阿直也不知道怎麼安撫他，見他氣呼呼的樣子和紅撲撲的臉，怕自己又控制不住亂來，只好先離開屋子冷靜一下：「我先去洗個澡。」

強迫了別人竟然連個安撫都沒有，自己跑去洗澡。阿渣怒氣更甚，惡狠狠地盯著他的背影，小聲啐了一口：「死直男。」。

阿直突然又回過身來，阿渣以爲他聽見了自己的碎碎念，慌忙縮進被子裡。

　　對方見到他慌張的樣子愣了一下，很快又覺得這反應很有趣，便揚了揚眉故意問：「你說什麼？」

　　「我、我說……」阿渣本來想硬氣的懟回去，但又本能的屈服在這死直男的淫威之下。於是他不甘心的硬著頭皮找茬：「你這、這個死直男，把我衣服都弄得皺巴巴沒辦法穿了！等下我要怎麼出門？」

　　本來是挑釁的話，由於表現得太過慌張，他的話語反而多了幾分撒嬌的味道。而阿渣也很快意識到了這點，悔得腸子都青了：這不是自己在找藉口留下嗎？啊啊啊啊啊……

　　「……衣櫃裡有我的衣服，你拿去穿吧。」阿直扔下這句話便離開了臥室。阿渣怔了一下，內心莫名的失望但又鬆了一口氣：不愧是你啊，死直男……

　　他嘆息了一聲，起身去衣櫃旁找合適的衣服。剛剛合上的臥室門再度被打開，阿渣本能的望向門口，看見那個死直男一臉嚴肅地盯著他。

　　他驚嚇之餘，忘了對這直男的恐懼，怒而喊道：「你幹什麼？」

　　阿直忽然抓住了他剛打算拉開衣櫃的手，貼近他的臉，直視著他的眼睛非常認真的說：「這邊的衣櫃不能用，去開另一邊的。」

　　那話語在這種很有威懾力的眼神下說出來，多少有點命令的味道。被阿直嚇壞了的阿渣本能的收回了手，連忙點頭：「哦、哦。」

　　阿直皺著眉警惕地盯了他良久，看著他茫然又乖巧的

樣子，似乎才確認他不會去開衣櫃，滿意地離開了。

　　阿渣愣了一會兒才反應過來這個死直男有點反常，又因爲自己的反應覺得有點丟人，咬著牙不忿道：「靠，老子在怕個毛啊？」

　　人嘛，天生有著反骨和好奇心，越不讓做什麼就越想做什麼。阿渣看了看眼前衣櫃的大門，本來一個普通的衣櫃，此刻卻充滿的神祕感，彷彿通往新世界的大門，讓人忍不住想要開啓。

　　難不成裡面有什麼不可言說的東西？比如說那個看起來直得不能再直的死直男，其實有著女裝癖？還是裡面眞的藏了打開新世界大門的玩具……？

　　帶著濃濃的好奇，以及爲了表示對阿直的反抗，阿渣深吸了一口氣，之後笑容猥瑣地打開了衣櫃的門。

　　衣櫃裡沒有衣服，只是四處貼滿了看起來是各種偷拍的他的照片。以及在衣櫃的中央，擺放著一個透明的展示盒。

　　盒子看起來非常精緻，裡面放著的，是他送給阿直的那瓶腳氣藥。

　　震驚之時，本來緊閉的門又一次被打開，躲在門後的阿直露出半張臉，那哀怨的神情在陰影下像極了羅刹：「我不是說了，不准打開嗎？」

　　其實他知道，他那麼說了之後，以阿渣的性格絕對會打開衣櫃的。有些告白的話，他這個死直男很難好好說出口，所以想用這樣的方式將自己的愛展現給阿渣看。

　　自己本來已經將阿渣的期望值降到最低，要是這個時候給對方一點甜頭，讓阿渣知道自己對他如此上心，也許那個從未對人動過眞情的渣男就會對自己死心塌地。然後

主動獻身，從此再也不提反攻的事情。

正滿懷期待的等著對方撲進自己懷抱，上演兩個人相擁的浪漫場面。他卻看見阿渣退後了幾步，滿眼的嫌棄和驚恐：「變……變態……」

「……」

那個晚上，阿渣還是留在了阿直的家裡過夜。

過夜的原因並不是因為阿渣被阿直的心意感動了，而是他真的被阿直這一夜五次郎搞得不敢動了。

其實見到那些照片，他心裡還是有幾分竊喜的。只是他覺得為這種事情就大驚小怪，甚至感動得想哭，實在是很丟人。

所以他表面上假裝很嫌棄的樣子，內心卻在狂喜。而體會不到他這份狂喜的阿直覺得自尊受到了打擊，一怒之下就……把他這樣那樣了。

阿渣剛剛對阿直升上來的那麼一點點好感，也被阿直粗魯的舉動打回了負值。

現在的阿渣真的非常生氣，本來他就懷疑是阿直算計自己，那些照片剛好證實了他的猜測。原來這死直男真的早就對自己動心了，還為自己設下了陷阱，引自己一步步上鉤。

萬萬沒想到，他這個總是對別人用計的渣男，就這樣被一個死直男騙到了手。他看著阿直熟睡的臉，無奈嘆息：這難道就是因果報應嗎？

雖然都說愛情裡總是需要點心計，但他還是有了被欺騙的不甘。更令他生氣的是，知道了被騙後他的喜悅蓋過了憤怒。

讓這死直男這麼得到他也太輕鬆了吧？這要是在偶像劇

裡，不得讓這死直男反追自己十幾集才能達成圓滿結局嗎？

阿直大概是體力消耗過度，現在睡得很死。阿渣用力掐了掐他的臉，他也只是以為被蚊子叮了而皺了皺眉。

阿渣越想越氣，決定要給這個死直男一個教訓。他爬起來穿好衣服，拿水性筆在阿直的臉上亂畫一通之後，便揚長而去。

那天晚上，阿直作了一個夢。夢裡的阿渣本來很甜蜜的和他蹭來蹭去，然後忽然說要幫他拔掉臉毛，笑著用鑷子夾他的鬍茬。

阿直動彈不得，只能任由對方宰割。臉上一直癢癢的，直到醒來。

夢裡殘留的觸感還在。阿直下意識地摸了摸臉，感覺似乎沒有什麼不同。

阿渣已經不在身邊了，褥子裡是涼的。他起身在屋裡找了一圈，沒有看到人，便打電話過去，電話另一端直接傳出關機的語音提示。

聯想到昨晚自己違背對方意志的亂來……那傢伙應該是生氣了吧？

他站在廁所的鏡子前，看著自己臉上被黑色的水性筆寫上的大大的「短小」二字，陷入了沉思。

而原本被氣憤沖昏了頭腦的阿渣，此時正躲在辦公室角落裡瑟瑟發抖。

這一次他真的非常生氣，以至於不小心發洩過頭，做了件非常不怕死的事。

要是有人來採訪他現在的內心感受，他只想說：後悔，非常後悔。

雖然他沒有告訴過那個死直男家裡的地址，但他總覺得對方能憑藉那變態狂的能力找到自己家，所以還是窩在人多的公司裡比較安全。畢竟就算是那個毫無人性的傢伙，也不可能光天化日地搶人。

他現在下定了決心，如果阿直來找他的話，他打死也不會跟對方回去。

前提是如果那傢伙會來找的話。

阿渣在座位上心不在焉的辦公，開始想像對方來找自己並低聲下氣道歉的樣子。

但反應過來的他很快就搖了搖頭，意圖把那些無聊想法用出腦袋。

真是的，搞得他好像很期待對方跑來似的。意識到這點的阿渣，憤憤地把鍵盤按得劈里啪啦響。

他稍微工作一會兒，就會忍不住探頭看看門外。或者有人進出公司的時候，他就會迅速往門口瞟一眼。

雖然身邊的同事們裝做什麼都不知道的樣子，但也都知道，他和阿直肯定是鬧彆扭了。因為現在的阿渣就像個等老公接自己回家的小媳婦兒似的。

可惜的是，一直到了晚上下班，阿直也沒有來，大家也就沒有看成熱鬧。阿渣的內心有些複雜，不知道是該鬆一口氣，還是該生氣。

說到底，那個性格惡劣，情商極低，又反應遲鈍的傢伙，怎麼可能會來哄他。回想起和阿直認識後的種種，根本沒什麼值得回憶的東西……自己到底為什麼喜歡那個死直男啊！

阿渣越回憶越生氣，忍不住咬牙切齒地罵出聲：「死直男！」

「你找我？」身後突然傳來熟悉的，毫無感情的聲音。阿渣嚇得打了個激靈，猛然回過頭去，看見那個西裝革履的阿直戴著個紅色頭盔，直挺挺地站在他身後。

他嚇得退後了好幾步，摀著心口慌張地問道：「你你你怎麼在這？」

「來找你。」阿直回答得理所當然。

頭盔遮擋下的阿直看不到表情，以至於阿渣也不清楚他是來「報仇」的，還是單純來找自己的。於是他警惕地追問：「找我幹什麼？」

「接你回家。」

要不是這句話阿直的口吻太冷淡，阿渣簡直要被打動了。

但為了自己的身體健康，這次他是打定了主意不再和阿直去他家裡。而且從一開始到現在，這個死直男都太為所欲為了，他一定要給對方一些教訓才行。

他也故意冷下臉，面無表情地回答：「不用了，我自己可以回去。」

以前給阿渣一點點甜頭他就會興高采烈的，這次居然這麼淡定，難道是真的非常生氣嗎？阿直皺了皺眉。

阿渣覺得現在的自己酷斃了，故意與他擦肩而過，非常瀟灑地說：「那麼，告辭了，我要回家了。」

擦肩而過的瞬間，阿直握住了他的手腕，回頭注視著他：「我送你回去。」

微風拂過，落下幾枚葉子，翩躚於兩人之間。要不是阿直的打扮太過突兀，倒還真像漫畫裡的情節。

但死直男是不可能開竅的。阿渣很快從滿是粉色泡泡的幻想中回過神，裝做不耐煩的樣子甩掉他的手：「放開

我，我不是說了不用了嗎？」

「但是。」阿直並沒有因為他的舉動而生氣，語氣反而軟了下來：「我想去你家裡。」

這個死直男怎麼回事，突然這麼撩人？阿渣紅著臉按住自己狂跳的心臟，但依然不甘心認輸：「去、去我家裡做什麼？」

「因為我覺得，你的家裡會有我想要的東西。」阿直回答的語調毫無波瀾。

這發展越來越像偶像劇了！難道這個IT死直男要對自己說什麼土味情話了嗎？

收斂起瘋狂上揚的嘴角，阿渣滿懷期待地繼續問了下去：「什麼東西？」

阿直忽然一步上前，握住了他的手臂，貼近他的臉。

又一陣風拂過，他聽見阿直的聲音，輕飄飄的劃過耳邊：

「能把水性筆的印子洗掉的化妝品。」

阿渣腦子飛速轉過了幾道彎，那句罵人的話千迴百轉，又像以往那樣，在阿直晦暗不明的目光中被迫停在嘴邊。

他深吸了一口氣，用面對著難產客戶時才會有的虛偽笑容，一字一句地說：「不好意思，我不用化妝品。」

「不可能。」阿直回應得格外堅定：「你這樣的皮膚，一定是用昂貴的化妝品仔細保養過的。」

這話從阿直嘴裡說出來，也不知道是諷刺還是誇獎。但這話裡隱藏的意思，肯定是在說他皮膚好，阿渣又變得飄飄然起來：「老子這是天生麗質！」

阿直掃了他幾眼，不鹹不淡地說：「這回答有點綠茶了。」

　　阿渣暴怒，一時忘了在床上被阿直支配的恐懼，上去就揪住了他的衣領，咬牙切齒地問：「你這話是什麼意思？」

　　「我的意思是，呃……」阿直顯然不知道他爲什麼忽然生氣，努力尋找措辭打算把話題圓過去：「你知道的，綠茶一般用來形容顏值不太高但很有心機的類型，我覺得用來形容你很合適。」

　　「你這個死直男！」從交往以來堆積的怨氣不斷上升，終於突破了可承受的範圍，阿渣揪住他的衣領死命搖晃，一邊晃一邊大罵：「不但不會說人話，在床上也由著自己喜歡來不知輕重！他媽的別以爲睡過老子就會對你死心塌地了，我離了你照樣是情場浪子持久鐵1！老子到底爲什麼會看上你？死直男，我要和你分手！分手！」

　　不管不顧地怒吼之後，阿渣覺得自己總算出了一口惡氣。但「分手」兩個字一說出口，他就有點後悔了。畢竟這個死直男雖然說話惡毒，也不會疼人，還總欺負他，但他……

　　阿渣仔細想了想，越發不明白了：自己到底爲什麼會喜歡這死直男呢？

　　後悔歸後悔，但說出去的話潑出去的水，氣勢上不能輸。阿渣依然死死揪住阿直的衣領怒瞪著他，阿直回以意味不明的打量目光。良久之後，阿直才別過目光，小聲嘀咕：「連吵架也這麼綠茶……」

　　阿渣氣得心肝脾肺一起疼，忘了對方戴著頭盔，上去就甩了對方一嘴巴。結果他的手甩在了對方的頭盔上，手指差點骨折，疼得滿地打滾。

　　阿直蹲下身看著他，稍微思索了一下，又淡定地說：

「對不起。」

這道歉哪怕早個兩分鐘，對阿渣來說都有效。可惜現在阿渣被憤怒占據了腦海，什麼話都聽不下去：「道歉也沒用，老子要和你分手！」

阿直又盯了他一會兒，才猶豫著問道：「你確定要分手嗎？」

他一邊打滾一邊哀號：「分手啊！死直男！快給老子滾！」

「……」阿直皺著眉，以威脅的口吻小聲說：「那你父親的公司……」

「愛咋咋！老子又沒有事業心，那公司是我爹的又不是我的！失業就失業了，我還樂得清閒呢！」

「也就是說，你和我在一起，不是為了利益。」阿直像是得到了很滿意的答案，語調微妙的上揚：「那是為什麼呢？」

此時此刻，又憤怒又手疼的阿渣已經完全不想去猜測對方的腦迴路，只不耐煩的大罵：「滾蛋！」

「……」被吼之後，阿直沉吟良久。在阿渣以為這個死直男終於懂得反省的時候，阿直又忽然慢悠悠地開口：「你這麼喜歡滾來滾去，不如來我床上……」

阿渣隨手丟了一塊石頭砸了過去：「我是讓你滾！」

石頭砸在頭盔上，發出一聲悶響。阿直扶了扶頭盔，忽然嘀咕了一聲「也行」，便扛起不斷掙扎的阿渣，塞進了車裡。

要說阿渣以前容易被推倒或者拐走，表面上一副誓死不從的樣子，其實都是半推半就的。

但不管怎麼說，他也是個男人，要是真的反抗起來，

就算是阿直也要費些功夫。

此刻的阿渣正在氣頭上，當然不會再任阿直擺布。他一腳踹開車門，阿直毫無防備，也被他踹翻在地。

阿渣踩著倒地的阿直從車裡又跳出來，指著躺在地上還沒反應過來的人破口大罵：「你這個×××，去你的×××！」之後便揚長而去。

阿直第一次見到阿渣如此發火，終於意識到自己做得有點過頭了。他剛剛坐起身，走出去沒幾步的阿渣又折了回來，對著他大聲吼道：「你這個人總是這樣，自我中心，自說自話，自以為是！我一開始就不應該跟直男談戀愛的！」

阿渣焦慮的在他面前來回踱步，像是要把所有的不滿都發洩出來似的，喋喋不休的抱怨起來：「是，我一開始確實是只想和你玩玩而已。我的動機的確是不純，但你不也是這樣？你總是明裡暗裡的諷刺我渣，說我只是借用之前的感情不順掩飾自己渣的本性，說我滿身是套路。那你呢？你還不是裝做直男混在那些所謂的『正常人』中間，暗搓搓的套路我，勾引我？你又比我高尚多少？」

「你根本就不是喜歡我，你只是覺得調戲我很好玩，我只是你枯燥生活的調味劑而已！」阿渣越說越難過，眼圈都開始泛紅：「等我喜歡上你了，你就開始為所欲為了！我已經受夠了，我不會什麼都順著你的！」

阿直仔細思索了一下，記憶裡好像阿渣沒有順從過他。只是來不及思考更多，阿渣已經轉身走開，阿直連忙上前，用平時鍛鍊積攢下來的力氣緊緊抓住他的手腕，慌張的說：「對不起！」

他知道現在不是吐槽的時候，先把人哄住了再說。父

親曾經教導過他，如果你很愛你的戀人，那麼和戀人吵架後，一定要先道歉，不然會追悔莫及。那時候父親剛剛因為和母親吵架，被母親打得住進了醫院。看著鼻青臉腫的父親語重心長的教導著自己，小小的他下定決心，一定要跟著母親好好學習格鬥術，這樣就算沒來得及道歉，也不會被打得毫無招架之力。

那是阿渣第一次從這個向來波瀾不驚的死直男那裡，感覺到一絲他對自己的重視和害怕失去的慌張。那個從來眼神犀利又淡漠的人眼中，竟然也會露出孩子般的無辜與無措。他不可避免的心動了一下，驚訝之中又有了一絲竊喜：他慌了他慌了。

但他很快就意識到，如果他這個時候屈服，那麼對方很快就會重蹈覆轍。於是他咬了咬牙，別過頭去，假裝深沉地說：「放手吧，對於這段關係，我們都需要重新思考一下。」

「不需要。」阿直的話幾乎脫口而出，但他又迅速意識到對方很討厭他的自以為是，便又補了一句：「至少我不需要。」

阿渣心臟跳快了幾拍，依然悶聲問：「為什麼？」

沉默了良久，阿直才猶豫著回答：「從我的窗口第一眼看到你時，我就認定了你。」

這個死直男，竟然在意想不到的場景下，說出了讓他意想不到的告白。原來他們彼此都是一見鍾情，原來阿直對他的喜歡還要更早一些。阿渣太過興奮了，以至於沒有注意到阿直語氣中的蒼白和生硬。

他不可避免的心動了，但自尊讓他抑制住內心的狂喜，將那份歡呼雀躍偽裝成了無可奈何的嘆息：「還是好

好想一想吧，你該回去工作了。」

說著，他試圖甩開阿直的手，阿直卻握得更緊，繼續用念臺詞一樣乾枯的語調說：「你比工作重要。」

阿渣的內心歡呼雀躍，但他絕不會認輸，表露出哪怕一絲欣喜的情緒。這是一場戰鬥，他要讓對方察覺到自己是隨時會離開的，是重要的，自己的需求是要被重視的。這場戰役決定著他日後能不能反受為攻，無論如何，他一定要奪得最後的勝利！

一旁圍觀的同事們看著這莫名其妙的八點檔，以及自家公司大樓的屏幕上顯示的，和阿直說的話一模一樣的字幕，內心默默鄙視資本家公器私用，為了聯姻竟然把大樓屏幕當提詞器用。

「戰況」正焦灼的時候，剛剛從公司大樓裡走出來的同事，見到二人，呆愣良久，才猶豫著問：「你們……在拍戲嗎？」

「你是不是傻，我們明顯是在吵架吧？」阿渣虛張聲勢地喊道。

「那……」同事看了看嘴角瘋狂上揚的阿渣，露出了疑惑的表情：「你為什麼這麼開心？」

一時間，空氣安靜了下來。圍觀群眾紛紛伸長了脖子，期待著被揭穿的死傲嬌阿渣接下來的反應，以及劇情接下來的發展。

安靜的氛圍並沒有持續多久，阿渣甩開了阿直的手，徑直走到了同事面前，揪起了他的衣領：「就你p話多！」

同事望著阿渣猙獰的表情，嚇得不敢說話。

阿直難得的沒有取笑這個口是心非的傢伙，走上前去摟住了他的腰：「好了，別鬧了。」

大庭廣眾的被這麼抱住，阿渣臉皮這麼薄的人肯定會害羞，便一邊推搡一邊紅著臉鬧彆扭：「說得好像是我無理取鬧一樣。」

　　「你沒有無理取鬧，是我錯了。」阿直並沒有放手的打算，一本正經地說：「我以後會對你好一些的。」

　　阿渣還沒來得及感動，就聽見他猶豫著輕聲自語：「在床上的時候。」

　　阿渣氣得一腳踢上了他的膝蓋：「滾蛋！」

　　阿直躲閃不及，被結結實實地踢了一腳，卻也沒有什麼反應。只是皺眉看了看氣呼呼的阿渣，非常疑惑且認真的問道：「你為什麼這麼反感和我在床上交流呢？是我的技術不夠好，還是你覺得自尊受到了打擊？」

　　周圍的群眾再度豎起了耳朵，阿渣掃了一圈等待吃瓜的眾人，嘴角忍不住抽了抽：「⋯⋯你能不能不要在大庭廣眾之下討論這種私密問題？」

　　「那我們換個地方討論？」阿直的眼睛莫名的閃亮了起來。

　　雖然這傢伙一直沒什麼表情，但阿渣憑他的眼神就知道他在想什麼，本能地後退了一步，回答得十分嚴肅：「不了，就在這談吧。」

　　阿直的目光又黯淡了下去。

　　從來沒見過這死直男如此失落的眼神，還是因為這種讓人無語的理由。阿渣回想起以前自己當1的時候，雖然最終目的都是那個，但好歹也是走了流程的，哪像這個死直男一樣把目的放在明面上：「你能不能不要滿腦子都是那種事啊，談戀愛不是只有那種事情可做的⋯⋯」

　　阿直很認真地聽著他講，像是完全不理解自己這麼做

有什麼不好。阿渣想著可能是這個死直男真的沒有意識到錯誤，畢竟他要不是情商太低也不至於單身這麼久，語氣也稍微緩和了下來：「而且以我們現在的關係……沒名沒份的，我也不能總是跟你做這種事。」

「……」那語氣在阿直聽來，更像是未過門的小媳婦在抱怨。他故作思考的樣子，皺著眉說：「那麼有名有分就隨時可以了嗎？我明白了。」

話音未落，便又扯著阿渣的手腕往車裡走。阿渣慌忙掙扎：「放開我！什麼就你明白了？你明白什麼了？」

「現在就去結婚。」阿直頭也沒回。

對方那焦急和迫不及待的樣子，好像故意引誘著阿渣讓他先說出想要確定關係的話，再順水推舟。阿渣覺得自己好像給自己挖了個坑，氣惱之下，他一邊掙扎一邊說出了心裡話：「我才不和你結婚！你個死直男連個求婚都沒有，就想這麼糊弄我和你確定關係？少自以為是了！」

「哦——」阿直忽然停下了腳步，故意拉長了語調，回應的語氣意味深長：「原來你是因為這個在生氣啊。」

看見對方的眼神的那一刻，阿渣就知道，自己又被套路了。

他現在悔恨萬分，本來想高冷的和那死直男撇清關係，讓對方跪地追回自己，怎麼反而說出了這麼丟臉的話來呢？

期待求婚什麼的，他才不肯承認，只不過他的否認因為心虛而顯得底氣不足：「誰、誰會因為這點小事而生氣？」

「哦，沒有為這個生氣——」阿直貼近了他的臉，故意拉長的語調顯得玩味：「也就是說，你還是期待著的吧？」

意識到自己掉進對方的語言陷阱，阿渣氣得握著拳頭的手都開始發抖。本想像平時那樣大罵對方一番，但他現在又覺得心力交瘁。

再說，不管怎麼生氣，他還不是心甘情願的被這個死直男耍得團團轉。

氣惱漲滿之後，又像是氣球一樣被迅速洩掉，只留下了滿心的無奈。阿渣嘆了一口氣，將心裡話如實說了出來：「沒有，我對你這個死直男根本沒有期待。」

本來只是自我放棄，但那樣子在阿直看來，更像是對他完全失望了。

眼看著馬上就過了吃飯時間，阿渣決定還是先去填一填肚子，便打算先結束談話：「我先走了。」

剛走出幾步，就聽見身後傳來阿直淡定的聲音：「其實我是有準備的。」

阿渣轉過頭去，茫然地望著他：「啊？」

「結婚的事我是有準備的。」阿直接著剛才的話繼續說了下去。

阿渣一怔，注視他的目光有了微微的驚訝：這直男⋯⋯竟然還是稍微把他放在心上的嗎？

「畢竟我們的婚禮不止是結婚那麼簡單，除了宣布我們的關係，還要拓展和拉攏人脈，促成各樁生意，需要做到事無巨細才行。」他冷靜且坦誠的敘述，讓阿渣在內心剛剛湧起的一絲感動，瞬間消失無蹤。甚至覺得，到現在還對這死直男有期待的自己，實在是太蠢了。

於是阿渣平靜的「哦」了一聲，不打算再理他。

阿直卻像是完全不在乎對方的反應似的，自顧自地說：「而求婚這件事，我以為我們的感情還沒有穩固，現

在就提出還爲時尚早。」

你滾床的時候怎麼不覺得爲時尚早呢？阿渣翻了個白眼兒，在心裡默默吐槽。

「但，現在看來，是我顧慮得太多了。」阿直說著，慢慢摘下了頭盔。注視著他的眸子裡，難得的有了幾分認眞和溫柔：「那麼，請問，你願意嫁給我嗎？」

這求婚在最不合時宜的情況下突然發生，阿渣就像是在金拱門看見了在吃大蔥蘸醬的外國人那麼震驚。

眞的是非常敷衍的求婚了。沒有鮮花，沒有紅酒，沒有戒指，這沒有一丁點準備的求婚，卻依然讓阿渣心動得一塌糊塗。

……當然如果對方臉上沒寫著「短小」二字的話就更好了。

那個男人依然是面無表情的樣子，卻沒有了平時志在必得的氣勢和讓人不適的傲慢。

短暫的對視，阿渣深吸了一口氣，唇角微微揚起：「我不同意。」

之後瀟灑的轉身，在所有人震驚的目光中，大踏步離去。

他一邊踏著輕快的步伐，一邊滿心歡愉地腹誹：小樣兒，眞以爲爺這麼好糊弄？求婚這麼隆重的事情連個儀式都沒有，想用幾句話就打發了，以爲爺是沒見過世面的小姑娘呢？

腳下生風的走了幾步，就聽見身後傳來了急促的腳步聲。

終於輪到這個死直男追自己了！阿渣流下了感動的淚水。但是架子還是要擺的，他也要乘勝追擊，發誓要讓那

個死直男跪下來給自己當受。

所以他十分做作地撩了一下頭髮，想告訴對方不要再追上來了。結果一轉頭他就看到阿直那逐漸猙獰的臉，嚇得他愣了一下之後拔腿就跑。

他以爲阿直惱羞成怒想要教訓自己，殊不知阿直只是因爲跑得太努力而失去了表情管理。

阿渣以前在學校是長跑隊的，持久力很強；阿直雖然爆發力很強，但很難堅持太久，所以漸漸落了下風。（←指跑步）

慢慢冷靜下來的阿渣覺得一直這麼跑下去也不是長久之計，便打算和對方好好談談。只是轉頭看見阿直因爲跑得太累而徹底變成羅刹的臉，他還是本能的又跑了起來。

阿渣總覺得雖然逃走的理由和對方的表情都不太對，但莫名的有一種偶像劇裡滿屏粉色濾鏡「來呀來呀來追我呀」的既視感。

不過路人怎麼看都是後面那個臉上被亂寫亂畫的男人在追殺前面的凶手。

後來阿渣憑藉著長跑練出來的持久力，採取迂迴戰術，終於在小巷的拐角處甩掉了阿直。

他累得要死要活，坐在小巷廢棄的凳子上，拍了半天胸口，總算緩過起來。

反應過來的阿渣覺得自己眞丟人，腦子裡想著硬剛，身體卻不自覺地跑了起來。他也不明白，那個死直男又不是怪物，自己那麼怕他幹嘛？他還能吃了自己？

嗯……好像眞的能吃……雖然是另外一種意義上的「吃」。

正思索著，忽然有一股巨大的力量抓住了他的肩膀，

幾乎要把手指摳到他肉裡似的。

阿渣渾身一震,之後顫顫巍巍地轉過頭去,看到阿直因為缺氧而扭曲的臉,埋在陰影裡,像極了柯南裡的黑衣人。

他幾乎將阿渣按在椅子上,冰冷的話語隨著他急促的呼吸噴吐在耳邊:「找〜到〜你〜了〜」

阿渣被嚇得魂飛魄散,再一次屈服於恐懼,驚慌得幾乎破音:「我願意,我願意嫁給你還不行嗎?」

好不容易把氣息喘勻的阿直,本想來勸誘……本想來展現一下自己的誠意,沒想到對方忽然這麼痛快地答應了。疑惑之際,他下意識地問道:「真的?」

「真的真的真的!」阿渣一邊瘋狂搖頭一邊說著和動作完全不協調的話。看著對方因為懷疑而逐漸逼近的臉,他害怕對方在大街上就做出非人的舉動,慌張的試圖轉移話題:「那、那什麼……訂婚戒指呢?」

「……」阿直終於鬆開了手,在包裡亂翻一氣。

阿渣以為他真的有準備,還小心動了一下。然後他就看見,那個死直男從包裡翻出了一罐飲料。

對方把易開罐的拉環扯了下來,又把罐子裡的飲料一口氣全部喝完,扔進了垃圾桶。之後才把拉環舉到他的眼前,那樣子似乎在問:「這個行不行?」

這死直男平時偶像劇沒少看啊!阿渣這麼想著,眼中有了絲絲鄙夷和失望:「你……其實沒有想像中那麼喜歡我吧?」

果然易開罐拉環行不通嗎?阿直為難地撓了撓臉頰。以前他總覺得偶像劇裡的行為蠢得要死,沒想到情急之下也效仿了起來。而且他總覺得,阿渣好像會很吃這一套。

他決定再試一試，將偶像劇套路進行到底，便裝做疑惑的樣子問：「爲什麼？」

如果對方甜甜地笑著說「別想用假的戒指來套住我」，他就冷著臉回答「你愛的只是我的錢嗎？」

在對方露出不滿表情的時候，自己再裝做無奈地嘆息，然後寵溺地盯著他說：「好吧，只要你喜歡的，我都給你。」

腦海中正演練這個場景，他隱隱約約看見阿渣的喉結滑動了一下，又張開乾涸的唇，發出沙啞而略帶委屈的聲音：

「但凡你有一點喜歡我，那瓶飲料也會給我留一口。」

阿直愣了一下。他以爲自己可以對阿渣完全掌控，但事實證明，阿渣的腦迴路就算是他也無法完全理解。

他稍微思索了一下，便張開手臂打算摟住阿渣，聲音磁性而蠱惑：「我可以讓你嘗嘗味道⋯⋯」

阿渣早預料到他想親上來，一把懟在他臉上推開了他，讓他與自己保持安全距離：「少來這一套，休想占我便宜。」

目的被識破的阿直不甘心的「嘖」了一聲。

阿渣扯了扯嘴角，看了看他手上拿著的拉環，目光中有些許鄙夷：「咱倆都是有錢人，就別玩這種戲碼了吧？」

說著，他把手放在阿直的眼前，眯著眼睛搓了搓手指：「來點實在的。」

這麼長時間他爲了追到這個死直男犧牲了多少東西，都到這一步了，不讓他對方出點血，他心裡不平衡。

雖然阿渣確實是要錢了，但跟偶像劇裡完全不一樣，要得十分直白，甚至像攔路的小流氓。不但不浪漫，還有

點猥瑣。

阿直十分無語，但對方明顯是因為生氣而故意刁難，也只好耐著性子問：「你想要什麼？」

「玫瑰紅酒訂婚宴鑽戒一個都不能少！」阿渣突然來了精神，兩眼發光地盯著他。

就這？阿直揚了揚眉，剛想回應對方期待的小眼神，就看見阿渣一臉春光燦爛的陷入了想像：「我要你開著直升機來公司門口接我，然後從天上灑下玫瑰花瓣。你手捧玫瑰，從直升機的梯子上跳下來，從玫瑰裡取出50克拉的戒指，在眾人的注視下，單膝跪在我面前，求我嫁給你。」

「……」這個想法太過有創意，不過阿渣也不是什麼正常人，以至於阿直分不清他到底是開玩笑還是認真的。

阿直快速思索著，開個直升機，拋灑異物，偷博物館的鑽戒，到底夠自己吃幾年牢飯。沉默了良久，他還是決定無情地打破阿渣的幻想：「……在首都開直升機會被打下來的。」

「反正你們家有錢。」阿渣摀住嘴偷笑，一臉想要看他笑話的表情：「你不是常說錢能解決一切嗎？給我辦到啊～」

阿直這才意識到，對方其實是在故意為難自己。就算心裡有一萬句想吐槽的話，為了能把人哄好也只能先服個軟：「我承認我那個說法是不全面的，所以，你能有個正常一點的方案嗎？」

嘆息了一聲，他還不忘補了一句：「不用坐牢的那種。」

阿渣沒想到他會這麼快又坦率的承認錯誤，震驚之餘

多了幾分欣喜，卻也不想便宜了這死直男。思前想後，阿渣裝做不滿的樣子嘀咕著說：「我可不想要大多數人那種平庸的訂婚儀式，我想要新鮮刺激的！」

新鮮刺激的嗎……？阿直非常認真的思索了良久，之後板著臉一本正經地說：

「那我可以租下市中心的大屏幕，全天播放我們在床上時的場面。」

阿渣因為這讓人震驚的無常識發言而怔住。但他早已經習慣了阿直從來不正常的腦迴路，以至於自己也不小心被帶偏了，還沒反應過來時就吃驚地張大了嘴：「全天？你行嗎？」

很快他就意識到這不是問題重點，這句話不但達不到自己想要的目的，還為自己增加了人身風險。果不其然，阿直聽言之後眼睛一亮，向前貼近了一點：「要不試試？」

「別了。」阿渣連忙後退了一步，驚慌擺手：「試試就逝世。」

「哦。」阿直點了點頭，之後拉起他的手就往外走。

阿渣瘋狂掙扎，試圖甩掉他的手，一臉驚慌失措的表情：「你幹什麼？」

阿直一邊走回頭看著他，面露茫然：「你不是說試試就試試嗎？」

「我說的是逝世！逝世！」

「所以我不是遵循你的意思試試了嗎？」

「……逝世，是去世的那個逝世！」阿渣不顧形象地咆哮了起來：「你快放開我！不然咱們兩個就地玩完！」

阿直終於停下腳步，回頭看了他一眼。大概是察覺到

他真的很生氣，便鬆開了手。

對方能這麼痛快地放開他，是他沒想到的。還沒來得及說些什麼，阿直便皺著眉頭再度開口：「你不喜歡這個方案的話，我就再想一個。」

不知為什麼，對方那一副言聽計從的樣子，看起來還有點委屈。阿渣也隱約察覺到，對方其實是重視自己的感受的，心裡不禁一暖。

只是這暖意還沒來得及湧出來，就又被阿直接下來的話堵了回去：「多租幾個大屏幕播也行。」

自從認識了阿直，阿渣的心情一直都像過山車一樣上上下下。折騰到現在，對方說什麼他都已經見怪不怪了。

聽到對方再度語出驚人，他的嘴角抽了抽：「……傳播限制級畫面也要坐牢的。」

阿直愣了一下，好像是被提醒了才想到這個問題似的，忽然低頭陷入思索。

阿渣已經不想去思考他腦袋裡到底都裝了些什麼。他嘆了一口氣，之後用無奈的語氣對阿直說：「我有個問題想問你。」

對方抬頭看著他，見他神情異常嚴肅，眼神便也認真起來：「……你說。」

他盯了對方好一會兒，才慢悠悠地開口：「請問你是怎麼好意思腆著臉說我的方案不正常的？」

「……」

「……」

兩人頓時陷入了尷尬的沉默。

不過這沉默並沒有持續了多長時間，還是阿直嘆息著打破了這尷尬氛圍：「那我就試著執行你的求婚儀式，到

時候要是坐牢多花點錢找人替一下也可以。」

「免了！」阿渣連忙制止了他這瘋狂的想法。他的本意也只是想爲難這個自以爲是的大少爺而已，眞的被這樣求婚他會尷尬症發作致死。而且這話要是別人嘴裡說出來他還能當個玩笑，但是從阿直這個思維不太正常的人嘴裡說出來……鬼知道他會不會眞的去執行。

見對方是眞心在考慮求婚的事情，阿渣想到了一個既不會讓自己顯得很想嫁，也能讓對方爲難一陣的折中方案：「這樣吧，求婚典禮的一切流程都由你去準備。如果你眞的喜歡我，就應該知道我喜歡什麼樣的儀式。如果最後呈現在我眼前的儀式是我不喜歡的，那麼我們就一拍兩散。」

話雖如此，他也並沒有對這個浪漫不起來的死直男抱什麼希望。只要對方用心準備了，無論典禮爛成什麼樣子他都ok。只是這個想法，他絕對不會說出來就是了。

阿直盯著他的眼睛，想要從他的眼神裡探索出想要的訊息。以前他一直以爲，自己是占主動權的。但今天的阿渣讓他有些看不懂，那玩世不恭地回應，以及對「分手」這件事那無所謂的態度，讓他格外焦躁。

在阿渣被盯得發毛的時候，阿直終於壓下了內心的焦躁感，嘆息著回應：「我知道了。」

爲了避免自己再做出什麼過激舉動，導致對方的反感加深。他扔下這句話之後，轉身便走。

阿渣正琢磨著今天這人怎麼這麼容易就放過了自己，卻看見對方走了幾步又折了回來，站定在他面前，嚴肅問道：「我想再問你一個問題。」

那態度實在是太正經了，以至於阿渣難以適應，又後

退了一點才小心翼翼地問：「什、什麼問題？」

「你……」阿直打量了他稍許，之後試探著開口：

「平時看的都是什麼電視劇？」

第十章
理想的同居

過於不符合氛圍以及過於突兀的問題，讓阿渣本能的一愣。那一瞬間，他腦子裡飛速閃過的，是各種裡番和鈣片中不可描述的畫面。

他一個渣男，休息時間不是在聊騷就是約約約，哪有什麼時間看無聊的電視劇。現在但凡能播出來的劇，都是他不感興趣的。

鑑於阿直的行徑和思維一直都這樣異於常人，他也就沒有深究對方問這句話的理由。非常嚴肅正經且坦誠地回答道：「我不看電視劇。」

阿直失落地嘆了一口氣，本來想從阿渣所看的電視劇裡獲得靈感，得知他期待的求婚場面，現在看樣子是沒辦法了。

阿直點了點頭，之後便轉身離開。阿渣等他走遠了，才總算是放下心來，一路小跑躲回了家裡。

那段時間阿渣的生活變得很舒適。阿直大概是在準備求婚的事，沒時間再來給他添堵，讓他有了許多閒暇的時間。

不過閒下來之後，他又有一點不爽。本以為那死直男會在那天之後稍微表現一下，展現一下男人的浪漫之類的，沒想到連續幾天不見蹤影，就好像回到了他們剛剛認識的時候。

就算是在準備求婚，也不至於忙到連個短信都不發。阿渣氣不過，內心又蠢蠢欲動起來。

　　只是他一旦和交友網站或者微信上和人聊騷，手機就會莫名卡死再重啓，等到屏幕再次亮起之後，剛剛還在聊的連絡人就消失了。

　　這樣的事情發生了幾次，他也就意識到大概是那個死直男搞了什麼名堂，不敢再亂來。畢竟也許那個死直男正憋著大招，等證據積攢夠了再來找自己一併發洩，到時候受罪的還不是自己。

　　而斷聯的這幾天，他也開始漸漸意識到一些現實的問題。

　　他其實並不期待那個死直男能夠想出什麼驚天地泣鬼神的方案，拒絕求婚是內心深處一種本能的抗拒，他只是想在結婚之前，爲自己留下一些思考的時間。

　　仔細冷靜下來他才發現，自己一頭熱的追著對方許久。然後稀裡糊塗的就和對方在一起，又稀裡糊塗的被要求結婚，以至於他根本沒有好好想過一個無比重要的問題：自己真的喜歡阿直嗎？

　　撇開一開始自己接近阿直的目的不談，他覺得自己對阿直那麼熱忱，與其是喜歡，更多的是因爲從來沒有遇到過拒絕自己的人而感到不甘心。他想要征服這個死直男，以此獲得成就感。這種感覺本該在他得知對方的喜歡，套路和接近之後得到滿足，卻在對方的步步緊逼下遺忘了這原本的目的，順理成章的將那份「喜歡」的感情延續了下去。

　　現在想來，這是否也在對方的套路之中呢？

　　他看不慣對方那副自以爲能掌控全域的樣子，卻又別無他法。互不聯繫的這幾天，他確實並沒有那麼想那個人。這是因爲他已經確定了對方喜歡自己，所以熱忱便很

快消退了。

　　仔細想想，阿直確實長得不錯，但這並不能成為他放棄大森林的理由，何況自己還因為他被迫做了0。

　　一想到這裡，他就恨得牙癢癢，想要立刻攻回來以解心頭之恨。

　　沒錯，現在還不是放棄的時候，雖然對方已經喜歡上自己了，但自己一定要找到時機攻那個死直男一次，讓他被自己傲人的技術征服！

　　喜歡或者不喜歡那個人，對感情認知一向模糊的他並不清楚。但他的潛意識裡是不想離開阿直的，所以在不斷的為留在阿直身邊找著藉口。

　　阿渣開始計畫著如何能在向阿直傳達「你不讓我攻我就不和你結婚」這個訊息的同時，還能保證自己的安全。

　　首先，為了能彌補體力上的缺陷，他特地請了私人教練學習泰拳，每天還堅持進行力量訓練。

　　其次，健身房肌肉線條完美的男人非常多，他很謙虛的一一詢問練習肌肉的方法，並且全都用另一部手機加了他們的微信號。

　　再次，健身房揮灑汗水的男人非常有魅力，而他以「工作收集素材」之名，在徵求了當事人的同意後拍下了他們揮灑汗水時的照片。

　　這樣美滋滋的生活持續了很多天，直到某天他有說有笑的和健身教練從健身房裡走出來，看到黑著臉來堵他的阿直的時候，他才忽然意識到：

　　自己最近在做的事情，好像……越發的和反攻計畫沒有關係了。

　　因為太過於沉迷制定計畫的過程，以至於他也忘了和

阿直聯繫。

不如說，正在滿臉期待的笑著和健身教練商量著中午要不要一起吃飯的阿渣，差點忘了阿直的存在。

他覺得自己大概真的是渣男本性無法更改，所以才會在與對方確定關係後，失去了那緊追不捨的熱忱。

但是見到阿直找上門，他心裡還是稍微有點開心的。

……當然不會被五花大綁架上車扔到床上就更好了。

想到這點的阿渣，回憶起了被阿直支配的恐懼。他本想拔腿就跑，但他很快就意識到，如果沒跑好好解釋的話，還有一線生機；如果真的跑了，那就坐實了出軌嫌疑，他就死定了。

仔細想了想，除了和這些一起鍛鍊的肌肉帥哥吃吃飯，喝喝茶，聊聊天，看看電影，好像也沒做別的什麼……

算了，我還是跑吧。

他正準備無視阿直跑路的時候，阿直已經上前一步，直接摑住了他的肩膀。那熟悉的力量與握感，完美地傳遞了阿直壓抑的怒氣。

阿渣的眼淚掉了下來：死定了。

「這是你的朋友嗎？」健身教練十分不會看眼色的上前搭訕，還禮貌的對阿直伸出了一隻手：「你好，我是阿渣先生的健身教練。」

阿渣知道這個財迷健身教練只是想要多拉一個客戶，但現在的氛圍，讓他的舉動看起來更像是赤裸裸的挑釁。

阿渣看到阿直深吸了一口氣，又慢慢吐出來，然後上前握住了教練伸出來的手，露出了罕見的，甚至有點瘆人的優雅微笑：「你好，很高興認識你。」

伴隨著這句話的結束，阿渣清晰的聽到教練的手發出

骨骼斷裂一般的「咔」的一聲。

緊接著，教練倒地不起。阿直冷冷地盯著摀著手滿地打滾的教練，之後從衣兜裡掏出一塊手帕，把和教練交握過的那隻手一點一點的擦乾淨，又直接把手帕扔到了教練的臉上。

做完這一系列動作，阿直轉頭望向正在瑟瑟發抖的阿渣，臉上依然維持著優雅的笑容：「要一起吃個飯嗎？」

在阿渣的印象裡，用冷冰冰又生硬的語氣威脅自己，才是阿直生氣時的正常反應。

而現在，阿直的怒氣值明顯已經超過了儲存條的限制，阿渣甚至覺得對方馬上就會發起瘋來，走上違法犯罪的道路。

這個時候拒絕無疑是死路一條，但就算跟著對方走了，也不一定能活著回來。

橫豎都是死，這簡直就是送命題。

大腦快速思索時，阿直已逐漸逼近。他本能的跳開，下意識地伸出一條手臂遮擋自己的頭：「你冷靜點，尋釁滋事關五年。」

那不卑不亢有恃無恐的樣子，好像完全不將阿直的威脅放進眼裡。要不是他現在躲在電線桿後面，緊抱著電線桿不撒手，阿直差點就信了。

阿直本以為能掌控阿渣的行為，所以故意放鬆了幾天時間，想讓對方來聯繫自己。但沒想到對方渣性不改，居然背著他四處偷人。要不是他用程序監控到對方另一個手機號，恐怕還被蒙在鼓裡。

見對方這麼害怕，阿直也開始反省是不是自己的調教方式出了問題。他努力壓下內心的怒火，試圖讓自己平心

靜氣的和對方交流：「……我不會打你的。」

　　殊不知，那冷冰冰的樣子在對方看來，更像是變相威脅。阿渣將電線桿抱得更緊了，整個人又往柱子後面縮了縮。

　　阿直的眉頭也皺得更緊：「快出來吧，你又不是狗，那麼留戀電線桿幹什麼？」

　　若是平時聽到這句話，阿渣肯定會怒從心頭起，跳出來和阿直大吵一番，雖然每次都是自己輸，但不反駁個幾句也太憋屈了。

　　然而此時此刻，他從未有過的冷靜。自己被騙出去後，鬼知道會遭到什麼非人的待遇。現在最重要的是保命，面子什麼的不重要。

　　思前想後，他決定還是先假裝示弱，平息對方的怒火。於是平時那個盛氣凌人的情場花蝴蝶，將近一米八的大男人，躲在柱子後面扭扭捏捏，裝做非常害怕的樣子，委屈地說：「我不信！你現在看起來好凶哦。」

　　阿直的雞皮疙瘩以肉眼所見的速度增長起來。

　　因為實在太噁心了，以至於阿直連怒火都消失了大半。他看著滿臉委屈好像自己是受害者一樣無辜的阿渣，無奈地嘆了一口氣：「我不會做打老婆這種無恥之事的。」

　　阿渣聽聞，從根本遮不全他身體的電線桿柱子後面探出頭來，小心翼翼地打量他，以確認他目前的怒火等級。

　　而在他放鬆警惕的一瞬，阿直一把抓住了他的手，一臉似笑非笑的表情：「前提是，如果你承認自己是我老婆。」

　　阿渣被這一抓嚇得魂飛魄散，卻也猛然間明白，自己又掉進了對方的語言陷阱。每次對壘都是自己輸，其實只

是出於對力量的恐懼。如果想要反攻，就要想盡辦法讓自己克服這種恐懼。

他咬了咬牙，之後深吸一口氣，以一副慷慨赴死的架勢，大聲喊道：「好，我承認！」

話一出口，他恨不得狠狠搧自己兩巴掌，大罵自己沒出息。本來都鼓足勇氣想要扳回一局，結果還是敗給了恐懼本能。

「很好。」阿直滿意地收回了手，眼角眉梢滿是威脅：「那麼，一起去吃飯吧。」

這強硬的口吻，根本不給他任何拒絕的機會。他不知道這傢伙為什麼對吃飯這件事這麼執拗，但此情此景又不敢發問，也只得老實地跟著去了。

不管怎麼說，總比被帶去床上好。他默默地想。

然而事實證明，阿渣還是太天真了。阿直直接開車把他帶回了住所，接下來又是不可避免的一頓亂來。

阿渣一邊大喊一邊試圖做著最後的掙扎：「你這個騙子！你不是說去吃飯嗎？」

「對啊。」阿直將他按在床上，用一副理所當然的口吻，一字一句地說：「我現在就要開飯了——」

語畢，阿直狠狠撕開了他的衣服。襯衫的釦子被繃開，露出胸前兩點誘人的紅。阿直的舌頭輕輕繞著他的乳首打圈，像品味美食一般吸吮，啃噬。敏感的地方被反覆碰觸，阿渣的身體不自覺的有了反應。酥麻感遍襲全身，他下意識的發出了呻吟聲。阿直看到他那動情的模樣，惡意的稍加用力咬下，阿渣的身體本能的一顫。

感覺到那含苞的花瓣稍微打開，阿直掰開他的腿，用力將自己昂揚的下體用力頂了進去。他未擴張完全的穴口

因刺痛本能的縮緊，在阿直近乎粗魯的抽插下，慢慢有了難以言喻的快感。

阿直的手一直揉捏著他的乳首，下體在狹小的穴口裡進進出出。抽插的速度越來越快，每一下都頂進了他的最深處，毫無任何憐惜之情。阿渣被頂得一顫一顫的，連柔軟的床也伴隨著他的呻吟聲略吱作響。

「這裡是有什麼開關嗎？」阿直滿意的看著他因動情而失焦的眼神，忽然用力扯起他的乳首，面無表情地問：「只要一碰這裡，下面就會夾得更緊。」

疼痛的同時帶來了酥麻的快感，阿渣因這突然的刺激而本能的射出。動聽的呻吟之後，阿渣紅著臉看向還未打算放過他的阿直，咬牙切齒地罵道：「變態！」

阿直將他的乳首捏得更緊了一些，感覺到他再度縮緊的後穴，俯身貼在他的耳邊，以磁性的聲音低語：「你不是也很喜歡被粗魯的對待嗎？」

於是，阿渣以各種各樣的姿勢，承接了他的怒火和醋意。而意識逐漸模糊的阿渣，也終於明白了對方口中「開飯」的含義。

一直折騰到後半夜，阿直終於放過了他，心滿意足地摟著他睡著了；阿渣被折騰得懷疑人生，意識幾乎都要被湮滅，目光空空地盯著牆壁，思考自己怎麼就看上了這麼個玩意兒。

阿渣本來很累了，但是疼痛和飢餓讓他難以入眠。身邊的阿直倒是睡得很熟，以至於自己把他踹下地板，他都沒有醒。

阿渣扶著腰罵罵咧咧的從床上爬起來，落地的時候還故意踩了阿直的臉一腳。他去冰箱翻找看看有沒有什麼能

吃的，結果發現冰箱裡面只有一瓶紅酒和一盒泡麵。

冰箱裡的那瓶紅酒看起來非常昂貴，阿渣洩憤般的把紅酒燒熱，一股腦兒地倒進了麵餅裡，泡著速食麵喝。

他繼續罵罵咧咧的把麵狼吞虎嚥地吃完。怎麼說呢？雖然這個組合有點奇怪，但意外的……還挺好吃的。

吃完麵後，他又一口氣把紅酒全都喝完。吃飽喝足的肚子暖洋洋的，讓他也不再那麼焦躁。

大概是紅酒有些醉人，又或者他實在是太累了。他迷迷糊糊的又回到了臥室，用拖鞋踩著阿直的臉再度爬上了床，抱著被子睡著了。

雖然反攻不了很生氣，雖然這個抖S很讓人生氣，但從阿直身上散發出來的那濃濃的醋意，明顯地表達出了他的在乎與獨占欲。

這怎麼……怎麼還讓人有點高興呢？

睡眠中的阿渣偷偷笑出了聲。

被他踩醒的阿直揉著臉上的大鞋印子，茫然地看著他「咯咯」的傻笑，以為他被自己折騰得精神出了問題。

第二天早上，阿渣是被一陣香味喚醒的。

剛睜開眼，他就看見桌子上放了一碗蝦仁玉米粥，和一個燒餅。阿直正坐在桌子旁看漫畫書，陽光從窗口灑進來，將他半敞開的襯衫照得微微透明。

那傢伙如果只是靜坐著，還真是個美男子。阿渣默默地想。

阿直剛好抬起頭來，與阿渣對視上。想到昨晚被粗魯的對待，阿渣略有些彆扭的移開目光，順便翻身背對著他。

阿直放下漫畫書走到床邊，將手臂撐開支在床上，貼

近他的臉：「醒了？」

那動作曖昧而帶著危險性，阿渣想讓他離自己遠一點，但轉過頭去看見那張無限放大的臉，又忍不住怦然心動。

愣了有幾秒，阿渣默默在心裡罵自己沒出息，順便把火氣發到了阿直身上，不耐煩的喊道：「滾！」

說著就用被子蒙住了頭，以掩蓋自己因為那一瞬間的心動而變得通紅的臉。

阿直當然看出了他的害羞，故意將身體壓在他的身上，用蠱惑的聲音低語：「你鬧彆扭的樣子真可愛，我都要忍不住了。」

阿渣的心動瞬間消失無蹤，只剩下了被榨乾的恐懼和憤怒。他猛的掀開被子坐了起來，用被子罩住阿直的頭破口大罵：「我告訴你，人和畜生最大的區別就是人有自制力，畜生沒有！忍不住忍不住的，你特麼的是發情期的畜生嗎？」

這十分難聽的話語完全的表現出了他的憤怒，阿直扯下被子看著他，沒接話但也沒生氣，只是伸手勾了勾他的鼻尖：「既然醒了就來吃飯吧。」

其實昨晚的事情阿直也在反省了，所以今天無論對方說什麼他都不會生氣。其實每次他都沒有真的生氣，只是想找藉口把對方扔到床上去這樣那樣而已。

但對方畢竟也是個高傲的大少爺，自己逼得太緊，萬一把對方逼出什麼精神疾病可就糟糕了。所以還是採用打一巴掌給一個甜棗的策略，稍微挽回一些自己在對方心目中的形象，再循序漸進的折騰對方……不是，抓住對方的心。

這死直男的態度與行為，和之前大相逕庭。溫柔之餘竟然還有點寵溺，讓阿渣頓時警惕起來。他小心翼翼地挪到

桌子邊，狐疑地看了看阿直，又看了看桌子上的粥，良久，才發出了疑惑的聲音：「你……不會在飯裡下了毒吧？」

「……本來是想給你賠罪的。」阿直的眉頭緊皺了起來，拿起粥喝了一口又放下，看起來有點生氣的樣子：「你不吃算了。」

那模樣怎麼看都像是在鬧彆扭，阿渣竟然覺得這樣的他有點可愛。很快他就把這樣的想法甩出腦海，讓自己繼續維持警惕性，畢竟自己被這死直男騙過坑過不止一次了。

於是他以不屑的口吻，冷笑著指了指碗：「道歉？就用這？」

正說著，他拿起粥順便喝了一口，打算繼續吐槽。芬芳的米香在口中擴散開來，加上昨晚開始他就一直很餓，那點速食麵也沒能填飽肚子，讓他一時間忘了嘲諷對方的事情，嘰哩咕嚕的把粥喝了下去。

看著對方狼吞虎嚥之後順便把碗舔乾淨的模樣，阿直忍不住想，這傢伙好歹也是個富二代，現在看起來怎麼跟個吃不飽飯的流浪漢一樣。

吃完之後，阿渣把碗重重往桌子上一放，心滿意足地拍了拍肚皮：「好吃！」

對視上阿直玩味的目光，他這才意識到，自己又不小心被對方牽著鼻子走了。他輕咳了一聲以緩解尷尬，又裝做不屑的樣子問：「這粥馬馬虎虎嘛，你自己做的？」

「不是。」阿直重新將目光移回到漫畫書上，回答得簡潔：「外賣。」

死直男，還是這麼沒情趣。不過想來這傢伙怎麼可能會做飯嘛！這麼思考著的阿渣，不屑的翻了個白眼：「我猜也是。」

阿直聽出了他聲音裡的不滿，忍住笑意裝做漫不經心地問：「你想吃我做的飯嗎？」

阿渣腦海中瞬間出現了阿直圍著圍裙，拿著菜刀滿身是血的模樣，還有廚房一片殺人現場般的狼藉，頓時打了個哆嗦：「不想。」

「為什麼？」

阿渣思考間，下意識的用非常認真的語氣回答：「我怕你下毒。」

「……」

看著阿直皺起了眉，阿渣就知道自己無意間又踩了雷。他本來打算豁出命去也不再讓阿直碰到一根手指，擺出了要你死我活的架勢。畢竟昨晚的事情再經歷一次，他也是會精盡人亡，還不如死得有尊嚴一點。

然而阿直其實並沒有生氣，他只是單純覺得對方怕自己被強暴的委屈樣子十分可愛，想故意擺出嚴肅的表情讓對方更慌亂而已。

各懷心思的對視持續了幾分鐘，看著對方因為過於緊張而臉色發紫馬上就口吐白沫暈過去的樣子，阿直才嘆了一口氣，故作深沉地問：「我們之間連最基本的信任感都沒有嗎？」

阿渣非常認真地點頭：「嗯，沒有。」

早就預料到了對方的回答，阿直並沒有生氣，只是意味深長的注視他良久，沒有說話。

後來的發展出乎阿渣的預料，那個死直男竟然沒有趁機再繼續犯罪，或許只是他體力不行了……總之，阿渣表達出了想回家的意願之後，對方就直接放他走了。

之後的幾天，阿渣上下班總能有阿直的車接車送；午

休阿直會跑來他的公司，帶著他一起去訂好的餐廳吃飯，點的菜也都是他喜歡吃的；晚上兩人共用一頓燭光晚餐，之後兩人如果有興致就去阿直的家做愛做的事，如果沒有阿直會帶他逛逛街散散步，或者一起去圖書館看看書，去街機廳打打遊戲。

兩個人和諧相處，阿直又表現得這麼正常，倒真是讓阿渣找到了談戀愛的感覺。阿直也不再急著催結婚的事情，他的想法是，一直不提求婚儀式的事情，以阿渣的性格一定會忍不住主動詢問。到時候他就露出像獲勝一般無比得意的笑容，傲慢地問：「怎麼，你迫不及待想嫁給我了？」

到時候阿渣的臉色一定很好看，那極力否認卻通紅著臉的樣子也一定很可愛。阿直對此十分期待。

果不其然，每次吃飯時阿渣都一副欲言又止的樣子。過了沒幾天，阿渣似乎終於忍不住了，在吃飯的空檔猶猶豫豫的對他說：「那個……有個事情我想問你……」

期待的場面馬上就要來了，這傢伙從來都正中他的下懷。阿直不自覺的揚了揚嘴角，裝模作樣的整理了一下衣領：「你說。」

「你……」阿渣皺著眉想了許久的措辭，之後才小心翼翼地問道：「最近這麼清閒，是不是公司倒閉了？」

阿直的嘴角抽搐了一下。

本想調戲一下這傢伙，沒想到他逐漸直男化。不知道他是被自己調戲得太多麻木了，還是知道了自己的想法故意裝傻。

不過，完全避開套路，毀掉所有情趣這點，倒是和自己越來越像了。

一想到這些，阿直的心情就莫名愉悅。他揚了揚眉，

故作冷漠地回答：「沒有，只不過我有特權可以隨時離崗罷了。」

「哦。」阿渣露出一臉失望的神情，很快又像是意識到了什麼，憤憤地咬了咬牙：「死富二代。」

「說得好像你不是富二代一樣。」

阿渣說不過他，只好對著他翻了個白眼兒。

阿直覺得他現在的反應很有趣，心血來潮地反問：「如果我的公司確實倒閉了呢？」

阿渣忽然露出了十分猥瑣的笑容：「那掌握主動權的可是本大爺了。你要是肯讓我上，我可以考慮救濟你。」

「……」得到這個答案，阿直頓時哭笑不得。本以為這傢伙會因為家族利益而猶豫一下，或者裝模作樣拿捏一番，沒想到卻因為找到了反攻的理由而開心得像個傻子。

讓人欣慰的是，哪怕自己一無所有了，阿渣還是毫不猶豫的選擇了和自己在一起。

但感動歸感動，原則問題上阿直還是不會有絲毫讓步：「你想都不要想。」

阿渣被他凌厲的眼神嚇得縮了縮脖子，不過依然賊心不死，不甘心地嘀咕著問：「只不過是讓你出賣一下肉體……反正現在也是一樣出賣……比起那些，讓你當受，和讓你倒閉，你選擇哪個？」

「……我選擇讓問這個問題的人，在生理上徹底失去當攻的功能。」

「……」

這事如果是阿直的話，也不是幹不出來。意識到這點的阿渣識趣的閉了嘴。

兩人吃完了飯，剛好又有工作的事情需要商議，阿直

便帶著阿渣直接去了自己的公司那邊。

　　一進門他們就看見黃毛摟著個金髮美女在卿卿我我，黃毛看到二人也是一愣，剛打算炫耀一番，二人便無視了他直接進了會議室。

　　黃毛氣得咬牙切齒，卻也無可奈何。最近公司這個無趣又絕不做外派業務的死直男頻頻往外跑他就很疑惑了，得知這個工作狂竟然是放下工作跑去約會，更讓他感到震驚，同時也感到嫉妒。

　　倒不是他對阿直或者阿渣有什麼想法，只是他從小什麼都能輕易得到，沒有真心愛過人，也沒有被人真心愛過。

　　認識阿渣之後，他第一次被男人喜歡，覺得很新鮮，卻也並不反感。何況那傢伙卑微得像個舔狗，讓他更有了一種凌駕於他人之上的感覺。

　　如今他的舔狗有了真心真意維護他，愛著他的人，而且對他視而不見，甚至自己重揭對方傷疤對方都滿不在乎，這讓他心裡非常不平衡。

　　但是去找茬吧，阿直總護著阿渣，他打也打不過，罵也罵不過，根本占不到便宜。

　　他想了想，在金髮美女耳邊耳語了一番，承諾給她一大筆錢，讓她去找阿渣的茬。

　　美女順著黃毛的視線看過去，正好與無意識望過來的阿渣四目相對，於是冷笑道：「看什麼？別是吃著碗裡瞧著鍋裡，對我男人餘情未了吧？」

　　阿渣愣了一下，看到黃毛得意的表情，頓時知道了什麼，微微一笑：「妳要對自己自信一些。」

　　金髮美女被他這一笑迷得五迷三道，黃毛則對他的淡定非常不滿，剛打算冷嘲熱諷一番，就聽見阿渣帶著笑意

的聲音輕飄飄的傳了過來：

「相信妳自己選的男人，只有妳自己看得上。」

這一句話損了兩個人，金髮美女氣得跺了跺腳，「哼」了一聲便跑回了黃毛身邊。阿直則對著阿渣露出了讚許的眼神：不愧是我調教出來的人。

黃毛氣得半死，不甘心地回擊道：「你總是盯著我，你的情人也總是敵視我，難道是因為你對我還餘情未了嗎？」

雖然阿渣並沒有因為這句話而有什麼感情波動，但被討厭的人這麼翻不想提的舊帳感覺也挺噁心的，他滿臉嫌棄地問：「你的頭髮是黃的，衣服是黃的，女朋友的頭髮也是黃的，難道是因為喜歡屎嗎？」

黃毛差點厥過去，撩起袖子就準備開戰：「你小子故意找荏是吧？」

阿渣揚了揚眉，一臉「是又怎樣」的表情。

他剛想衝過去，就看到阿渣旁邊的阿直威脅般地瞇起了眼睛。那眼神讓他回想起曾經被暴力支配的恐懼，於是他又把撸起來的袖子默默地放了下去。

行，惹不起我還躲不起嗎？這麼想著的黃毛，底氣不足地丟下一句「本大人不和你們計較」，然後便拉著金髮美女匆匆跑路了。

阿渣贏了這場嘴炮，正洋洋自得的時候，轉頭就看見阿直一臉玩味的表情。

阿渣本能的覺得這表情很不妙，下意識的向後退了退，警惕地問：「你這麼看著我幹什麼？」

「沒什麼。」對方這像受驚的兔子一樣的反應，總是能點燃他的興致。阿直內心蠢蠢欲動，表面卻十分淡定：

「我只是在想，你什麼時候也這麼會損人了？」

他這麼一問，阿渣才想起來，若是以前遇到這種事他理都不會理。因為他從小到大，一直被別人冷嘲熱諷，早已經習慣這樣的對待，沒有什麼話語再能傷害他。他甚至覺得，自己這樣的人被議論被討厭，是很正常的。

而遇到阿直以後，他才意識到，不正常的是那些僅僅因為自己的性向與大部分人不一樣，就要對他欺凌和侮辱的人。被說了不好聽的話就要罵回去，被不公平的對待就要努力反抗，這是他的正當權益。

不過他是不肯承認內心是在感謝遇到阿直的，所以嘴上依然陰陽怪氣：「那還要多虧了您的親身教導。」

「哦？比起這個，我還是希望你能學些有用的東西。比如——」阿直微微向前仰身，貼在他的耳邊輕聲低語：「床上的技術。」

這傢伙居然大白天的在公司裡開車，真是越來越不直男了。阿渣額上青筋直冒，咬著牙一字一句的回：「……想打炮直說，拐彎抹角的算什麼男子漢？」

「好吧。」阿直退回了原本的位置，一本正經的繼續說：「我想打炮。」

「……你還要不要臉？」

「是你讓我說的。」阿直一臉理所當然的樣子：「有什麼問題？」

阿渣瞪了他一眼：「我不想。」

「為什麼？」

「沒有婚姻關係的床上運動都是耍流氓。」

終於把話題引到了訂婚儀式上，阿直趁熱打鐵，想試探他的反應：「哦，說起來，訂婚儀式馬上就準備好了。」

「哦。」

阿渣的回應意外的冷淡，而且不是那種內心雀躍表面裝冷淡的樣子，如果是那樣阿直一定能看出來。

此時的阿渣表現出來的，是對訂婚儀式完全不感興趣的樣子，這讓阿直心裡多少有點不爽，他皺著眉問：「你不期待一下嗎？」

「有什麼好期待的？」阿渣依然是興致缺缺的模樣，畢竟訂婚儀式只是自己心裡不爽給對方下的絆子而已，無論奇葩成什麼樣子他都會答應，所以也就隨口答道：「你這個死直男能想出什麼正常方案？」

雖然聽起來是理所當然的回答，但還是讓阿直有了莫名的危機感。

以阿渣的性格來說，如果自己提起婚禮的事情，而他也迫不及待的想結婚，那麼他肯定會傲嬌病發作假裝不感興趣實則滿臉期待地詢問。

會有這樣的態度，除非是他一開始就沒想答應。

阿直的臉色暗了下來。

見他一直面無表情地盯著自己，阿渣以為自己的小心思被發現了。想到對方發現了自己真實想法那欠揍的樣子，阿渣就氣不打一處來。

不過硬來他是打不過的，所以只能強制讓自己平靜下來，生硬的轉移話題：「對了，我們不是來這聊工作的嗎？繼續繼續。」

這在阿直眼裡看來，完全是心虛掩飾的樣子。他的臉色更暗了。

「看樣子以後要對這傢伙嚴加看管了。」阿直默默地想。

從那天之後，阿渣發現無論是自己公司還是阿直公司的員工，都對他莫名的熱情和……客氣。

　　怎麼說呢？就是平時可以隨隨便便打招呼和聊天的同事們，忽然都開始用對客戶的尊敬又疏離的態度對待他，說話帶著敬語，平時送水果和零食的時候也像上供一樣，並且每個人與他說話時都保持著一定的距離。他還以爲這是什麼新的孤立方式，但在他和客戶（♂）或者別人聊天的時候，大家又會監視一般的偷偷看他，在被他發現的時候迅速移開視線。

　　非常熟悉某人行事方式的阿渣，很快就意識到這大概是阿直搞的鬼。但這個想法只在他腦海中一閃而過，不管怎樣，對方也不可能把兩個公司的人都買通了吧？又不是霸道總裁小說。

　　加上最近公司有了新的業務，阿渣又比較忙，也就沒有在意這件事。

　　新的客戶是做遊戲行業的，他想藉著這位客戶多學一些遊戲行業的知識，好和那個死宅直男有更多的共同話題。

　　大概是他的態度很認眞，客戶十分欣賞他，兩人聊得熱火朝天。

　　同事們看起來漫不經心地散落在會議室外，目光時不時掃幾眼頭挨著頭翻著方案的兩人。

　　阿渣正認眞的翻看方案，提出建議：「我覺得首充還是……」

　　話音未落，會議室外的人齊刷刷的將目光投了過去，滿臉的震驚。此時他們內心的想法格外統一：手沖？什麼手沖？

　　打算吃瓜的眾人本著「拿人錢財替人辦事」以及「看

熱鬧不嫌事大」的心理，將這個消息通知給了還在公司寫代碼的阿直，阿直聽聞隨便用代碼拼了個演示方案交工後便以光速趕來。

不過他還是來晚了一步，等他到來的時候，客戶已經走了。阿渣剛剛整理完手頭的文件，抬頭就看見他帶著一臉殺氣大踏步的走來，下意識地扔了文件夾拔腿就跑。

這是第幾次因為本能行動了呢？阿渣也不知道。

但是習慣了這流程的阿直，瞬間看穿了他的動作，先一步追了上去，將他壁咚在牆角。

兩個人你看著我我看著你，冷靜下來的阿渣決定先發制人，占據語言上的優勢：「你幹什麼？」

「你說呢？」阿直的聲音冰冷。

「我不知道。」

「聽說你在和客戶聊手沖？」

阿渣愣了一下，露出了「公司的人都變得不太正常果然是你在搞鬼」的表情，繼而疑惑地問：「首充有什麼問題？」

「呵。」阿直從喉嚨裡發出一聲冷笑，臉上依然冰冷：「男人，你的想法很危險。」

「……」阿渣不知道他又在鬧什麼么蛾子，露出了看白痴的眼神：「且不說首充這想法有什麼危險的……也先不提你那牛頭不對馬嘴的話……你那個像古早霸道總裁文的句式是怎麼回事……？」

「別轉移話題。」阿直的眉宇間有些許怒氣：「你沒看出來我在生氣嗎？」

「看出來了。」阿渣非常嚴肅地點了點頭，一本正經地回答：「我還看出了你眼中有『七分涼薄三分冷漠一分

漫不經心』。」

「……」

「……」

「你……」阿直的臉又湊近了他幾分，平時總是沒什麼表情的臉，此刻看起來讓人格外有壓力。在阿渣以為這傢伙會繼續順著言情劇裡的發展吻上來的時候，對方卻在他的耳邊慢悠悠地說：「算錯數了。」

阿渣：？？？

「如果以10為上限的話，7+3=10，再+1就等於11；那麼數值為1的『漫不經心』就是溢出的，不會在眼睛裡。」

「……誰告訴你上限是10了？」習慣了他直男思維的阿渣瞬間被帶跑偏：「上限是100！」

「那剩下的89%是什麼？」

「眼球。」

「……不對。」

這種毫無意義的爭辯竟然難得的引起了阿渣的興趣，讓他繼續追問了下去：「那你說是什麼？」

「剩下的89%……」阿直貼近他的耳邊，以蠱惑的聲音低語：「都是你。」

這又冷又肉麻又土的情話來得猝不及防，但對於沒從他口中聽到過什麼好話的阿渣來說，相當驚喜而心動。為了掩飾過度驚喜引起的慌張，阿渣激動之下反手就給了他一巴掌：「你眼裡應該100%都是我！」

眾人的耳朵又再度豎了起來：眼裡？哪個眼兒？是我們想的那個眼兒嗎？不會吧，難道是我們搞錯攻受了？

打完之後，阿渣和阿直同時愣住。反應過來的阿渣覺得自己真是吃了熊心豹子膽，竟然連這死直男也敢打。

　　但以他的脾性，是絕對不會承認是因為過於開心而導致行為失控的，畏畏縮縮的道歉又太沒出息。快速思索之後，他決定還是以出賣色相保命：「那個，手滑了一下。我……我回去再補償你……先、先幹活去了啊……」

　　小心翼翼地繞過還在震驚中的阿直，他還沒來得及舒口氣，手便被阿直死死握住。他回過頭去，看到阿直冷冰冰的臉：「給我現在就補償。」

　　「可是我要上、上班……」阿渣訕訕的笑著，企圖找到逃脫的理由：「對，就是客戶要求的那個首充……」

　　「你手這麼滑，怎麼手沖？」阿直的臉因為怒氣值的不斷累積而開始發綠：「我現在就教你手沖。」

　　「不，這個我自己可以……」阿渣試圖為自己尋找到挽救的機會，但阿直完全不打算聽下去，隨手便扛起了他，在眾人八卦的目光中大踏步走出公司，直接扔進了車裡。

　　心如死灰的阿渣放棄了掙扎，只嘀咕著小聲乞求：「那個……能不能輕點……」

　　阿直回頭，對著他露出了意味不明的笑容。

　　到家之後，阿直果不其然直接把他拖進了浴室並扒光。

　　打開噴頭，水流傾瀉而下，落在皮膚上有輕微的刺痛。阿直從身後抱著他，手從脖頸開始，慢慢下移到鎖骨、胸部，在乳首打了一個圈，又移動到腹部。

　　手指上的繭在皮膚上來回摩挲，與水流帶來的刺痛形成了微妙的配合，慢慢撩起了阿渣的情欲。

　　阿直的臉輕輕與阿渣的臉輕輕摩擦著，剛剛長出頭的小鬍茬帶來細微的癢；阿直的唇有意無意地落在他的臉頰上，脖子上，潮溼而溫暖。

　　兩個人像野獸一般互相摩挲著臉頰，脖頸；唇齒交

纏，彼此撩撥著最柔軟和敏感的部分。阿直的手依舊一點點向下，順其自然地握住了阿渣的陽物。

他的手稍微用力，握著他的陽物有節奏的擼動；那被手掌包裹住的部分，難以言喻的炙熱與舒適，阿渣很快有了感覺。

但這遠遠不能滿足他，他開始無意識的用臀部摩擦阿直挺起的，硬硬的，一直頂著他的某個部位。然而阿直好像並沒有接收到他的信號，依舊自顧自的玩弄著他的陽具，用手指撩撥著他敏感的龜頭，每一下都刺激得他微微顫抖。

阿渣反手勾住他的脖子，目光迷離，聲音微微嘶啞：「你在幹什麼啊？」

阿直看著他因為快感而變得潮紅的臉頰，貼在他耳邊輕聲說：「給你懲罰。」

話音未落，阿直的手忽然用力，劇烈的疼痛讓他以為自己被捏斷了，與此同時，快感也一併襲來。阿渣尖叫出聲的時候，濃郁的白色液體也噴湧而出，染滿了阿直的手。

「本以為是懲罰……」阿直張開手掌，將那黏稠的液體故意展示給阿渣看，又非常滿足一般，下意識的舔了舔唇角：「沒想到變成獎勵了啊。」

阿渣轉過頭去，惡狠狠地瞪著阿直，眼睛不知是因為疼痛還是快感而略微發紅：「死變態！」

阿直的嘴角一直掛著若有似無的笑，故意在他耳邊輕輕呼氣：「那因為疼痛而高潮的你，豈不是更變態？」

「少來了！」阿渣不甘心地揮拳打過去，手腕卻被對方輕易握住。阿直順勢將他攬進懷裡，再度握住了他的陽具，有規律的撫摸起來。

這不像對方以往簡單粗暴的風格，如此漫長又無聊

的前戲讓阿渣覺得簡直是隔靴搔癢，細癢得有一點煩躁：「你這是幹什麼？」

「我說了是給你懲罰。」阿直稍稍加快了手上的動作，聽著對方不自覺發出的輕哼聲，滿意地勾起唇角：「怎麼樣，不滿足吧？如果你求我的話，我就考慮插進去。」

「別自以為是了！」阿渣瞇起眼睛，翹起臀部在阿直挺立的陽具上反覆摩擦；他扭過頭，反手勾住阿直的脖子，用力下壓。眼神迷離，笑容魅惑：「我自己也可以。」

「……」

明顯是點火的行為，阿直覺得自己那一直繃得緊緊的，理性的弦瞬間斷掉了。他將阿直按在牆上，抬起他一條腿，粗魯的插了進去。

夜幕降臨，隱匿了那兩個緊緊糾纏，結合在一起的身體。

第三天早上，阿渣揉著痠疼的腰，勉勉強強從床上爬了起來。

阿直已經去上班了，還貼心的為他點好了外賣，放在桌子上讓他自己熱一下。

阿渣揉了揉雜亂的頭髮，踩著虛浮的腳步進了洗手間，慢悠悠的上廁所，洗臉，刷牙；又慢悠悠地回到客廳，坐在了飯桌前。

沉默了幾秒，他忽然雙手握拳，猛捶桌子，發出了憤怒的咆哮：「死直男你這個混蛋，我說的是遊戲的首充，不是那個手沖啊啊啊啊——」

兩個人各自曠工三天，到底幹什麼去了大家心裡都清楚。

這三天裡，阿直因為阿渣的主動而感到十分愉悅，阿

渣雖然腰疼了點但也還算滿足，同事們吃瓜吃得很開心，看樣子大家都得到了想要的結果。

只有老闆看著阿直交工的演示檔上大大的「SB」兩個字母，獨自抽菸到天明。

也是在那次之後，兩個人本來卡在瓶頸期的感情突飛猛進。

其實主要是因為阿直突然轉變的態度，原本總是愛搭不理，從欺負阿渣從中獲得快感的死直男，突然變得主動和溫柔體貼起來。

至於會有這樣轉變的原因……是因為那天晚上，阿渣給予他的回應。

那時候他被醋意和快感沖昏頭腦，騎在阿渣身上瘋狂律動。他啃咬著阿渣的耳垂，沉聲質問：「你早該知道，惹惱我會是這樣的下場……為什麼你就不能乖乖的呢？」

而阿渣則勾住他的脖子，愉悅的呻吟中夾雜著輕笑與斷續的低語：「那你覺得，為什麼我每次都知道會被怎樣對待，還要故意踩雷？」

他永遠記得阿渣說這句話時那微微瞇起的，迷離的眼神，和微揚的唇角，無處不寫著滿足與得意。像極了一隻蠱惑人心的狐妖。

聽到這句話的時候，就是經歷過大場面，對任何事都波瀾不驚的阿直，也不小心怔住。

其實就算是他，在這段感情中，也有過不安，迷茫。大多數戀愛中的人都是患得患失的，就算是一直特立獨行的阿直也沒能避免。何況他要征服的，是一個不相信感情，又四處留情的浪子。

他用了那麼多心機和手段想要將阿渣綁在身邊，卻在

這一刻確定，阿渣已經完全屬於自己。

他們從心裡到身體都如此契合。他們本就是天生一對。

意識到這點的阿直，決定暫緩對阿渣的「欺凌」。畢竟就算阿渣是抖M，也需要基本的人文關懷。

而另外一個原因……是他知道打一巴掌給一個甜棗的套路雖然老套，但在阿渣這裡絕對有用。他對此充滿信心。

但，對這段感情的未來滿是憧憬的他不知道的是，阿渣因為他的態度轉變而陷入了不安。因為根據阿渣的經驗，這死直男突然變溫柔，肯定是在醞釀什麼更大的計畫來折騰他。

他只得先按兵不動，順勢而為，再暗中觀察，找到拆招的辦法。

所以在他這裡，一切和諧美好只是表象，這段關係的背後依然暗潮洶湧。

阿渣趁著午休時間琢磨應對策略，阿直又開著車來載他吃飯。

周圍充斥著「阿直先生好有男友力」「阿直先生好大方啊天天請你吃飯」「阿直先生對你真好」等等各種讚許聲，那語調虛假做作得讓阿渣懷疑阿直買通同事的錢是不是沒給夠。

不過此時此刻的他沒有心情多考慮這些，他要把全部心思放在應對阿直身上，以保全自己的平安。

第十一章
婚姻與諾言

　　阿直帶著他去了常去的餐廳，因為阿渣無意間說過喜歡這裡的菜，所以哪怕是距離有些遠，阿直也總是開著車帶他來這裡。

　　記得對方從小細節中表露出的喜好這一點，是很讓對方受用的，這說明他時刻將對方放在心裡；而身為情場高手的阿渣應該會很容易察覺到阿直的這份用心。會繼續使用這樣的小心機，是因為他雖然確認了阿渣的心意，但阿渣對訂婚這件事不著急的甚至完全遺忘的樣子讓他很著急。他總得做些什麼，讓阿渣對自己的感情更深刻。

　　可惜的是，平時的阿渣或許能察覺到，而被抖M折磨得太多，此時此刻只想著如何保命的阿渣是完全察覺不到的。

　　阿直看著點菜時倒拿著菜單，眼睛發直的阿渣，察覺到了他的心不在焉，便裝做漫不經心的樣子問：「你在想什麼？」

　　「……」阿渣看了看他，又將視線移回了菜單上，麻木地回答：「在想點什麼菜。」

　　阿直繼續盯著依然被倒拿的菜單，威脅般的瞇起眼睛：「是麼？」

　　阿渣從這平平無奇的兩個字和那試探的語氣裡，敏銳的嗅到了危險的氣息。抬起頭正好對視上阿直的眼神，他嚇得縮了縮脖子，把臉埋在菜單後面嘀嘀咕咕：「問了你又不會如實告訴我。」

　　回想起最近阿渣一直心不在焉的表現，結合自己最近下的猛藥，阿直猜測，他終於想起來自己要求婚的事情，那猶豫的樣子明顯是想詢問進度又放不下自尊。

　　雖然有種微妙的既視感，但阿直還是變得滿心期待，他很快又恢復成了平時面無表情的樣子，非常認真地說：「問吧，我會如實回答你的。」

　　沒想到他會這麼正式又認真的回應，阿渣愣了一下，又將他上上下下的打量個遍：反常！這個人太反常了，一定是在籌謀什麼！

　　不知道對方葫蘆裡賣的什麼藥，他當然也就不敢輕舉妄動，否則就是找死。他猶豫了半天，才小心翼翼地問：「我最近……沒有做錯什麼吧？」

　　這問題有點奇怪，但也在合理的範圍內。畢竟阿渣本身就是個喜歡拐彎抹角不按常理出牌的人，加上他迫不及待的想快進到下一步，便果斷的回答：「沒有。」

　　還沒來得及問一句「為什麼這麼問」，阿渣又試探著繼續說了下去：「也和別人保持了安全距離。」

　　這是要討獎賞了？阿直揚了揚眉，表面依然穩如老狗：「是。」

　　「只要你呼叫我就隨叫隨到。」

　　「是。」

　　「晚上還會主動要求到你家去。」

　　「是。」

　　「上回讓我不小心泡麵的紅酒也賠給你了。」

　　「沒錯。」這迂迴策略有點莫名其妙，阿直的耐心很快就消耗殆盡：「你到底想問什麼？」

　　看出了他的不耐煩，阿渣這才下定決心說出最近一直

懋在心裡的疑問：

「那……你總帶我來這裡吃飯，不是買通了飯店的人給我飯裡加了什麼慢性毒藥吧？」

阿渣那非常認真在詢問的樣子，讓阿直有點想打人。

他深深感覺到阿渣對他的信任已經土崩瓦解，隨之土崩瓦解的還有阿渣的腦子。

如果自己變本加厲，說不定真的會把對方玩壞……雖然對方傻乎乎的樣子也挺可愛的。

為了安撫眼前人的情緒，阿直無奈的嘆了一口氣：「沒有，只是你說喜歡這裡，我才常帶你來。」

他的回答又正經又溫柔，並且沒有任何生氣的跡象，讓阿渣難以信任，又帶著那麼一點點感動。

但對方都已經這麼說了，他再追問下去肯定會將對方惹怒，自己可就沒好果子吃了。所以也只得笑著敷衍：「這樣啊。」

「……」看阿渣的表情就知道他完全沒有相信自己，阿直決定還是採取主動的戰術，挽回一下自己的形象：「對了，還有件事要告訴你。」

果然這傢伙在籌備什麼！阿渣不自覺的握了握手，臉上的笑容逐漸僵硬：「什、什麼事？」

「求婚儀式已經準備完成了。」阿直將他的表情變化完全看在眼裡，但依然不動聲色：「這週日怎麼樣？」

阿渣愣了愣。

他萬萬沒想到阿直會主動提起這件事，以對方的個性，一定會吊著他讓他這個急性子忍不住詢問和催促的。不過最近總是在擔心自己的安危，猜測那死直男葫蘆裡賣的什麼藥，所以差點忘了這件事。

　　才短短幾個月，兩人之間已經發生了這麼多事，相伴著走了這麼遠。他總覺得和阿直已經在一起很久了，而且日子會一直這麼過下去，好像兩個人已經是老夫老妻了一樣。

　　而且，能讓這個死直男主動開口，果然自己的魅力很大啊。

　　想到這裡的阿渣不小心笑出了聲。

　　看見阿直正緊盯著自己，他很快又輕咳了一聲，裝做若無其事的樣子說：「我沒有意見。」

　　他以為自己掩飾得很好，殊不知阿直早就從他得意又欣喜的表情看穿了他內心的想法。

　　本來阿直還是有些忐忑的，但知道了阿渣內心對於求婚這件事也充滿了期待和欣喜，他懸著的心也落了下來。

　　他很想戳破對方這無關緊要的偽裝，像平時那樣好好欺負他一番，滿足地看著他無措又慌張的為自己辯解的樣子。

　　但此時此刻還是算了。就讓他保持著這份小小的得意，這份只有自己能看到感受到的可愛，毫無顧忌的落入自己的虎口吧。

　　阿直不自覺的微笑了起來。

　　那笑容太過溫柔和明豔，以至於讓阿渣有了頃刻的恍惚。

　　想起他們從相遇到現在，一直都是自己緊緊追著對方，被欺負，被玩弄，總是想追求到對方再把對方狠狠甩掉，卻沒想到自己先一步淪陷。

　　他非常不甘心，卻又不捨得從阿直這泥沼中爬出來。如今看到對方的笑容，他便確定，對方也徹底淪陷了。這

讓他險些熱淚盈眶。

他達到了目的，卻不捨得再失去眼前這得之不易的人，畢竟他們之間發生了太多太多的事了。

阿直總是那麼冷淡，完美的拆解他所有的戀愛招式；即使在一起了，也那麼死板，無趣，毫無節制，以欺負自己為樂，一點反攻的希望都不給自己。或許這樣的生活以後還會持續下去。

但那又怎麼樣呢？他最終得到了阿直的心。

想到這裡的阿渣，在求婚儀式當天，義無反顧的——

放了阿直的鴿子。

開玩笑，真當他是抖M嗎，還要滿懷期待開開心心的和阿直那種抖S過一輩子。

不過他也並非絕對不想結婚，只是有點婚前焦慮，一直在想結婚和不想結婚之間搖擺。畢竟他的結婚對象……怎麼說呢？

就挺不是人的。

這麼嫁過去，他心裡有點擔憂，萬一被那個死直男吃得死死的，自己不是一點逃離的機會都沒有了？再說本來婚前那死直男就毫不節制了，結了婚之後不更是……

阿渣忽然覺得屁股有點疼。

為了能緩解一下自己的焦慮，也為了讓對方不舒服，他決定先逃遠一點，逃到國外去散散心，也好好享受一下一個人的生活。

想到阿直在一眾親朋好友面前失去面子，自信土崩瓦解的樣子，他在飛機上就忍不住笑出了聲。

至於為什麼逃到國外去，一是他一直有個想去的地方；二是避免被阿直追殺。他把老的手機關機扔進包裡，

換了新手機和國外的電話卡。就算那死直男再神通廣大，也不可能在國外找到他。

懷著讓阿直吃癟的美好願望，阿渣踏上了前往挪威的征程。整個行程他的心情都是愉悅和滿懷期待的，以至於轉機時飛機不小心飛進雷暴雲裡差點墜機這個小插曲，他都沒有在意。

好在經過了一番瘋狂搖晃後，飛機趨於平穩，最終安全的降落。

幾經輾轉，他終於來到了羅弗敦群島，他夢中的國度。

呼吸著異國的空氣，他忽然感受到了前所未有的自由。他將這場旅行當作一場儀式，與過去訣別，準備迎接新的未來。

從此以後，他不會再因為攻受的事情糾結，不會在意阿直的壞心眼，也不會再對別的男人動心。

這個想法，在阿渣見到異國情調的各種小帥哥的時候，稍微動搖了起來。

阿渣想，或許偶爾偷個腥也是可以的，畢竟他還沒有結婚。

擔心也是有的，畢竟這事要是被阿直知道了肯定沒有好果子吃。但天高皇帝遠，他自己來這裡都是一時興起，阿直更不可能知道他的所在。

不過……婚前做這種事，總有一點道德壓力。雖然他突然出逃的主要目的是想報復一下阿直，但也不能做得太過火。

正糾結中的阿渣，無意間與一位金髮碧眼的外國小哥對視上。眼神接觸的瞬間，他們就知道彼此是同類人。

外國小哥對著他綻開了十分陽光的笑容。

阿渣愣了一下，非常認真的想：用偷腥的方式來與過去訣別，應該也可以。

思維電光石火間，外國小哥朝著他走了過來，笑著和他打招呼：「Hi～」

為了防止自己自作多情，他環視了一下周圍，確定對方是在搭訕自己後，那被阿直磨沒了的自信又冒了出來。他忍不住感慨，自己還是那麼的受歡迎啊！

兩個人簡單打了招呼，聊了幾句。外國小哥忽然猛的握住了他的手，他心裡一驚，很快又雀躍了起來。

他們果然是同類人啊。阿渣笑著舔了舔嘴角。

外國小哥握著他的手，慢慢地向著自己的方向移動，然後……移動進了自己的挎包裡。

他摸到了圓圓的，光滑的什麼東西。外國小哥也緩緩貼近他的耳邊，用沙啞而略帶磁性的聲音，努力說出蹩腳的中文：

「大哥，要盜版VCD嗎？」

阿渣下意識的一拳招呼了上去。

倒不是因為心理落差太大，而是這種既視感……讓他恍惚以為對面站的是阿直。

他想起第一次遇見阿直的時候，同樣是被對方的美色誘惑，同樣是被對方鐵直男的回應破壞了氛圍。

就是不爽，非常不爽。

但對方是個練家子，一下就擋住了他的拳頭，滿臉無辜：「大哥，不買也別打人吧？」

阿渣看了看對方的T型身材，覺得自己可能打不過，便老實的道歉：「啊，抱歉……因為你的動作有點突然所以

本能的就……」

「沒事。」外國小哥再度綻開了陽光開朗的笑容：「你買一盤光碟我就原諒你。」

阿渣的嘴角抽了抽。

這傢伙實在是太像阿直了，雖然欠兒的方式不一樣，但是欠兒的本質是一樣的。

對方執著的推薦著自己的盜版光碟，阿渣稍微有些不耐煩了：「我說你們歐洲不是挺發達的嗎？怎麼還賣vcd這種古董級別的東西？」

「你懂什麼？」外國小哥露出一臉鄙夷的表情：「越古老的東西越有藝術感，用在這麼浪漫的地方也會變得很有儀式感。而且像你這樣獨自來觀極光的人，肯定需要光碟的陪伴來度過漫漫長夜。」

那話語中透露出濃濃的對單身狗的歧視，阿渣的心裡卻莫名的生出一股優越感來：「那你可看錯了，我不是單身。」

「別騙人了。」外國小哥顯然並不相信他的話：「不是單身怎麼會一個人來這種地方？」

我一個人來這裡礙到你啊？阿渣氣得眉頭一抽一抽的，但還是忍住了沒把話說出來，因為說了的話更像是在為自己找藉口。

他能怎麼辦呢？總不能說自己是逃婚的吧……一邊思索著一邊打量眼前的小哥，阿渣決定還是用本性解決問題：「其實我是婚前來偷腥的。」

他故意貼近對方，輕浮地挑起了對方的下巴，瞇起了眼睛：「如果你肯陪我一晚的話，我就買你的光碟，怎麼樣？」

「什麼？」對方露出驚恐的神情，誇張的護住了胸：「開什麼玩笑？我是個有原則的人，只賣盜版光碟，不賣身！」

扔下這句話，小哥飛速逃離。阿渣對異國邂逅的幻想也灰飛煙滅。

奇怪的是，他也並不覺得遺憾。聽了那小哥的話，他觀察了一下周圍，發現附近果然都是成雙成對的戀人。他忽然就有那麼一點孤獨。

他抬起頭來，看見湛藍的天空上繁星閃爍，璀璨的銀河閃著五顏六色的光芒，一直延伸到海面，與粼粼波光相交映。

他忍不住想，自古以來浪漫和美麗的東西，似乎都與愛情有關。

如果那個人在自己身邊，這夜空會不會看起來更美呢？

很快他又甩甩頭，想把浮現在腦海中的那張臉甩出去。他有點不明白，怎麼什麼事兒都能想起那個死直男來呢？

在外逗留了許久也沒有看到極光，還莫名地思念起那死直男來，他悶悶不樂地回到旅館，決定等明天再蹲守。

正處在容易觀測到極光的月份，他想要多留幾日，至少要看到極光拍幾張照片再回去，不然總感覺是白跑一趟。

他倒是希望極光能晚一點出現。之前不考慮後果衝動出逃，現在想想，要是自己回去了被那死直男逮到……

「嘶——」他倒吸了一口冷氣，下意識的揉了揉屁股，認真的思考：要不乾脆移民到這裡，不回去了吧……

懷著隱隱的不安，他迷迷糊糊地睡著了。

讓他沒想到的是，夢裡也全是那個死直男的臉。夢境似乎將他們從相遇到在一起的日子，像走馬燈一樣全部回憶了一遍。

再度經歷了這一切是非常累人的事情，以至於在他夢到阿直追過來把他一通強暴之後，他倉惶又驚恐的醒來。

慌張的環視周圍良久，確認屋內沒有阿直的身影，他才舒了一口氣。

安心下來的時候，他才意識到屋內有些明亮。疑惑的將目光轉向窗外，綠色的極光闖入了眼簾。

那綠色溫柔而絢麗，如同薄紗一般從天空深處垂下，懸掛著，流動著，放肆蔓延在藍紫色的天空上。璀璨的繁星點綴其中，閃爍著五光十色的光芒。讓人震撼又目眩神迷。

這樣的場景，真想讓那個死直男也看看啊。

他的腦海裡不可控制的浮現出了這樣的想法。

意識到這點的他又暗暗罵自己真是沒出息，明明是逃婚來到這裡的，卻又滿腦子都是那個死直男的事情。

等到睡意慢慢褪去，逐漸清醒的時候，他才聽見一直在響著的，急促的敲門聲。

他看了看指向凌晨三點的時鐘，尚未清醒的腦袋迷迷糊糊地想：難道是熱情的外國鄰居喊他起來看極光了嗎？

打開門的瞬間，他赫然看見了阿直的臉。

那張臉上的表情和平時完全不同，沒有那能掌控一切的冷靜，沒有那若有似無的冷笑，反而有著平時從未出現過的些許慌張，和壓抑著的憤怒。

阿渣盯著那張臉愣了幾秒，腦海中迅速閃過兩個字：完了。

思維變得混亂，他在奪門而出，跳窗而逃，勉強解

釋，三個選項間徘徊；而阿直埋在陰影後的臉越來越陰暗，濃郁的陰影裏夾著殺氣不斷向他接近，震懾得他無法動彈。

就在他下定決心要鼓起勇氣跪地求饒的時候，阿直忽然一步上前，然後緊緊地——抱住了他。

這一抱太過突然，以至於阿渣根本沒有反應過來。在阿渣被那緊擁勒得喘不上氣，懷疑對方要懷抱殺把他勒死的時候，卻聽到那人激動又帶著些許溫柔的聲音：「太好了，你沒事。」

他一愣，恍惚想起來時險些墜機的事情。這個人大概是知道了他的航班，看到了那則新聞，才匆匆忙忙的跑來，想要確認自己的安全吧。

他忽然不明白，自己到底為什麼要逃呢？想要躲避，想要給這個人難堪，想要被婚姻束縛前最後放縱一次。被擁抱住的時候他才明白，其實他最想要的，是讓這個對萬事不感興趣的冷淡傢伙，發覺到他的重要，主動來找他罷了。

看著風塵僕僕趕來的人，攻受也好，抖S也好，他忽然覺得一切都不重要了。眼前人的懷抱太過溫暖，讓他情不自禁的與對方相擁，輕笑著說：「傻子。」

擁著自己的人忽然加強了力度，他聽見對方那低沉的聲音，一個字一個字的砸進他的耳朵：

「不過你馬上就有事了。」

還沒來得及完成情緒轉換，阿直便扛起他直接扔到了浴缸裡。他一邊做著無用的抵抗一邊被阿直粗魯的進出，疼痛和快感雙重夾擊，讓他覺得自己真是腦子進水了，才會以為這死直男真的擔心他。現在看來，那傢伙不過是為

了開幹找藉口而已。

不過能不遠萬里跑來打一炮，這傢伙的精神也確實值得敬佩。他迷迷糊糊地想。

幾番雲雨後，阿渣如往常那般虛脫的躺在床上。而阿直若無其事地抽完了一支事後菸，才慢悠悠地問：「那麼，好好說說吧，你到底為什麼逃走？」

這死直男永遠意識不到問題的重點。阿渣不知從哪裡來的力氣，掀開被子氣惱的大喊：「你還好意思問為什麼？就是因為你無節制的索取啊！」

阿直露出一臉疑惑的表情：「但你不是也很享受嗎？」

「又來了又來了，這種自以為是的態度也讓人討厭！」阿渣有些抓狂。

「簡而言之，就是在鬧脾氣嗎？」阿直做了簡單的總結：「現在脾氣也鬧完了，跟我回家吧。」

這個死直男，到底為什麼會覺得剛剛還被他狠狠侵犯了一番的人，會輕而易舉地跟他回家啊？到底是哪裡來的自信啊？阿渣想要咆哮一番，奈何體力消耗過度，他只好重新躺回去，用被子蒙住頭，氣惱的回：「我不！」

這鬧脾氣的樣子實在太有趣了，阿直的唇角不自覺的微微揚起。但想到他的落跑新娘實在有些任性，又無奈地嘆了口氣：「那你到底想怎麼樣？」

阿渣翻過身去，悶悶地回：「我還要多看幾天極光。」

阿直俯下身，用手臂環住他，唇貼近了他的耳邊：「那我陪你。」

淡淡的菸草味撲面而來，與那難得溫柔的語調，融合成了誘人的毒，撩撥得他內心發癢。他不甘心的用被子蒙

住頭，不耐煩地喊：「不用你陪，滾啦！」

「好了好了。」阿直維持著摟住他的姿勢，也躺了下來：「我答應你，不會再做違背你意願的事了。」

阿渣從被子裡露出頭來，望向他的目光充滿了鄙夷：「……要不是我深知你的德性就信了。」

「這次是真的。」阿直一臉認真。

回想起這死直男之前好幾次也這麼保證過，但沒有一次實現，阿渣頓時氣不打一處來，翻了白眼繼續用被子蒙頭。

隔了一會兒，他又像是想到了什麼似的，用極其不信任的目光打量阿直，警惕的問道：「對了，你是怎麼知道我在這裡的？」

「現在買票都是實名制，想查你的信息太簡單了。」

「……可怕。」

阿直笑了笑，壓下他微微揚起的上半身，輕聲說：「睡吧。」

話音剛落，耳邊便傳來了輕微的鼾聲。阿渣扭過頭去看了看他，那人像是累極之後安心的樣子，沉沉的睡了。

阿渣想了想，又翻過身來，好心的將被子分給了他一點，然後鑽進他的懷裡抱住了他。

疲憊讓大腦不再清醒，他只是本能的覺得，身邊人溫暖的懷抱，比那璀璨的極光還要讓人留戀。

接下來的幾天，兩個人真的像蜜月旅行一樣，在挪威境內四處旅遊，尋找最佳的觀賞極光的地點。

他們體會過繁華的特羅姆瑟，極夜，最後還是又回到了羅弗敦群島。

因為阿渣說，這裡是他夢想中的地方。

　　旅行確實很開心，但阿直多少也有些不安。因為這傢伙自從他跟來了以後，住要住最好的，吃也要吃最好的，顯然還在賭氣。這麼下去，結婚要等到猴年馬月了。

　　而這次他也難得的遵守了自己的諾言，雖然偶爾也動手動腳的，但沒再強迫阿渣，在做愛做的事情之前也會詢問阿渣的意見。

　　……只不過一次都沒得逞罷了。

　　又是一個極光閃耀的夜晚，阿渣興奮的在極光下大喊大叫，鬧騰著讓阿直給他拍照。

　　阿直看著鏡頭下阿渣的笑臉，在極光下顯得格外明媚，不小心就看入了神。

　　見他直愣愣地盯著自己發呆，阿渣伸出手在他眼前晃了晃：「你幹什麼呢？」

　　阿直卻順勢握住了他晃來晃去的手，目光無比認真：「我們回家吧。」

　　太過突然的舉動，以至於阿渣沒有反應過來：「啊？」

　　「我會努力控制自己，也會努力安排出能讓你喜歡的訂婚儀式。」阿直握著他的手，放在了自己心臟的位置，眼裡落滿了星光：「所以，跟我回家吧。」

　　然後讓我狠狠的幹。

　　一直以來，阿直麻木的生活，工作，唯一的樂趣就是賺錢和看老闆吃癟。而自從遇到了阿渣，他才知道自己其實也會有感情波動的。阿渣就像是眼前的極光一樣，讓他的生活變得流光溢彩。他非常想和這個人組建家庭，兩個人吵吵鬧鬧的生活一定會很有趣。

　　而且對方還能讓他狠狠的幹。

　　阿渣愣了一會兒，然後慢慢抽回了手，思索著說：

「我不想要訂婚儀式了。」

難道自己的真實想法被看穿了嗎？阿直有了短暫的動搖。

然而他的落跑新娘啊，總是這麼任性，讓人自以為已經握在手心，卻又常常脫離掌控。

嘆息了一聲，阿直無奈地問：「那你想要什麼？」

「我想要吃帝王蟹。」

「啊？」

「就是你第一次帶我去吃飯的那家店，你不是點了一份帝王蟹嗎？我想吃那個。」在被握住手的時候，阿渣已經聽到了自己最想聽的話語。也許阿直並未察覺出來這句話有多麼動人，但阿渣知道，這已經是他所能說出的，最大限度的情話了。而就是這份真摯和笨拙，才讓他異常感動。

而且，在異國他鄉，打開門看到風塵僕僕趕來的阿直的那一瞬間，他就明白，他一次又一次的想要給阿直難堪，想證明自己只是想要征服這個男人；但發生的種種事情，卻只是一次又一次的證明了，自己已經愛上了眼前這個人。

如今對方已經坦露了真心，他也打算不再隱瞞自己真正的心意。他忽然上前一步，溫柔的抱住了阿直，微微笑了起來：「如果你再剝螃蟹給我吃，我就和你結婚。」

沒有預料到對方會突然變得這麼坦率，短暫的微愣之後，阿直環住了他的腰，嘴角不自覺的上揚：「好。」

在阿渣沉浸在幸福與滿足感中的時候，阿直卻像忽然想起了什麼似的，突然開口：「啊，對了，還有。」

是求婚戒指嗎？是求婚戒指吧？要單膝跪地了嗎？阿

渣期待的眼睛裡都要冒出星星：「什麼？」

阿直注視著他的眼睛，十分認真地回答：「我們第一次去吃的是麵包蟹。」

短暫的對視之後，阿渣氣惱的抬起一腳踢中了他的膝蓋：「死直男！」

「對不起，我開玩笑的。」得到了想要的反應，阿直嗤笑著再度將他拉入懷中，溫柔地說：「回家吧。」

「……嗯。」

他們相擁於羅弗敦群島的極光之下。

雖然阿渣說了已經不需要訂婚儀式，但畢竟都已經花了大價錢籌備了很長時間，於是順勢就把訂婚宴直接當成了婚禮。

婚禮前夕，兩個人卻因為誰穿婚紗誰穿西裝而爭執不下。阿直覺得阿渣是受的一方，穿婚紗是理所當然的事情；而阿渣總覺得面子上過不去，而且自己已經屈尊當受了，在外人面前阿直就吃虧這一回又怎麼樣？

兩個人各執一詞，爭執不下，最後阿渣惱羞成怒，嘔氣般的說：「這婚我不結了！」

阿直嘆了一口氣，很失落的樣子：「看樣子是我做得還不夠。」

以為這個死直男終於開始反省的時候，對方忽然把他扛了起來直接扔進車裡，並開車回了家。

第二天早上，司儀看著臉色陰暗的阿直，和怒氣沖沖揉著腰齜牙咧嘴的阿渣，依然在店裡大肆爭吵誰穿婚紗的問題，小心翼翼地接了話：「那個……兩個人都穿西裝不就行了嗎？」

屋內頓時安靜了下來，兩個人都齊刷刷的將目光望向司儀。司儀打了個冷顫，在那逼人的目光下繼續說道：「那個，一個人穿黑西裝，一個人穿白西裝，以此來區分新郎新娘不也可以……」

　　阿直一臉目的沒達到不甘心的不爽樣子，「嘖」了一聲；而阿渣則跳起來把司儀一頓打：「你丫的不早說！」

　　當然，這只是婚禮前的一個小插曲，不妨礙阿渣依然對這死直男籌備的婚禮充滿期待。只是到了婚禮現場他才知道，兩人的父親為了拉攏新的客戶開拓人脈，把好好的婚禮變成了商務聚會。

　　不愧是死直男，連籌備的婚禮感覺都這麼直男。阿渣默默地想。

　　阿直帶著阿渣一個一個的介紹自己的朋友、親人、合作夥伴，阿渣第一次知道，原來這個看起來不善言談又自以為是完全不懂人情世故的傢伙，人際關係這麼廣泛。

　　自己明明也是富二代，但人際關係只有數不清的前男友。以前阿渣覺得這是件值得炫耀的事，現在想想，除了有父親的錢之外一事無成的自己，確實挺失敗的。

　　當然，他不再提那些前男友，也是因為不敢。那個死直男要是聽見了，一定會把他折騰得好幾天下不了床。

　　看著被一群人包圍的阿直，他忍不住想，被這麼多優秀的人包圍的阿直，能看上自己也是件值得驕傲的事情。

　　而且，就算周圍都是優秀的人，自家的阿直也依然鶴立雞群，是最搶眼的那個。

　　這麼想著的阿渣不自覺的笑出了聲。

　　回過神來的時候，才發現周圍人的表情都有點尷尬。他知道自己失態了，連忙輕咳了一聲，恢復了社交笑容：

「不好意思，知道我的未婚夫有這麼多優秀的朋友，實在是太開心了。我的未婚夫承蒙各位照顧了，今後也請各位繼續關照他。」

任誰也聽出了他話裡的驕傲和滿足，周圍的人會心一笑：不愧是正打得火熱的新婚夫夫啊。

他轉過頭，發現阿直正一動不動的盯著他，便疑惑的問：「怎麼了？」

「你剛剛——」阿直握住了他的手，慢慢貼近了他的臉，瞇起了眼睛：「叫我什麼？」

「未、未婚夫啊。」那明顯是開始散發費洛蒙的表情，他微微側過臉躲避那噴吐而出的熱氣，底氣不足地問：「怎麼了？」

阿直順手攬住了他的腰，微微勾起唇角：「再說一聲聽聽。」

這傢伙，真是不知羞恥啊……這麼想著的阿渣很快就了解了他的意圖，無奈的又叫了一聲：「未婚夫。」

「嗯——」阿直應著，又皺著眉陷入思索。隔了一會兒，才面無表情地說：「婚禮已經辦了，還是叫老公比較好。」

「……不要。」

「為什麼？」

「我們還沒領證呢，這只是個儀式。」

「但我們已經有夫妻之實……」

在阿直繼續說下去之前，阿渣連忙摀住了他的嘴：「給我閉嘴！」

阿渣握住那隻手，移開的時候輕輕吻了一下，然後笑著問：「領證以後就肯叫了嗎？」

那笑容只有他奸計得逞的時候才會有，但又該死的有魅力。阿渣紅著臉不甘心地回答：「別想了，我死也不會叫的。」

　　「咳。」阿直的父親有點看不下去他們當眾調情，便輕咳了一聲警示。阿渣連忙抽回手，不好意思地笑了笑；阿直倒是滿臉興致被打擾，不太高興的樣子。

　　「你們兩個。」阿直父親背過手去，面無表情地注視二人，一副老幹部的模樣：「什麼時候打算辦回門宴？」

　　「不打算辦了。」阿直也面無表情地答。

　　「我知道你們是真愛，也不會在意儀式。」阿直的父親依然擺出威嚴的姿態來：「我以前送出的份子錢還需要收回……咳，我這邊還有一大批客戶和業內人士，需要一個契機來進行更深入的溝通和交流。正好，就用回門宴的機會邀請他們好了。」

　　這老狐狸，婚禮要占用也就罷了，居然連回門宴也要占用。阿渣暗暗咬了咬牙，但偏偏又不能表達不快。他本來期待婚禮期待了很久的，結果變成現在這樣的商務宴會，他已經覺得很沒趣了，這老傢伙竟然還要再來一次。

　　阿直皺著眉盯了老父親幾秒，突然一言不發的轉身離開了。阿渣不知道他突然的舉動是什麼情況，但也不能把老人家丟在原地，一時難以應對。

　　面對著老父親，阿渣就能看到阿直老了時候的樣子。不過他的父親看起來更有氣勢，更威嚴和正經一些。阿渣被那氣勢壓得不敢亂說話，戰戰兢兢打了招呼：「叔叔……」

　　老父親的眉頭緊緊皺了起來，臉色一暗，不怒自威：「叫爸爸。」

雖然這人不是長輩，雖然他和阿直已經在一起，雖然是這樣的場合。但他還是覺得，對方的話聽起來怪怪的。難不成對方是想在儀式上找茬，給他個下馬威嗎？

只不過他也不敢忤逆，又顫顫巍巍地試探著喊：「爸、爸爸⋯⋯」

老父親的眉頭舒展開來，像是非常滿意的樣子：「好的，你現在也是我兒子了，所以我說的話一定要聽。」

「是的⋯⋯」

「回門宴那件事你沒意見吧？」

「沒、沒有⋯⋯」

「嗯，你沒有意見就行。」老父親背過手去，以一副領導者的姿態說道：「那麼，回門宴就由我安排了。」

話音未落，阿直又急匆匆的大踏步走了過來，手裡還提了個黑色的袋子。阿渣還沒來得說些什麼，就看見他拉開袋子拉鍊，一把將裡面的錢全部甩出來，砸在了他父親的臉上。

阿渣驚得下巴差點掉在地上，罪魁禍首阿直則無比冷靜：「想要商務聚會錢給你自己去搞，我們的事不勞您操心了。」

看著霸道總裁附體的阿直，阿渣深深意識到了經濟獨立的重要性。

果然以後還是多花心思好好賺錢吧。他想。

紅色的人民幣漫天飛舞，整個會場變得一片寂靜。看著站在一大片錢雨中的孤獨落魄的老父親，賓客們只得尷尬的發出「令郎真是個性」「令郎真是財大氣粗」這樣的感嘆。

「好的好的。」還是阿渣的父親先打破了尷尬，命

令人把錢全都掃起來裝好，一臉興奮的說：「既然你出了錢，一切都聽你的。」

阿渣看著他那副財迷的樣子，忍不住想：你好丟人啊，爸比。

經過了這樣一個小插曲，婚宴逐漸恢復了平靜。結婚儀式正式進行，阿渣挽著阿直的手臂走過灑滿花瓣的紅毯，花童不斷向著半空撒著亮片和鮮花。耳邊充斥著掌聲，歡笑聲，祝福聲，還有輕柔的婚禮音樂。在認識阿直以前，他從未想過會有步入婚禮殿堂的這天。以前他總是笑著調侃，婚姻是愛情的墳墓，他這樣的人是不可能主動踏進墳裡的。但他其實只是對感情失望了而已，他覺得這世上沒有人敢於突破世俗的枷鎖，與他辦這樣盛大的婚禮。哪怕是低調的在一起，也不會有人陪他一輩子。

還好他運氣好，遇見了阿直這麼一個不懂世俗眼光，無拘無束，又對自己如此執著的人。

而且還很有錢。

正思索著，阿直已經握住他一隻手，將閃爍著的鑽戒慢慢地戴到他的無名指上：「我呢，不會說動人的話，不懂得討你歡心，也不溫柔。但能保證，對你絕對的忠心。和我在一起的日子，也絕不會讓你吃苦。」

真是一丁點兒也不動人的誓言，卻比這世上任何浪漫的情話更能給人安全感和幸福感，關鍵是，實在太有這個死直男的風格了。

阿渣不肯承認自己為此感動，與他的十指交握，露出痞痞的笑容：「你最好給我做到你說的這些話。」

阿直一愣，很快就意識到這傢伙又在傲嬌了，又一本正經的回應：「當然。」

　　阿渣輕輕親吻了他，而他也回應了這難得的，主動又熱情的吻。被搶了活兒的司儀在一旁看熱鬧，大家都因這浪漫的氛圍而感動，只有阿直的老父親喝多了趴在桌子上哭唧唧的喊「老子這輩子最大的願望就是有個聽話的兒子。」

　　婚宴剛一結束，阿直就拖著阿渣直奔民政局。工作人員看著兩個大男人有點為難：「那個……我們從來沒有給同性辦證的先例。」

　　阿直握住了他的手，然後把印章塞進了他手裡，用力的按了個鋼戳，冷冷地說：「那你現在有了。」

　　丟下捂著手倒在桌子上的工作人員，阿直又帶著阿渣揚長而去。路上阿渣美滋滋的看著那兩個紅本本，內心也多少有點忐忑：「其實不用這麼為難別人的，有沒有證都沒關係。」

　　「那可不行。」阿直將阿渣的結婚證打開，又放進他手裡：「這個主要是給你看的。以後要動歪心思的時候就好好把這紅本拿出來看看，讓你知道自己也是結了婚的人了。」

　　字裡行間的獨占欲讓阿渣莫名的幸福感爆棚，不過他才不會在這死直男面前表露出自己的開心，便假裝不滿的說：「哎呀，總覺得結婚好像虧了。早知道不結了。」

　　「呵。」阿直的笑容裡有了些威脅的意味：「看樣子我還是『做』得不夠多啊。」

　　聽到這句話的阿渣屁股隱隱作痛，瞪著他咬牙切齒地回懟：「正相反，你『做』得實在太多了。」

　　剛剛舉行完婚禮的兩人間，氣氛變得緊張起來。司機被嚇得瑟瑟發抖，覺得自己不應該在車裡，而應該在車底。

劍拔弩張的兩個人回到家裡以後，依然會因為各種各樣的事情吵鬧，依然有一方不甘心的試圖反攻。但他們都很清楚，從今天以後，他們在一起的這件事情會變得名正言順。爭吵和打鬧變成了夫妻間的玩鬧，連困難和挫折都有了兩個人一起承擔的理由。

　　於他們來說，世上沒有比這更幸福的事情了。

《正文完》

番外
由霸總小說引發的血案

最近阿渣的公司有個運營業務，是幫某個影視公司的電視劇做行銷。由於電視劇是根據小說改編的，所以阿渣就先從原著開始做功課。

本來他對這種一看就是女性向的霸總文不怎麼感興趣，但看了幾章竟然覺得意外的有趣，不小心就沉浸了進去，以至於終日看書，對阿直不理不睬。

阿直疑惑於他廢寢忘食的讀書這件事，詢問他原因。阿渣覺得，如果阿直發現他喜歡讀霸總小說這類東西，一定會開啟嘲諷模式。所以為了二人的關係和諧發展，他給出的理由是「想要好好拚事業，如果這次的專案能成功，對他來說是一個絕佳的機會。」

在阿渣第十次無視了阿直的邀約，沉溺於小說世界的時候，阿直終於忍無可忍，準備霸王硬上弓。阿渣卻故作可憐，說自己是為了追上阿直的腳步才這麼努力的。讓阿直不要這麼戀愛腦，多學學小說裡的霸總努力搞事業，以免被自己趕超。於是阿直真的就去看了，並且也廢寢忘食好幾天沒有騷擾阿渣。

在一個陽光明媚的早上，阿渣因為看小說看到太晚，再一次上班遲到了。所以在同事通知他去老闆辦公室的時候，他本能的以為身為老闆的老爹是要裝模作樣的批評一下他。

懷著無所謂的心情打開辦公室的門，他赫然發現了坐在老闆位子上，低頭查看資料的阿直。

　　阿渣的腦海中快速閃過走馬燈，在確定自己最近沒幹什麼會被對方在辦公室裡「懲罰」的事情後，他本能的後撤了一步，震驚地問：「你……終於把我爹幹掉篡位了嗎？」

　　就知道他說不出什麼好話。阿直看了他一眼，之後繼續低頭看手中的文件：「我對你們這個小公司沒有那麼大興趣。」

　　這直男還是該死的傲慢！阿渣翻了個白眼兒：「那你來這幹什麼？不會剛分開就想我了吧？」

　　阿直居然很認真的點了點頭：「有點。」

　　相處了這麼長時間，阿渣很了解阿直，知道他這麼坦誠，一定是在憋什麼壞主意。於是他走過去坐在了阿直辦公桌的邊角上，剛想開口損他，就發現他看的根本不是什麼資料，而是自己最近正在看的霸總小說。

　　本來想嘲諷的話，到他嘴邊又拐了個彎：「我還以為你是來工作的，搞半天是來這裡偷懶來了。」

　　他本能的想伸手去拿那本小說，但他突然想到，對方正在看的這一頁很可能有什麼限制級的描寫。然後這個死直男又開始找理由說他迫不及待，以至於在辦公室和他發生什麼不可言說的行為。所以他連忙握住了自己要伸出去的另一隻手，下意識地舒了口氣：「好險。」

　　阿直早就看透了他一系列行為的含義，不禁覺得有些好笑。但他面上拿起書遞給阿渣，主動開口道：「這本小說，講的是老闆和下屬相愛相殺的故事。」

　　阿渣早就看過這一本裡的內容了，只是有點疑惑阿直拿著它過來到底是要幹什麼：「所以？」

　　阿直手掌交叉，支起下巴看著他：「所以我決定把你

調到我的公司來當專案經理。」

　　這傢伙思維一向讓普通人難以理解，縱使早已習慣他各種莫名其妙行為的阿渣，此刻也只能發出一個單音節的：「啊？」

　　「我是主程序，你是專案經理。」阿直從他手上拿回書，裝模作樣地邊翻邊回答：「我們兩個相愛相殺，不是很有趣嗎？」

　　「有趣個屁啊！我們之間只有相殺相殺吧？」阿渣此時真的很想撬開對方的頭，看看他腦袋裡面裝的什麼：「再說我只聽說過跨部門調人，現在還能跨公司調人了嗎？」

　　「有什麼不好嗎？」阿直一本正經地反問：「你現在只是個項目組的組長，我把你調過去你就升職了。工資開得更高，你也會更有用武之地。」

　　聽他這麼說，阿渣才明白，為什麼老爹最近不僅不給他零花錢，還以他「工作不努力」為理由剋扣他的工資，導致他囊中羞澀。肯定是阿直從中作梗讓老爹把自己賣給他。但為了保住面子，阿渣還是嘴硬道：「我又不缺錢！再說以我的工作能力，怎麼可能做得了專案經理？」

　　這傢伙倒是很有自知之明。阿直揚了揚眉，繼續說了下去：「放心，你的『用武之地』不是在工作上，而是在別的地方。」

　　「哈？」雖然是自己提出來的，但這傢伙對自己的工作能力不行這一點，竟然完全不否認，還是讓他心裡不爽：「什麼地方？」

　　「當然是──」阿直站起身來，面無表情的以理所當然的口吻說：「讓我開心。」

　　這自以爲是的油膩臺詞，讓阿渣深感不適，以至於他本能地抬腿踢出去一腳。但卻被身經百戰的阿直輕鬆防下。

　　意識到自己的武力值肯定無法戰勝阿直，阿渣決定暫時放棄硬碰硬，準備以理服人：「我不去，我才不想被人說是關係戶。」

　　「好像你現在不是關係戶似的。」

　　「這是我家的公司，我是自己憑能力當一個小組長的！」

　　「嗯，在同一個公司工作五年……還是老闆的兒子，到現在依然是小組長，能做到這點確實也不容易。」

　　「你這死直男，不、不照樣是關係戶！要不是因爲你爹，你以爲你能當上主程序嗎？」

　　「當然能。我又不是你。」

　　「……」本來就在氣頭上的阿渣，被戳到痛處後更是惱羞成怒：「閉嘴吧你，你這傢伙根本就是來找茬的吧？告訴你，老子不去！不、去！」

　　「你確定不去？」阿直也沒想過他會輕易同意，決定還是用老方法睡服他：「算了，我們晚上回家好好談談。」

　　他特地咬重了「晚上」二字，意圖明顯。

　　「你少威脅我！」阿渣顯然慌了起來，但面上依然裝做很強勢的樣子：「我今晚不回家。」

　　「那好吧。」阿直平靜地拉上了辦公室的窗簾：「我們現在就談談。」

　　「等等，光天化日的，就算是臉皮厚成城牆的你也不至於在辦公室那個……吧？等等，你別過來……**啊啊啊啊**

啊啊——」

　　二十分鐘後，阿直一臉抓傷卻神清氣爽的從辦公室裡走了出來。

　　倒不是他們真的在辦公室裡做了什麼，畢竟阿直再怎麼愛亂來，也不會在公司這種公共場合做太出格的事。只是最近阿渣對他的反應過於冷淡又敷衍，讓他內心稍微有些不安。今天他這一番操作讓他確定了，阿渣還是那個傲嬌的阿渣。

　　只不過確定歸確定，他還是得想辦法把人調到自己的公司去。有前科的渣男總是沒辦法讓人放心的。阿直漫不經心地翻著那本霸總小說，決定開始執行下一步計畫。

　　另一邊，因為劇烈掙扎此刻衣衫不整罵罵咧咧的阿渣，突然想起來一個問題：專案經理好像比主程序職位高。自己當職位高的那一方，是不是不光在權勢上能壓住阿直，就連體位也能逆轉？

　　但他很快就清醒過來：那個向來將他耍得團團轉的阿直，怎麼可能會做對自己不利的事情。自己現在只有白天是自由時間了，他可不想每天在那個死直男的監視下生活。

　　他一邊思考著一邊憤憤的在自己的座位上坐下，回過神來的時候才發現周圍的人都以異樣的眼光打量著他，被他發現後又迅速移開目光，開始竊竊私語。

　　阿渣這才想起來，剛才辦公室裡那麼大的響動大家肯定都聽見了。而且自己忘了整理衣服，現在的樣子衣衫不整，很像是被做了些什麼。

　　估計他和阿直「光天化日在辦公室行苟且之事」的傳言會在辦公室鬧得沸沸揚揚。就算沒人敢當他的面說什

麼，背地裡也會戳他的脊梁骨。

　　這一定是那個死直男的計畫之一，想讓自己迫於輿論壓力不得不轉戰到他的公司去。但自己可不是白渣了這麼多年的，這點輿論壓力還承擔得起。阿渣想到對方那奸計得逞的表情就氣不打一處來，遂捶桌怒吼：「可惡，別以為我會認輸啊，死直男！」

　　「他不會還在想著反攻吧？」周圍的人默默地想。

　　阿渣決定最近都不回去新房和阿直一起住，以示反抗。為了防止被秋後算帳，他還是編了一個「需要加班努力工作，晚上想好好休息，所以去老房子自己住」的理由。

　　那之後阿直安靜了幾天。在阿渣以為這件事已經成為過去式的時候，他的老爹忽然把他叫到了辦公室，非常鄭重地告訴他：「你被開除了。」

　　阿渣的腦子反應了幾秒，依然覺得這話聽起來不可思議。他和父親對視良久，思維混亂下口齒不清地說：「不是吧？為什麼？你以後不是還讓我繼承家業呢嗎？」

　　老父親喝了一口茶，嚴肅回復道：「沒錯，公司早晚是你的。所以現在需要你深入敵營，打入敵人內部。」

　　聯想到之前阿直的脅迫，他立刻就想到這又是那個死直男搞的鬼，頓時怒氣爆發：「你他媽就是把我賣了吧？」

　　「咳，你也知道最近經濟不景氣，公司能延續下去才能讓你繼承嘛……」老父親心虛的輕咳了一聲，繼而又裝成了一副沉穩老練的樣子：「所以有必要連戶籍也可以開除……畢竟你也是嫁出去的人了。」

　　「唉，為了家族，只能犧牲你了。」老父親站起身背

對著他，目光注視著窗外，深深嘆了口氣：「我知道我不是個合格的父親。」

在他的身後，阿渣傳來的聲音清冷而幽怨：「你……根本連合格的人都不算。」

「……」

於是阿渣就這樣失業了。雖然早知道那個死直男不會就這樣放過他，但沒想到會用這種方式刷新他的底線。既然對方能做到這種程度，那麼阿渣猜測，肯定整個行業都被那個死富二代下了通牒，沒有人再敢聘用自己。沒了零花錢又被切斷了財路，那自己最終只能低頭答應阿直的條件，加入他的公司。

但身為抗爭了這麼久，沒有一次抗爭成功的阿渣，這次非常想為自己爭一口氣，他鐵了心是絕對不會去找阿直的。

那麼唯一的出路，就是只能去熟悉的GAY吧打工了。好在那裡的老闆看中了他的交際能力，願意聘用他。他覺得自己說不定還能在那裡找到個願意包養自己的土豪，土豪又剛好是阿直的競爭對手，兩人一拍即合聯手扳倒阿直背後的大企業，上演一齣有關復仇的狗血大劇。

這世上大概沒有人能扳倒那個腹黑死直男吧。阿渣默默地想。

懷著絕望又充滿期待的心情，阿渣正式到了GAY吧打工。

憑著他驚人的交際能力，酒吧多了很多的固定客戶。畢竟他有著豐富的感情經驗，能一眼看透客人的需求，無論什麼樣的客人他都能應付。老闆對他讚賞有加，還給他升職加薪。阿渣漸漸覺得自己的未來有了希望：說不定努

力做下去之後，沒有子嗣的老闆會將這家酒吧交給他打理。他經營著酒吧漸漸做大做強，慢慢超過阿直的實力，把那個死直男踩在腳下。

只可惜妄想還沒有持續多久，他就遇見了一個十分不想應付的客人──黃毛。

黃毛和他對視了一眼，先是一愣，繼而開啟了嘲諷模式：「喲喲，大少爺怎麼來這裡體驗生活了？不怕被你老公發現嗎？」

阿渣很想翻個白眼直接丟一句「關你屁事」，但他畢竟還需要這份工作養活自己，所以不能對客人太失禮。

他調整了呼吸，故意提高了音量，露出了一個非常不自然的略顯猙獰的笑容：「您不是已經和未婚妻訂婚了嗎？怎麼還來這種地方玩耍呀？在別人不知情的情況下讓別人當同妻，您的妻子真可憐呢。」

果然，周圍的鄙夷視線齊刷刷的集中在了黃毛的身上。黃毛本來是想來找樂子的，但阿渣這樣說了，肯定也沒人願意和他進行親切友好的交流了。不光如此，自己還交了把柄到對方手裡。他現在腸子都要悔青了。

所以他不甘心地丟下一句「哼，跑到這種地方來打工，肯定是被你男人拋棄了。」之後便匆匆跑路。

阿渣聽到「拋棄」這個詞後，渾身一震。

想了想，那個死直男最近確實沒有來聯繫自己。他知道對方只是想讓自己屈服，但他真的很討厭對方不過問自己的意見私自做決定。

他大概是被放養慣了，天生反骨。他覺得自己必須要擺脫阿直的控制，而不是每次或被動或主動的承受，這樣不平等的關係是不對的。阿直明知道他這一點，卻依然步

步緊逼。也或許⋯⋯是不是他們天生就不合適呢？

這樣的想法讓他產生了巨大的失落感。

工作結束後，他開始藉酒消愁，一杯又一杯的灌下濃烈的酒。

酒精可以暫時麻痺情感，讓大腦一片空白，忘記那些不開心的事情。恍惚中他覺得有人在身邊坐下，開始拉著對方絮絮叨叨地抱怨起來。

抱怨自己的戀人是個不講情趣的死直男，抱怨對方總是強迫自己做一些事情，抱怨對方最近不和自己聯繫。他說了很多很多話，連他自己都不知道為什麼要對一個臉都看不清的人抱怨這麼多。大概是真的積攢太久了吧。

對方安靜的聆聽了許久，也或許根本就沒聽他在說什麼。在他迷迷糊糊即將睡著的時候，他聽見了對方溫柔又帶著一點疑惑的聲音：「你最近一直沉浸霸總小說，我還以為你喜歡這種人設。」

「去你×的吧⋯⋯」阿渣打了個酒嗝，口齒不清地回了一句：「誰在現實裡會喜歡那種控制欲強到不正常的油膩神經病啊⋯⋯」

身邊的人無奈的嘆了一口氣，之後將他扶了起來，輕聲在他耳邊說：「跟我回家吧。」

「幹什麼？」阿渣本能的推搡起來，從衣兜裡掏出結婚證，氣勢洶洶地把它拍在了吧臺上：「老子可是已婚的人，你可不要亂約。」

阿直看著搖搖晃晃意識朦朧的阿渣，和吧臺上的結婚證，有一點點開心，和一點點無語。

本來聽說阿渣跑來GAY吧打工阿直很生氣，想要把他拉回去狠狠教訓一番。但聽到他剛才的話，以及看到他隨身

攜帶的結婚證，怒氣瞬間就消散了。

所以那個晚上他什麼都沒做，只是把醉醺醺的阿渣接回了家，照顧對方入睡。

第二天早上，阿渣一睜眼就看見了躺在身邊的阿直。宿醉加上恐慌讓他頭疼欲裂，他扶住額頭快速思索著昨晚到底發生了什麼。

很快他就意識到一個嚴重的問題：他不會是喝斷片了，把阿直當成炮友給約了吧？那不是死定了嗎……

還在恐慌的時候，他才發現阿直已經醒了，正在直勾勾的盯著他。

那看不出感情的平靜眼神讓人甚是害怕，阿渣為了保命，決定先放下自尊，顫顫巍巍的告訴對方自己去GAY吧的理由：「那個，你聽我解釋……」

「我本來覺得，你自己在你父親的公司應該很不開心。」阿直卻像是完全不需要他解釋似的，自顧自地打斷了他的話：「所以想讓你來我所在的公司。畢竟遊戲公司的人更能接受新鮮事物，包容度也更強一些。你也不必一個人承受別人的閒言碎語。」

突如其來的溫柔話語，讓阿渣本就迷糊的腦子更加空白一片。他想不明白這個死直男怎麼突然深情和坦率了起來，只得睜大了眼睛不可思議地望著他。

「但你看起來並不願意。」清晨的陽光映在阿直的臉上，讓那總是面無表情的臉看起來意外的溫柔：「是我做錯了嗎？」

那一瞬間，阿渣覺得從窗戶灑落進來的陽光，彷彿有著不可思議的魔法。所以才讓那聽起來平靜又毫無波瀾的語調，也如穿過黑暗的金色光芒，湧入和填滿他的內心，

一下又一下地撞擊著他的心臟。

　　原本以為阿直只是享受那追著獵物，看著獵物無法逃脫而暗爽的感覺。沒想到那傢伙也是真真切切的為自己考慮過的。意識到這些的阿渣，積攢的抱怨與恐懼瞬間煙消雲散，但坦率接受對方的好意又讓他有些不好意思，於是他紅著臉支支吾吾地回：「早、早這麼說不就行了嗎？」

　　阿直側著支起身來，一臉期待的望著他：「那你是答應了？」

　　阿渣避開他熱烈的目光，害羞地搔了搔臉頰：「也、也不是不行啦。」

　　「這樣啊……」阿直坐起來，突然翻身將他按在了床上，又恢復了面無表情的樣子：「那接下來，你就好好給我解釋一下你去GAY吧打工的事情吧？」

　　「不、不、那個……」該來的總是會來的，阿渣看著對方那張表情冰冷的臉，就知道自己在劫難逃。

　　後來，阿渣還是順利入職了阿直所在的公司，成為了空降的項目經理。

　　入職那天早上，渾身痠痛的阿渣扶著腰暗搓搓地想，以後再也不要給阿直看霸總小說了。

《完》

後記

大家好，我是公孫君。

由於工作原因我堆積了許多壓力，所以在這篇小說成形之前，我一直都在社交平臺寫一些有關耽美的，日常生活的搞笑小段子用來解壓。

也是由於工作性質的關係，雖然每天很忙碌，但可愛的同事們總是在交互中給我各種各樣的奇妙靈感（笑）。

某天我突發奇想，將這些工作中發生的日常生活記錄下來，將其與寫段子的形式結合，整合起來讓它成為一篇完整的作品。

我自己在作品裡很喜歡禁欲系的角色，這種類型的角色人狠話不多，欲起來又讓人著迷。我忍不住想，如果一個一本正經的禁欲直男，和遊戲人間的渣男會碰撞出什麼樣神奇的火花呢？於是這篇文章就誕生了。

雖然我本質上是個文藝的人，但上了年紀之後淚點就變得很低，已經很難再接受悲傷的東西。所以我除了搞笑或者溫馨類的作品，別的類型基本都已經不敢去看了……當然在寫作方面也是如此。

我的作品多半都是以輕鬆搞笑為主，自己寫作得時候會很開心，也希望這份開心能傳達給讀這本書的人，為大家繁忙枯燥的生活帶來一絲樂趣。

於我來說，寫作是幫助我逃離現實生活，通往理想鄉的大門。我可以在筆下創造一個我想像中的世界，讓靈魂在其中自由地徜徉。

我以為被生活淬煉了這麼多年，我早就沒有了初心。

那些寫作帶來的熱愛，在工作中被消磨殆盡後，只剩下一把理智的殘灰，壓住了那名為「夢想」的火苗。

直到編輯通知我這本書即將出版的時候，我重新修整這篇文章，感覺那縷火苗又突破了殘灰的壓制，熊熊燃燒起來。我彷彿又回到了剛剛提起筆，對生活充滿了嚮往的那天。

那是一個安靜的傍晚。夕陽緩緩沒入高聳的樓房，紅色的光暈映照著隱約顯露的遠山；白雲向著夕陽消逝的方向聚攏，有點點暗沉的藍色雲朵，被勾勒出紅色的輪廓。在那片天空之下，夢想隨著燈火璀璨的閃爍，照亮孤獨又漫長的旅程。

風聲在耳邊呼嘯，悄悄地說，我們無所畏懼。

很抱歉廢話了這麼多。畢竟是自己出版的第一本書，總覺得不寫些什麼以後會後悔。

感謝大家耐心看完。也感謝責編的賞識與大家的喜歡，今後也請大家多多指教！（鞠躬）

阿直和阿渣

作　　者	公孫君
發 行 人	林堰淳
文字編輯	恐龍、Anais、靜浦、Ziyu、小荃
插圖繪製	紅茶
封面設計	竹心 Take Heart

出 版 者	威向有限公司
社　　址	238 新北市樹林區日新街 81 號 2 樓
客服專線	02-2681-3110
	（週一至週五 9:30 － 17:30，例假日除外）
傳　　真	02-2681-3191
E-m a i l	uei.shiang3 @ msa.hinet.net
網　　址	www.uei-shiang.com

初版發行	二〇二三年十月
I S B N	9789865053505
統一編號	13093001

米國度
作者專欄

威向噗浪

威向官網

威向文化
輕小說